良子《よしこ》という女

野村よし

幻冬舎
MC

目次

第一章　２０１１年

10月29日（土）

私はあと数カ月で70を迎える。

最近身近な者が続いて倒れ、私も「死に方」を考えるようになった。だがこれは難しい。こっちの都合が加味できないからである。特に体の自由が利かぬ形での死は、私にとって恐怖である。このメモの最大のテーマはそのことになると思う。

結局、私はむしろ「がん」を望むのである。

痛みは徹底的な鎮痛剤の使用で逃げられる。意識のないベッド暮らしは何としても避けたい。

ところが私の家系は、徹底して非「がん」なのである。父方母方を問わず、イトコ以上で、がんで死んだ者を知らない。

死の原因は大別して、「消化器系」「循環器系」「呼吸器系」になると思うが、我が一族は徹底して「循環器系」である。肺病というのも一人もいない。

話は飛ぶが、年金問題というのがある。要は、給付に足る資金が確保できない問題だ。解決は給付に足る資金を段取りするか、給付する額を削るかである。今、政府・役人は、この両方をやろうとしている訳である。

若夫婦が子供を産む意欲は、いよいよ減衰していくであろう。何しろ、少子化が年金危機の原因のようにいうから、年金解決のために子供を産むのかということになる。

だから給付額を削ろうとするし、支給開始年齢をどんどん後ろへ持っていこうとする。68歳が話題になっているが、これはいずれそうなるであろうし、70歳にもなるだろう。

まあ、こんな話はきりがない。私がここで言いたいのは、老人医療の「充実」、なかんずく「延命治療」は、年金支給額の削減と完全に相反しているということである。ほとんど意識のない寝たきり老人が、おそるべき多額の医療費を使い、年金を受け取る。

速やかに世を辞して頂いて、そこで費消している医療費を年金に回せば、年金問題は相当の部分で解決する、と考える。お釣りがくるかもしれない。

こんなことをここに書くのは、私は妻子に、くどいほどそれを命じているからである。余分な治療は一切するな。それは私を苦しめることである、そう告げており、その私の意志が法的にどう担保できるのか、それを研究するのが、このメモの目的である。余分なことも書くだろうが。

生命は大雑把に、「呼吸器系」「消化器系」「循環器系」で維持されているように思う。これは、どの系統が支障を来しても、生命は維持できない。

だから本来、どれか一系統がダメになったら、そこで死んでいくのが素直な人生だろうと思う。

ところが今の医療はどれか一系統が生きていれば、二系統は人工的・機械的に代替して生存させる。下手すると三系統全部を機械化する。

自分がそうされることを考えると、恐ろしく、おぞましい。

私は口から食べられなくなったら、そこで終わりにしてくれ、と厳命してある。

点滴栄養補給や、まして「胃ろう」など、もっての外だ。

「がん」ならば、私の意志は通しやすいと思う。しかし我が家系に圧倒的な、循環器(脳)がいかれた場合、どうすればいいのか。どういう文書を残しておけば良いのか。

幸い、我が親戚に「ボケ」は聞いたことがない。確率だけのことであるが、これは気持ちを明るくする。

10月31日（月）

真夏の病棟にて

（私の今日）
血圧　122―78
脈拍　75
身長　173cm（10年前は174・5cmであった。15mm減である）
体重　73kg

この夏、ある方を見舞った。見舞ったといっても、本人はほとんど眠り続けており、私を認識することも、まして話すこともできなかった。数日前に某大病院を追い出されて移ったのだった。本人は自力咀嚼できない状況になっていた。その病院は強く「胃ろう」処置に誘導したが、妻子はそれを拒否したのだった。

「胃ろう」をしない条件で患者を引き受けてくれる病院探しに、その家族は苦労した。そしてようやく、この病院へ移ったのである。本人は点滴で栄養補給していた。「胃ろう」を断ったことを、「当然のこと」とここの院長は語ったそうである。しかし「点滴」はしなければならない。

真夏の、暑い日だった。

病室は4階にあった。広くはないがすべて個室で、窓は開けられ、通路側のドアも半開、中の様子が窺えた。20室ほどあっただろうか。全部を覗いた訳でないが、見たすべてのベッドで、老人が横たわっていた。誰一人、目を開けている人はいなかった。昏々と眠っていた。再び立ち上がる人がいるようには見えなかった。

これが「高度老人医療」の現場である。

私は自分がこのような場所に置かれることを、何としても回避しなければならない。

11月9日（水）

■昭和天皇崩御

私の皇室（天皇並びに天皇制）に関する思いは、ずっと、ほとんど「無関心」と言えた。反皇室であったことは1度もないが、〝天皇陛下万歳〟だったこともない。父母は愛する長子を南洋で失ったけれど、天皇を相手としてその恨みを語ったことはない。我が家に天皇の画像が飾られたことはない。が、天皇の悪口を聞いたこともない。

皇太子（今上天皇）のご婚約に際しては、美智子さまのお写真を見、世にこのような女性がいるのかと、いわば腰を抜かした。隔絶した気品と美しさだった（そして美智子さまは、その気品と美しさを今に至るまで、ますます高められていると思う。今の世界で最も高貴な女性と思う）。

昭和63年8月15日、日本武道館での全国戦没者追悼式、「全国戦没者之霊」と書かれた白木の柱に向かう天皇の足取りが、あまりに遅く、歩くというより立っているのが限度の姿だった。それでも天皇は少しずつ進んだ。それは「行為」というより、肉体を離れた「意志」だった。

自分は戦没者のために祈らなければならない。

「幽鬼」の姿を私は見た。

そのときの昭和天皇ほどに強い祈りの姿を、他に私は見ていない。

私の「皇室」に対する感情は、そのとき、決定的に変わったのである。

昭和天皇は前年、昭和62年9月22日、開腹手術を受けられた。がんだった。

その後、徐々に弱っていかれた。

この63年8月15日「全国戦没者追悼式」のあと、9月19日夜、吐血。〝最後の111日〟へ入っていく。

夥しい量の輸血が、当然それだけの下血があって、断行され続けた。私は傷ましいものと、その報道を聞いていた。日本の医療の偽善と惨酷が、そこには凝縮されていた。

11月19日（土）

━八代目　市川團蔵

八代目市川團蔵という人の死が、ただその死によってのみ記憶に残っている。

ウィキペディアによれば、八代目市川團蔵は明治15年（1882年）5月15日に生まれた。

亡くなったのは昭和41年（1966年）6月4日だから、私は24歳である。大阪で機械販売の営業マンだった。歌舞伎は観たこともなかった。市川團蔵の名は、おそらく知らなかったと思う。ただその死が、「市川團蔵」の名を鮮烈に私の心に刻んだ。

市川團蔵の入水自殺を語った作品に、網野菊『一期一会』、戸板康二『団蔵入水』のあることは知っていた。読もう読もうと思いつつ、実に55年が過ぎてしまった。読んだのは今月である。

ここに描かれた團蔵は（作品では団蔵になっているが、本当は團蔵であろう）陰陽を言えば陰の人で、実際、そうであったのかもしれない。そうであったのか、なかったのか、私には知る由もない。そんなことは一緒に暮らしたとしても分からないだろう。私は自身を深い暗さを持った男と思っているが、周辺は、私がいるだけで座が明るくなると言う。私は芝居をしている訳ではない。芝居するほど思い遣りのある人間ではない。私は私の好きに振る舞っている。それが偽りの私である訳はないのだが、人に見せようのない私も私にあって、（誰もがそうであるように）どこに本当の私があるか、自分にも分からないのである。

いまだに不思議なのは、24歳の私がなぜ、團蔵の入水を深く、心に刻んだか、ということである。

八代目市川團蔵は引退興行を終え、四国八十八カ所の霊場を巡礼し終えた。帰路の途上、84歳を迎えたあと、深夜小豆島沖播磨灘へ身を投じた。

遺体は上がらなかった。

遺体の上がらなかったことが、私の心への刻みには重要であった。

遺体が上がっていたら、八代目市川團蔵の死は多くの出来事の一つとして、私の記憶の底に埋没していたことだろう。

引退興行という仕事の仕上げをし、

四国八十八カ所巡礼を終え、

夜の播磨灘に忽然と消えた、84歳。

24歳の私に、それは強烈なメッセージであった。

12月3日（土）

━市川團蔵の死について

網野菊さんの『一期一会』の終わり近くに、團蔵の死についての新聞投書が紹介されている。以下引用する。

〝「ただ敬服する団蔵さんの死」といふ題で四十八歳の主婦といふ婦人は「自分なりに精いっぱい生きたといふ自覚をもって、今が人生の最後として最も適したときとみきはめ」て自ら死んだことを八十四歳といふ年齢と思ひ合せて敬服すると書いて居た。それから5日ほどすると同じ新聞に（中略）、四十二歳の主婦といふ婦人の投書が載った。「前者の投書を読むと世の多くの老人たちは自分たちも自殺しなければいけないと考へはせぬか。私にも八十歳を過ぎた、ただ一人の優しい伯母が居る。あの投書を読んで死なれたら困ると心配する。あくまでも人間は天寿を全うすべきだ」〟

私がこの文章を誰にも見せないのは、正にこの点にある。私は友人知人に（私自身を含め）「向こうへ行くのを急かす」つもりはない。老父母を、あるいは妻を、介護している仲間がいる。その人たちにとっては気持ちを逆撫でするものだろう。だから誰にも言わない。

妻子には、いずれ正面から告げよう。ただ妻子は常々私が語っていることなので平然と聞くだろう。

私もまた、当然、「人は天寿を全うすべき」と思っている。

その「天寿」とは何か、ということである。

12月8日（木）
━談志が死んだ

立川談志を、私は知らない。

それは、街ですれ違っても声を聞いても、それが談志だとは分かるだろう。しかし私は彼の高座を知らない。だから知らないのである。

［毎日新聞］（２０１１年11月24日）

23日夜会見した立川談志さんの長男、松岡慎太郎さん（45）と長女、弓子さん（48）によると、談志さんは昨年11月にがんが再発。主治医から、「一刻も早く声帯を取る手術を」と言われたが、本人は「声を失うことはプライドが許さない」と拒絶し……。

私は、もう30年近く前、40歳頃に、強烈な〝通風〟を経験した。骨と骨が軋む、五寸釘を打ち込まれるような鋭い痛さだった。

10年後、また、痛みはやってきた。足の、骨が哭《な》いた。

医者は、

「酒を控えなさい」

と言う。

私は、「控えません」と答えた。

「酒を控えるより痛みを選びます」

医者は、「それは人生観ですから」と答えた。

それから20年、

私に〝痛風〟は来ない。今夜、来るかもしれない。尿酸値は常に上限をオーバーしている。

声帯を取り呼吸を続けたら、談志にとってそれは「生」なのか。

そうして呼吸を続けることが〝寿命〟なのか。

吉村昭が生命維持装置のチューブを自ら引き抜く姿を、夫人の津村節子は、悲しみと、しかし愛と、おそらくは誇りを持って、描いている。

酒について思い起こせば、赤塚不二夫は切り裂かれた腹を露わに焼酎を呑んでいた。美空ひばり、石原裕次郎、
どうすればもっと長く〝息〟を続けられるか、知っていただろう。酒を控えなさい。しかし〝酒を控えたら〟、彼らにとってそれは「生」でなかったのだろう。「寿命」のうちに、入らなかったのだろうと思う。

私にとっても、それは「生」ではない。

12月20日（火）

金正日が死んだ

金正日が死んだ。

ヤツがどのような死に方をするのか、強い興味を持っていた。

私にとって最も詰まらない形で死んだ（真相は分からないが）。

おそらく〝非業の死〟は、息子の正恩が担当するのだろう。
金正日は昭和17（１９４２）年生で、私と同年、午年である。
日本では小泉純一郎、小沢一郎、
中国の胡錦濤、温家宝が同い年のはずだ。
その意味では段々近づくのを感じる。
極悪人にしては金正日の死に方が、詰まらん、ということのみを記しておく。

第二章　2012年～2014年

2012年

2月1日（水）

死ぬのは「がん」に限る

新聞で、
〃死ぬのは「がん」に限る。但し、治療はせずに。〃
という書物の広告を見た。
著者は中村仁一というお医者さんで、書名は、
『大往生したけりゃ医療とかかわるな』
というものである。
このメモを書き始めた冒頭で、私は、死に方を選べるならがんを望むと書いた。
広告文は次のように書かれている。

がんは治療をしなければ痛まないのに医者に治療を勧められ、拷問のような苦しみを味わった挙げ句、やっと息を引き取る人が大半だ。現役医師である著者の持論は「死ぬのはがんに限る」。実際に最後まで点滴注射も酸素吸入も一切しない数百例の「自然死」を見届けてきた。なぜ「がん」死がお勧めなのか。自分の死に時を自分で決めることを提案した、画期的な書。

早速この本を注文した。読後にまた感想を述べることにする。

私は色々と考えて、選ぶことができるなら、「がん」がいいとの結論に至った。意識なく呼吸を続ける、それ以上の恐怖はない。しかし日本の医療は、それを強要しかねない。

最近ようやく、

終末期胃ろう「差し控えも」　患者の尊厳考慮　老年医学会が見解（読売新聞２０１２年１月29日）

という報道があった。

私自身は明確に「胃ろう拒否」を家族に伝えてある。それがその通り実行される法的担保を、今研究しているのである。

昨年私に近い者が、語りかけにも反応なく、自分で食事はできず、点滴での栄養補給しか生命維持ができなくなった。入っていたのが公立の病院だったので入院の期限があり、転院しなければならなかった。「胃ろう処置しなければ、受け入れるところは少ないだろう」と、暗に胃ろうを求められた。家族はそれを拒否した。そして実際、受け入れ病院を探すのに苦労した。ようやく有力者の紹介を得て探し当てた病院で家族が院長に、「胃ろう、延命治療はイヤだ」と話したところ、

「当然のことです」

だったそうである。

その人はそれでも夏を越し、ほぼ3カ月後の秋口、穏やかに亡くなった。

これも最近、私の仲間の母親が亡くなった。ご高齢で、十分な人生であったと思う。意識のない状態で病院に入り、割と短い日数で担当医は、「ドライにした」そうである。この言葉の意味も、これから勉強しなければならない。お母様はきわめて安らかな終わりを迎えられたとのことである。

ざっとインターネットで検索してみると、

［最期は体をドライにするのが一番楽］

というページがあった。

仲間の語る「ドライにした」意味がこのウェブ情報に同じなのか、確認してみる。いずれにせよ私も「ドライにされる」ことを望むが、家族並びに担当医に、どのような「法的根拠と要求」を与えられるか、勉強課題である。

2月6日（月）

━記憶に残る老夫妻の死の記事

これはもう30年も前の新聞記事の記憶である。記憶はあやふやになっている。しかし骨組みは以下の通りである。

酒の好きな老夫婦がいて、出入り酒屋の話では毎日相当量を呑んでいた。度々二人で歌う声が近所にも漏れていた。夫婦で毎晩酒盛りをしていたらしい。

何日か声の聞こえない日が続いた。近所は息子か娘のところへ行ったのだろうと考えたのであるが、それにしてもあまりに長い不在なので不審に思い、警察立ち会いで家に入った。

酒盛りの余韻を残したまま二人とも、寝転がって死んでいた。

横になって熟睡に入り、体温が下がったのだろう。自然死であった。

ああ、

いい死に方だな、

とそのとき私は思った。

ただこのカタチは我が家ではあり得ない。妻が、酒に弱い以上の、アルコール忌避体質なのである。酒の入ったものをうっかり食べると、顔は蒼白になり、正に七転八倒する。舅はそれなりの酒飲みだったし義弟たちも呑む。娘も十分に呑むのだから、妻の体質はよく分からない。「酒に弱い」というレベルではない。妻にとって酒は毒薬である。

2月7日（火）
━末期の乳首

これはいまだに、実際に誰かに聞いたのか、夢を見たのか、定かでない。

このような風習のあることを聞いた。

読んだのであれば、何で読んだのか忘れるはずはないのだが、記憶はない。

仲間の一人にこの話をしたら、それはスタインベックだ、ジョン・スタインベックにそんな場面があったと思う、『怒りの葡萄』だろう、と言われた。確かめるのは簡単なのだが、その作業をしていない。

間もなく死んでゆく者に、その死を告げるために、処女がその乳首を吸わせるのである。

何と優しい風習だろう！

「末期の水」、あるいは「死に水」という。

カトリック教会にも「終油の秘蹟」というものがある（今は「病者の塗油」と言う。私には「終油の秘蹟」が好ましい。「病者の塗油」では自分がいよいよ死ぬのか、まだ生きていくのか、判断に迷う。紛らわしい）。

あなたは間もなく「生」を終えますよと告げる。それは安らぎである。

医者の役目は生に向かうものであるが、大切な半分は、死に向かうものだろう。

いかに安らかに死なせてやるか、日本の医療から、それが欠落していると思う。

2月27日（月）

妻より先に死にたい

私の妻はいわゆる弱視で、鏡の中の自分がぼけて見える。だから化粧をほとんどしたことがない。口紅が塗れないのである。「(口紅が) 1本あれば10年持つわ」なんて言っている。70近い今まで、顔にものを塗っている姿を見たことがない。白髪を染める気も更々なさそうである。

美人でない。しかしきれいな女だ。

私がそのことに気付いたのは、結婚して30年も過ぎた頃である。

それほど弱い視力の女が、旅先の路辺にある小さい花を、よく見付ける。

「きれいなものは見える」

という。


年を経るにつれ、この女への愛おしさが深まる。

何か、私の中のものが彼女と溶け合い、彼女が私の内部にいるように感じる。

この女に先立たれたら、私は、どうしよう。

見当がつかない。後を追うかもしれない。

ただひたすら、俺より先に死ぬなと願う。

3月3日（土）

━久坂部羊先生

自分が関心を持つと、多くの関連情報のあることに気付く。最近の私は「死」の問題、自分がどう死ねるか、という問題である。

久坂部羊という方を、私は知らなかった。最近産経新聞「話の肖像画」に出られて、初めて知った。お医者さんで小説家とのことである。語っておられることにまったく同感である。私がこのメモで期していることの裏付けである。私の考えは決して「変」なものでなく、ごく平凡な、常識的感覚であると思う。

久坂部先生は語っておられる。

「日本の国民医療費が36兆円を超えて問題になっています。中でも死の直前の医療費が大きな負担になっている。統計によって異なりますが、国民一人が一生に使う医療費の約半分が、死の直前2カ月に使われるという報告もある。」（産経新聞２０１２年2月29日）

これは逆に言えば、医療〝業界〟にとっての「ドル箱」であることを示している。しかも、死んだからと医療ミス云々を訴えられるリスクの皆無な、もっともおいしいネタである。ここに病根がある。

私は経費の考え方を、分母に「（自意識のある）生存期間」、分子に「費用（医療費）」、で妻子に説明している。分母はゼロに近づくのだから、値は肥大していく。

考え方を、医療業界の都合でなく、我々の常識に切り替えるべきである。

そうしなければ医療費の問題は絶対解決しない。

医療費の自己負担率も引き上げれば良い。それがもっとも正確な医療の正常化につながる。しかし医者たちは〝弱者〟を人質にして自分の利権を守る。


「治すことばかりを考えている医師には生かす医療から死なせる医療にハンドルを切る発想がない。適当な時期に快適に死ぬには、死の側に立つ専門医のサポートがいる。」（同上）

「治すことばかりを考えている」、それが実入りになるからである。治すこと自体は彼らの目的でない。治らないことは医者が一番分かっているのだ。

「オーストリアには人間ドックなどない。どこも悪くなければ検査はいらないという考え方です」（産経新聞２０１２年3月1日）とも久坂部先生は語る。

私も2年に1度くらいはドックに入るが、何か見付けられて精密検査を勧められる。精密検査の結果が重大だったことはない。1粒で2度おいしい、をやっているのではないかと疑っているところである。

7月2日（月）

債務者（その1）

私のこのメモは、家族も知らない。

もう少しまとまったところで教えようと思っている。

私の終末が、いつ、どのような形か、知りようがないが、それなりに遺言のつもりで書いている。

娘と長い付き合いである。幼児時代から、いつも一緒にいた気がする。

しかしべたべたした関係でなく常に一定の距離があって、その距離は娘が設定したのである。

子供時代を含めて、手をつないで歩いたことはない。のみならず並んで歩いたこともない。

彼女は必ず私から5m以上離れて歩いた。それでいて、いつも一緒だった。

小6か中1の頃、私たちの教会へ、ドイツのケルンから少年少女合唱団が来た。

ずっとあとになって聞いて納得したのであるが、その少年少女たちの歌によって、彼女はドイツ語に興味を持ったのである。授業にはまったく関係なく、小塩節先生の「ＮＨＫドイツ語講座」を、熱心に勉強していた（本来やるべき教科を勉強する姿は、見たことがない）。

大学はドイツ文学を専攻した。一般の会社に就職したのであるが、どうしてもドイツへ行きたいと、3年間、デュッセルドルフへ行って、現地で働いた。約束だったので3年後、帰ってヨメに行けというと、素直に帰ってきた。当然間もなく結婚すると思った。短期間では迷惑を掛けるので、よそ様でなく自分の会社に私の助手として入れた。

私とは絶対に距離を置く女であったから、同じ部屋なら、早く飛び出すと思った。

それが完全な誤りであった。棲みつかれてしまった。

それでも、並んで歩いたことは、一度もない。

手をつなぐなどということは、私の臨終の場でしか起こり得ないだろう。

彼女にとって私は害だったのではないか、と度々思う。

しかし彼女は、それなりに幸せそうである。私が鈍感なのかもしれないが、暗く落ち込んだところを、見たことがない。

もっとも、自分の内面を見せない女である。

人の話はよく聞くが、自分の考えはほとんど語らない。父の私にも、正体は、よく分からない。

そんな娘がひと月ほど前、「お父さんのことで強烈に記憶に残っていること」と、二つの出来事を語った。一つは私自身忘れ得ないものであるが、一つは完璧に忘れていることである。（続く）

7月24日（火）
━債務者（その2）

娘が強烈に印象に残っているという私の二つの姿、
その一つは平成12（２０００）年頃と思う。

私は創業メンバーの一人として平成元（１９８９年）にある会社を設立した。

私は創立時に社長に就任し、その後22年間その席にあったのだが、出資者ではなく、二つの親会社が50％ずつを持つ折半出資の合弁企業だった。私の在任中に地底から天上までを味わった。最終的には「超」のつく優良状態でバトンタッチしたが、設立から20年余、十分すぎるほどいろんな状況があった。

企業分類とか企業区分と言われるものがある。下から言えば、

1．破綻先
2．実質破綻先
3．破綻懸念先
4．要注意先
5．正常先

その会社は、1．を除く、すべての段階を味わった。

1996年頃は銀行から見て、2．実質破綻先、の状態であった。債務超過ははるか昔で、当時累積損失は資本金の8倍に達していた。

それでも銀行が融資を続けてくれたのは親会社の債務保証があったからである。銀行が本気で貸し渋り、引き剥がしを始めるのは、もう少しあとのことで、幸いにもその時期には我々は急角度で上昇に入っており、累損は残るものの新たな借り入れの必要はなく、借入残はどんどん減っていた。

その「実質破綻先」カテゴリーの時期、行名は変わったがそのときも今もメガバンクと呼ばれる銀行に、その日弁済期日の1億円があった。その金は同日同行から〝つなぎ〟融資を受け、つまり〝ジャンプ〟することになっていた。親会社の取締役会が承認した債務保証も付けていた。すべて手続きは終えていた。

ところが当日朝になって、担当者から電話が入り、「本部の決裁が得られなかった、融資は実行されません」と言う。

「うちを潰す気か」と私は怒鳴った。「いいよ。しかしその金が出なければ、今日決済のお宅への1億円は払えないよ。金はないよ。金がないことはよく分かっているだろう。困るのはそっちだろう」

すると間もなく支店長が飛んで来た。格式の高い支店で、支店長は「取締役」であった。取締役支店長がわざわざ来たのに驚いたが、何と菓子折りを下げていて、「ご心配掛けまして。私の権限で即刻1億円の融資をします」と頭を下げる。あとでそれとなく他から聞いたことで真贋は分からないが、当時そこの支店・支店長は、3億円までは本部決裁なく融資を実行できたらしい。

金は借りた方が強いとは聞いていたが、現実に体験してびっくりした。天下の大銀行取締役支店長に、借金した方が頭を下げられるとは、思ってもみなかった。私の企業人としてのただ1度の経験である。しようとしてできるものではなく、2度としたいとも思わないが、思い出深い出来事である。

娘はそれをすぐ横で見ていた訳である。

昨今のユーロ不安、ギリシアが話題に出るたび、あのときのお父さんを思い出すという。ギリシアはお父さんみたいなもんだな、という。

日本でも多くの巨額債務・踏み倒しが発生し、これからも発生するだろうが、基本形は同じと思う。

借りた方の開き直りと、貸した方の「先送り」である。そして先になるほど借金は増え、借金額に逆比例で借りた方が強くなる。

立場は常に、失うものの多い方が弱いのである。

まあ、私はヤクザではなく必死故に出た言葉だったが、相手の痛神経の芯を叩いた訳である。

幸い当方は極めて真面目な会社であり、世に必要な業務であったので、うまくギアが入ると業績は急激に好転した。

今も優良企業であり続けている。

2013年
1月26日（土）
■債務者（その3）

時の経つのが早すぎる。

一週間と思ったら一月、一月と思ったら一年である。

前回のメモからはや半年である。

娘に残るもう一つの記憶を書いておく。

こっちの方は、私にはまったく記憶がない。


駅、というからおそらくY駅と思う。改札口が渋滞で人が動かない。見ると一人の男が改札で、駅員に大声を出している。その頃は乗車切符に駅員がハサミを入れ、降車時には回収、定期券は目視確認していた。つまり改札には駅員が立っていたのである。

乗客の通路を塞いで、男は駅員に文句を言っていた。

「お父さんがすうっとそこへ行って、男の前に立ち、2本の指で男の額を突いた。男は静かになった。」

2本の指というからには人差し指と中指であろう。

相手に、肉体的打撃は与え得ない。

私はまったく覚えていないが、娘が夢を見た訳でもなかろう。

私は、手出ししない（手出しできない）相手に居丈高な人間を好まない。駅員がその男に反撃するなら、駅員は自分の将来を賭ける覚悟を必要としただろう。だから黙って怒鳴られている。つい味方したくなるのは、私の血である。

4月4日（木）

━イレッサ

肺がん治療薬「イレッサ」使用に関する〝薬害訴訟〟で、最高裁は国並びに製薬会社の責任を否定、原告敗訴が確定した、そうである。

私は「イレッサ」の名も、そうした訴訟のあることも知っていたが、正確な内容は知らない。

「イレッサ」についての私の理解は次のようなものである。

「末期の肺がん患者に〝劇的に〟効く。但し副作用の確率も高く、その場合患者は速やかに死に至る。」

私にとっては理想的なクスリである。

私が末期肺がんにあって選択を求められたら、一瞬の躊躇もなく、イレッサを選ぶ。

因みに昨4月3日産経新聞の

【用語解説】イレッサ

によれば、

「（前略）昨年は新たに約7、500人が投与を受けた。だが、厚生労働省によると、間質性肺炎などの副作用で昨年末までに862人の死亡例が報告されている。」

とある。

昨年〝だけ〟で7、500人が治療を受けている。

昨年末〝まで〟に862人が副作用で死んでいる。

こういう文章も実は分かりにくいんだよね。わざと分かりにくくしているのだろうが。

累計で何人が治療を受けたのか。

薬害死したとされる862人も、イレッサ治療を受けなければ生き続けた可能性があったのか。

どっちにせよ私がその状況に至れば、「イレッサ」を選択する。

2014年
7月7日（月）
ボケるのは恐怖だ

私は60になってから劇場へ通うようになった。70を過ぎて病み付きになった。今では芝居を観るために、元気で長生きしたいと思う。目と耳と足。

舞台というもの。それは、人間が自らの肉体のすべてを使った「表現」。この面白さに目覚めたのは、「劇団四季」であった。四季劇場の『春』『秋』『自由』が勤務先の徒歩圏にあって、ほとんどすべての公演を、演目によっては何度も観た。浅利慶太さんもよく見かけた。

私は小澤征爾さんを好きで、ただ小澤さんを確実に聴きたいという理由で、新日本フィルハーモニーの最初期からの定期会員である。その小澤さんがNHK交響楽団にボイコットされた場面での浅利慶太さんたちの対応は、それ自体、素晴らしいミュージカルの素材だ。「立て、征爾。燕尾服を着けよ」、そして征爾はオーケストラのいない、聴衆もいない、誰もいないコンサートホールで、その日予定された全プログラムを振る。征爾の中でどのような音が鳴ったのか。

そして征爾は出発した。

小澤さんと岩城宏之さんの能力の差は、私には判定できない。私に分かるのは小澤さんはＮＨＫに排斥され、岩城さんはＮＨＫに可愛がられたということである。

今の私は、四季へ行くのは年に４、５回になって、歌舞伎を中心とする日本の古典芸能にのめり込んでいる。が、その端緒は、浅利慶太さんの『劇団四季』であった。

その浅利さんが『四季』の経営から離れたと聞く。端的には、ボケがきたそうである。レーガンもサッチャーも浅利さんもボケたとすれば、アタマを動かしているだけでは、ダメのようである。

自分の「終い」を、コワイものから順番に書く。

１．元気でボケること（これは恐怖である）

２．脳は正常で、寝たきり（ツライだろうなあ）

３．ボケて、寝たきり（〝乾燥〟させてくれと遺言に書いておく）

がんで、「余命」を告げられることは、何という安堵だろう。

第三章　2015年（前）

2015年9月16日（水）

―この10日間

9月4日の深夜、あい子が、「お母さんを病院へ連れて行ってくる」と言った。

私は完全に寝ぼけていた。

私たちは普段は同じ部屋で寝ているのであるが、夏の間は気ままに、涼しい場所を選んで寝る。寝具が少なくて良いことが、身軽に場所を選ぶ理由である。

私は2階の北側にある自分の読書・パソコン室で、十分に呑んだ酒の幸せに満たされて、熟睡していた。

良子はおそらく一番条件の良い1階和室で寝たのだと思う。一番自然に涼しい部屋である。

良子に異常はまったくなかった。

私たちの夜は早い。9時過ぎに寝て、4時には起きる。

夕食を終えると私は自分の部屋に入り、パソコンを覗き、少し本を読むうちに、睡魔が襲う。くずおれるように、ほとんど〝昏倒〟状態で、いきなり熟睡に入るのが常である。不眠症というものは私には理解できない。経験がない。

最近、耳が遠くなっている。

「お父さん、お父さん」というあい子の声が、遠くでしたように聞こえたが、実際は頭の上であった。

「う、う？」

「お母さんを病院へ連れて行ってくる」

そのときは既にタクシーが到着していたようである。私には何も聞こえていなかった。そのままあい子は出て行き、私はだらしなくも、再び眠りに落ちた。

目が覚めたのは3時過ぎであった。

寝室を覗くと、良子は横たわっている。

あい子も帰っているようである。

私は一安心し、冷蔵庫の麦茶を出して、ゆっくり、たっぷり飲んだ。

そして、もう寝られないので、自分の部屋で本をあけた。

谷崎潤一郎訳『源氏物語』、中央公論社・昭和34年9月20日初版発行の10月15日発行第

6版のものである。旧仮名遣い、旧字体が使われ、おそらく谷崎の意志をもっとも忠実に編集した、決定版であると思う。

これからどうなるのだろう。

私は良子の今回が、簡単なものでないことを感じていた。暗澹たる気持ちの中で、『桐壺』をひらいた。大河小説の、何という堂々たる出だしであろう。藤壺がなぜか良子にかぶさった。

6時過ぎに、「ごはん、できたわよ」という良子の声がした。

「え？　大丈夫なの？」

私は弾んで言い、下へ下りていった。

朝はうどんが多い。私が無類のうどん好きのせいもある。三食うどんでも平気である。

出汁は煮干しで取る。普通はイワシであるが、アゴは更においしい。

我が家のやり方は、出汁を取った煮干しを、そのまま全部食べる。生き物は全体の中にあらゆる種類の養分が含まれており、全部丸ごと食べるというのが、親から仕込まれた私の流儀である。従って、魚は大型より小さいものが好きである。サンマは骨が硬いので丸ごとという訳にはいかないが、イワシ、小さいアジは頭から全部いく。鮎などは相当に大きいものでも頭からかぶりつく。私はマグロが世の中から消えても一向にかまわない。鰺、鰯、鯖、秋刀魚、鰹、トビウオ、等々があれば十分である。

　この朝のうどんにも、ワカメがたっぷりと入っていた。汁を一滴も残さず飲み（極端な薄味である）、「ごちそうさま」と言った。

　うどんを食べながら、

「どこの病院へ行ったの？」

　と訊ねた。

「横浜市救急医療センター」というところで、深夜にのみ対応しているとのことであった。病状を聞いた。

「腸にガスが溜まっていたみたい」

「それだけのことか」

「クスリはくれたけど」

「お父さんのすることが大切だと分かったろう」

「ああ」

　私はところかまわずやるクセがある。

　我が家には〝孫〟がいないので、老夫婦ではあるが、じいさん・ばあさんにならない。おとうさん・おかあさんである。「あなた」と呼ばれたこともない。

　若い頃に、「あなたと言え」と求めたことがあるが、「あなたなんて、いやや」と拒否された。

そんなことで、9月5日は始まった。

この日は午後、すみだトリフォニーホールで新日本フィルハーモニーの定期公演、バルトークの『ピアノ協奏曲3番』と、演奏会形式の『青ひげ公の城』があった。

青ひげは曲名は知っていたが、実際に聴くのは初めてであった。

私は旅行は良子と一緒に行くが、コンサートホール、劇場へは、あい子と行く。良子が極端な近視で、舞台の動きがよく見えないのである。

夕刻に帰ると、良子には特に異常はなく、食事の用意が進んでいた。

ただ、この夜何を食べたのか、思い出せない。


日曜日、9月6日の朝も何事もなく明け、この日は11時から国立劇場小劇場で、文楽の公演があった。「面売り」「鎌倉三代記」「伊勢音頭恋寝刃」の3本で、十分に堪能して帰った。そのときも特に変わったところはなく、普通に楽しく夕食をとった。

ところがそのあとしばらくして顔色が悪くなった。

と言って直ちに救急車を呼ぶほどではないらしく、

「明日の朝、O医院へ行ってみる」

と言った。近所の医院である。

それじゃボクが付いていく、と言った。

明くる朝、7日月曜日の朝一番に、O医院に入った。

先生の診察は、「宿便」原因、とのことであった。良子よりの又聞きであるが、便通と宿便は異なり、通じはあっても宿便が残る場合がある。それがガスを発生している、とのことであった。O先生の処方箋によりすぐ近くの薬局でクスリを貰って帰った。

良子は、「明日、東邦医大病院へ行ってみる」と言った。大森病院で、3・11東日本大震災の直前に胆嚢切除の手術を受け、3・11の激震を病床で味わったところである。

「それがいい。ちゃんと検査してもらいなさい」

そしてあい子が送っていくことにした。


雨が降り続いていた。

母親を東邦大学病院へ送ってから、あい子は会社へ来た。

様子を聞くと、特に変わったところはないという。

定刻に帰宅すると良子は魚を買って帰っており、（東邦最寄りの蒲田駅には良い魚屋がある）今日は「手巻き」で食べよう、ということで、良子も一緒に食べたのである。

治療の様子を聞くと、何もしなかった、という。検査が必要な場合にのみ東邦のような病院へ来れば良いので、普段はご近所のお医者さんがいいですよ、と言われたという。要は東邦病院へ来るほどのことではないということだった、というので、それならばそれで目出度いことだと、私もあい子も、よろこんだのである。この時点で完全に安心した。

私は仕事の関係で毎週水曜日は栃木県A市へ行く。

翌日9日もA市へ行った。

雨がしつこく降り続いていた。

A市からの帰りは、16時7分石橋駅発（湘南新宿ライン）である。

強い雨であった。帰路、ずっと降り続いていた。

古河―栗橋間、鉄橋下の利根川は、河川敷がまったく見えず、水面が巨大に広がり、その不気味さに驚いた。

しかしそのすぐあと、久喜を過ぎたところで（16時50分頃）右側前方が晴れ、陽光が車中に差し込んできた。

車内アナウンスが、

「左側をご覧下さい。きれいな虹が出ています」

と、そんなイキな案内をした。実際、実にきれいな虹が、左側上空に描かれていた。

ようやく雨は上がったと思った。

ところが赤羽を過ぎ池袋に着いた頃から、再び猛烈に降ってきた。

雨は更にずっと降り続いた。

翌日は大阪への日帰り出張が決まっていた。

鬼怒川の決壊は大阪で知った。

この日は良子の希望で、〝551〟の「豚饅」を買って帰ることになっていた。

551は京阪神、奈良、和歌山にしか出店していない。特に東京は、オーナーの意志として出店しないのだそうである。私がたまに買って帰ると良子は喜んだが、考えてみると、自分から望んだことはなかったと思う。いずれにせよ食欲のあることを私は喜んだ。

そしてこの夜、良子は、豚饅1個を食べたのである。

12日の土曜日夕刻、宇都宮で結婚式があった。私は主賓としての挨拶も求められていた。良子に対して何の不安も持たず、宇都宮へ向かった。
そして、帰りの新幹線の中で、あい子からのメールを受け取った。
＞09／12　19：34
＞お母さんが救急車を呼びたがっている。
＞激痛はないがずっと嘔吐を繰り返して参っている様子。
＞＞09／12　20：05
＞＞宇都宮、出た。

＞＞様子は？　藪医者どもめ！　重大な病気かも知れん。
＞＞09／12　20：13
＞今救急車出発した。お母さん自分でよくしゃべってるし顔色はいい。
＞だいじょうぶ。みなと赤十字病院へいく。
＞09／12　20：22
＞いま病院に着いた。
＞＞09／12　21：55
＞＞いま家に着いた。

私は結婚式で酒をたっぷり呑んでいたし、雨も降り続いていた。病院のどこを訪ねれば良いかも分からず、行き違いになる可能性大だったので、自宅待機することにした。普段持ち歩くカバンの中には自宅の鍵、ＳＥＣＯＭ解除キーを入れてあるのだが、この日は結婚式で、カバンを持たなかった。あい子の鍵一式を、決めてある場所に置いておくことを指示していた。
＞＞09／12　23：29
＞＞カギかけてある。帰ったら携帯へ電話してくれ。
私も動顚していて、私が受け取った場所へ置いておけばよかったのである。気が回らなかった。

そして実際にはあい子は、良子のカギを持って帰って来た。

私は携帯電話を耳元において、寝てしまった。

間もなくあい子は帰ってきた。

割と平気な顔で、「お母さん、入院した」と言う。

「苦しんでないの？」

「大丈夫。しっかりしている」

我が家族の、おそらく際立った特性は、「心配できない」という性格である。〝杞憂する〟、〝思い悩む〟という神経が、全員、見事に欠落している。そのまま私は寝入ってしまった。

この10日間（続）

翌日13日の日曜日は、六本木の俳優座劇場で〝オペラシアターこんにゃく座〟の『魔法の笛』があった。13時の開演で、良子もそれはよく知っており、「お母さんは大丈夫だから、行くように」と、あい子に告げたそうである。そういう女だ。私たちは病院へは、観劇後、夕刻に行くことにした。

〝こんにゃく座〟を知ったのは、山田百子さんというヴァイオリニストの関係である。

彼女が楽士として度々出演していた。なぜ山田百子さんかというと長くなるので省く。こんにゃく座は林光先生たちによって創設されたが、その光先生に山田百子さんは可愛がられていた。そのつながりで彼女は〝こんにゃく座〟と関係を持ったのだと思う。今回も彼女が奏する日を選んで、この日になったのである。

林光先生は「劇団四季」にも関係している。

というよりも光先生のお父様が、浅利慶太氏をはじめとする「四季」創設メンバーの応援をしていたようである。光先生ご自身も、「四季」のために作曲している（『思い出を売る男』）。

しかし、林光先生の求めたものは、「劇団四季」とは随分違うと思う。

私は、「四季」によって舞台の面白さに目を開いたので、「四季」には心から感謝している。今も年に数回は観る。

いつ観ても、どのステージも、きっちり仕上がっていることに感心する。それが、あまりに「きっちり」しすぎているのではないか、というのが、最近の私の感想である。いつも同じ絵の出る紙芝居的、と言えようか。

〝こんにゃく座〟には、「四季」的な観点からすると、少し、いい加減なところがある。

その緩さ、仲間的、家族的なところが、私には魅力である。今回の、『魔法の笛』は大変な力作で、十分に満足した。

病院へ良子を訪ねたのは、17時45分頃であった。

良子は横になっており、点滴が打たれていた。

ナースステーション前の個室で、絶好の場所である。個室と言っても東邦大学病院のようにホテル的なものでなく、質素である。シャワールームがあるので、これで十分と言える。

さすがに少し疲れたようであったが、割とよくしゃべった。「本を持ってきてほしい」と言った。

30分ほどした頃、先生が入ってこられた。

サインの欲しいものがあるからと、私とあい子を「面談室」へ誘った。

私の心臓は躍りだした。

先生はAという御自分の名札を見せた。若い先生だった。

A先生は低い声でゆっくりと話した。それが私の耳には聞き取りにくかったが、要は、

「腸閉塞は確実にあります」

「問題は腸閉塞が何を原因として起こっているか、です」

「一番考えられるのは〝大腸がん〟です」

ということだった。

「明日、内視鏡で腸内を検査します。腸を拡げ（何か腸管を拡げる器具を入れ）、便を出したあと、腸内を調べます」

病室に戻ると、良子は起き上がり、ベッドに腰掛けていた。

肩を落とした悄然とした姿だった。私は良子が、状況を直感していると感じた。

先生と何を話したか、あい子も私も説明しなかったし、良子も聞かなかった。とりとめない話をしたが、内容は憶えていない。テレビは、「安保法制」関係の報道であったと思う。

良子は横になった。

「お父さん」と良子が言った。

「お父さん、お母さんが呼んでるよ」とあい子が言った。

私は良子の口元に耳を近づけた。

「お父さん、お母さん幸せだった」

あなた、私は幸せでした、

私は言葉を返すことができず、良子から離れた。

（処置の夜　２０１５年9月14日）

夕刻6時25分に良子を訪ねた。

ベッドに横たわり点滴を受けていたが、眠ってはいなかった。

絶対安静の指示で、用便も看護師の手を煩わせていた。

腸を拡げて、そこへ金属製の器具を入れたという。その器具が徐々に膨らみ、閉塞した腸を拡げるという。その施術時、あとの拡大時に、腸壁を破くことがあるそうである。そのための「絶対安静」であった。

あとで調べてみると、これは、「大腸ステント」と呼ばれる筒状の網でできた医療器具で、網目は形状記憶合金でできているそうである。大腸内の閉塞箇所に装着された〝ステント〟は、自らの本来の形状を思い起こし、拡がる。大腸の閉塞が続くと、全身の状況が悪化し、腸が破裂して敗血症などで、命を失う恐れもあるという。

大腸の関係は私にはたっぷり経験があるので、想像できた。

もう10年近く前になるが大便検査で血液反応があり、詳細検査の結果、大腸に大量の〝ポリープ〟が見つかった。内視鏡による切除作業をしたのであるが、大きいものは、内視鏡で処理できる限界の大きさであった、とあとで言われた。実際に実物を見せてもらったが、確か20㎜くらいあった記憶がある。そのときは数があまりに多かったので、大きいものだけを〝粗どり〟して終えた。処置は最初は年に3度、それが2度になり、ここ5年ほどは毎年1度になっている。今年も12月17日に予定している。

最初の2度は麻酔なしでやった。

モニターに映る自分の〝腸内〟を、見たかったのである。

確かにこれは面白かったが、苦しいものであった。

痛いのでなく、苦しいのである。本来出すときに快感なのであるが、その逆に、空気を入れられるのである。子供時代、蛙の腹に空気を吹き込んだことがあったが、何というヒドイことをしたのか、ごめんねと言った。う、う、と声を出すと、ナースさんが手を握ってくれた。これは心地よいものであった。

3度目以降は麻酔をしてもらっている。楽である。

そんなことで、良子に、「麻酔、したんだろう？」と尋ねた。

麻酔はしなかったそうである。それは、ステント装着の際に腸壁を傷つけぬよう、微妙に体を動かす必要があり、意識がなければならないのであった。

「苦しかった」

と言った。おそろしく辛抱強い女である。余程苦しかったのであろう。私は経験者であるが、私のレベルを超えて、腸は膨らませられたのであろう。私は良子の額から頭を撫でた。

「ポリープがあると言っていた」

「ポリープか。ポリープならオレは専門家だ。大したことないよ」

本当に、〝ポリープ〟のレベルであることを、私は祈った。

帰りの車中で、

「今日は、A先生はいなかったね」

と私はあい子に言った。

「何の連絡もなかったなあ」

「連絡箇所は三つも書いておいたのに」

「緊急事態でなかったのかもね」

「看護師さんも、次の何の予定も聞いていない、というし」

「単なる〝ポリープ〟かな」

「そうだったら本当に嬉しいね！　お母さんが帰ってきたら、思いっきり豪華な快気祝いをやろう」

「うん、そうしよう！」

（先生の説明　２０１５年9月15日）

会社を早く終えて、夕刻5時に病院へ行った。

あい子は会社に残り、私一人であった。

5時20分にA先生が来られた。ナースが良子の用便の世話をする間、私は部屋を出、先生は私を「面談室」に誘った。

パソコン画面に、良子の腸の内部が映し出された。

「ステントの装着は成功したと思います」と先生は言った。

「まだ拡がりますので油断はできませんが、大丈夫と思います」

「検体検査の結果を見なければ断言できませんが、まず大腸がんと思います。写真を見る限り、転移はなさそうです。リンパ腺はやられていると思います。手術の際はそれも取り除くことになります」

「ここに水が溜まっています。悪性のものでないと思いますが、性質によっては、話がまったく違ってきます」

「腸管破裂という間際のピンチは脱したと思います」

そして、奥さまにはまだ話さない方がいいでしょう、とおっしゃった。

24日に、あい子と一緒に再度、話を聞くことにした。

やはり、がんなのか！

良子ががんになるなどと、考えもしなかった。

どうして、何を根拠に、考えなかったのだろう。

人生、当然あり得ることが、どうして自分にだけはあり得ないと、人は安心して生きるのだろう。

当然のことが当然の確率で起きたのに、どうして衝撃を受けるのか。
10年、
それは願いが大きすぎるだろう。
5年、
それも、ねだりすぎか。
3年！
せめて！
それを与えて下さるなら、この上なく優しい男を、良子よ、私はお前に見せる。

（ご縁……2015年9月16日）

「お母さんは、お医者さんの顔を見ると治っちゃうんだ」

とあい子が言った。

最初に行った「横浜市救急医療センター」でも、到着してみると割とけろっとした顔をしている。単にオナラが出ないということで、救急医には、その原因まで思いが及ばない。

次のO医院でも、先生には〝便秘〟くらいの認識しかできない。

その次の東邦大学病院でも、私は精密検査をしてもらいなさいと指示したのであるが、いざ先生の前に座ると体調は普段通りになり、検査も、もう大丈夫だからと本人が辞退したそうである。だからこそ先生の、「病院へは検査が必要なときだけいらっしゃい。そうでなければ近くのお医者さんの方がいいです」という言葉が出たのであろう。それにしてもどの先生も、触診によって異常を感知できなかったのであろうか。

結局、最初の救急病院搬送9月4日から、みなと赤十字病院入院の12日まで、8日間を浪費したことになる。そのために〝シルバーウィーク〟に引っかかり、検査も遅れている。

しかし、最初の9月4日にみなと赤十字病院へ行ったとして、元気を回復した良子を見て、先生は直ちにCTスキャンをはじめとした本格検査を実施したであろうか。8日間の経過を聞いたからこそ、その緊迫性を当直医は直感したのではないか。土曜日の夜にもかかわらず、緊急検査を実施してくれた。

更に翌日曜日、別件で救急病棟に来ていた消化器官専門医であるA先生を見た看護師さんが、「先生、ちょっと診てくれませんか」と頼んだそうである。それが翌日の〝ステント〟装着につながった。

「ご縁です」

と、A先生はあい子に言ったそうである。

いろんな経路の中で患者と医師はつながる。

東邦大学で検査を受けて、そのまま入院していれば、A先生とのつながりは生まれなかった。

それが良かったのか、そうでないのか、知る由もない。

「運命やわね」

と良子は言う。

この日、良子の顔色は随分良くなっていた。

私は、曽野綾子さんの『この世に恋して』を持って行った。

9月17日（木）

■出来事

出来事が多い。
10日　常総市において、鬼怒川の堤防決壊。
川内原発1号機営業運転開始
12日　良子入院
14日　阿蘇山噴火
16日　日本時間17日午前7時54分、
チリ沖にてM8・3地震発生

18日　日本に津波が到達
19日　未明、新安保法案成立

良子は重湯の食事をしていた。

顔色は更に良くなっており、何もなかったかのようである。

今日は、曽野綾子さんの『私を変えた聖書の言葉』、同じくクライン孝子さんとの共著『なぜ日本人は成熟できないのか』を届けた。

ＮＨＫの『今日の料理』9月号が欲しいと言われた。

前に下の売店で買って渡しておいた『サライ』10月号付録に、京都の料亭の記事があった。

「おいしそうやねえ」という。

「快気祝いは京都でやろう。お前が行きたい店に連れて行く。早く元気になってよ」

それにしても連休明けまでは何もすることがないのである。

「明日は1時から5時まで外出が許可されたから、家に帰る」

「それじゃボクは会社を休んで送り迎えする」と言った。

9月18日（金）

―久しぶりの帰宅

午後1時5分に正面玄関へ迎えに行くと打ち合わせていた。

定刻に行くと良子は既に待っていて、手を上げた。

自宅まで車で10分の距離である。

「便利やねえ」

そして退院後の通院経路を検討した。バスは便利につながってはいないようである。2度乗り換えしなければならないと思われる。

良子は、自動車は勿論自転車にも乗れない。強い近視である。そして酒も一滴も飲めない。これは洋菓子にも厳重な用心を要するほどで、アルコールの入ったものを食べると顔は蒼白になり、苦しむ。酒に弱いというレベルでないのである。良子にとって、酒は正しく毒薬である。私の妻としてふさわしくないと言えるし、だからこそふさわしいとも言える。

家に帰って、まず、冷蔵庫の中のものを点検し、古くなったものを取り出した。

「ゴミ屋さんはまだ来ていない」

間に合う。それをゴミ集荷ケースに出してきた。少しの時間で、台所が随分きれいになった。段ボール箱に入った私の冬の下着類を出した。すべて新しい冬物の下着類が数セット入っていた。

それから外に出て、可愛がっている草花を点検した。ホトトギスが、咲き始めていた。良子も私も（というより良子の私への影響であるが）、草花が好きである。

それは日本のものに限る。そして〝園芸〟種は好まない。原種、もしくはそれに近いものが好きである。

菊も何種類かあるがすべて〝野菊〟の類いで、花は小さい。旅先の路傍で咲く野菊の一輪をつまんで帰り、培養したものが何種類かある。採取した場所に因んで、「鏡山」とか、「開聞」「八丈」とか、名付けている。これらはすべて道端にいっぱいあるもので、密かに生きているものではない。採取を許してほしいと思う。古里の「那賀川野菊」というのもあるが、これは園芸店より入手したものである。

しかし菊は、今年、まだ咲かない。

テレビで「賢島」の鮑を見た、と良子は言った。

「来年3月は賢島へ行こう」と私は言った。

私たちは伊勢へは何度も行っているが、何月に行ったたか、漠然としか覚えていない。

そこで昨年、私の干支の午年だったが、毎年月をずらしてお伊勢参りしようと決めた。

つまり昨年は1月、今年は2月、来年は3月になる訳である。そして次の午年には1月に戻る。

来年は賢島と伊勢をセットにして、3泊か4泊の旅にしよう。

「おいしい鮑を食おう」と言った。

良子は今日予定があった。横浜市敬老特別乗車証（敬老パス）の更新が9月期限だそうで、その負担金を郵便局から振り込まなければならない。郵便局のお金の処理は16時までなので、3時40分に家を出た。

郵便局での手続きを終え、病院へ戻ったのは4時20分頃である。私は病室へ上がらず、正面玄関で良子を下ろした。

9月23日（水）

━琴と三味線

〝シルバーウィーク〟といわれる連休であった。この連休は最終日を除いて、連日芝居見物することになっていた。それは勿論良子も承知のことである。

19日（土）、22日（火）は夜の部で、無理をして病院の面会許可時間に合わせられないことはないが慌ただしく、良子はそれなりに安定しているので、「来なくて良い」ということであった。

21日は夕刻良子を訪ねた。

「売店にあるカボチャプリンを食べても良いと言われた」と言った。

「動脈から採血された。普通、静脈やのに、どうしてかな？」と不思議そうであった。

私たち夫婦で完全に一致しているのは「食べ物」と「旅行」である。それ以外はほとんど共通するものがない。

私の趣味は音楽鑑賞と芝居であるが、良子には余り興味がない。良子が熱心なのは、お茶、お花、俳句、である。お茶は少人数ではあるがお弟子さんをとったこともある。しかし我が家までは坂道で、当時はバスもなく、高齢の生徒さんには不便であった。

M工業東京支社の華道部創設にかかわり、長い間指導していた。若い女性を指導する良子は生き生きとしていた。当時の支社長はその後社長となった。

私は、良子の点ててくれる茶をおいしいと思うし、花もきれいだと思う。俳句もなかなかのものである。しかし私自身にはそれらの素養がまったくない。

23日は家の周辺を整理した。夏の間に伸びたクズや草を可能な限り除去した。曇天で、作業には好都合であった。そして夕刻5時に、病院へ行った。

「今日は庭をきれいにしたよ」と報告した。

良子の顔色は更に良く、『私を変えた聖書の言葉』と『なぜ日本人は成熟できないのか』を、読み終えたから別なのを持ってきて、と私に返した。

芝居のことも尋ねた。「面白かったよ」と私は答えた。20日の昼の部で、『競（だてくらべ）伊勢物語』が、歌舞伎座では昭和40年以来という、つまり50年ぶりの上演があった。私が驚嘆したのは、死を覚悟した菊之助の信夫（しのぶ）が弾く琴に、そって鳴る三味線であった。私には菊之助の琴が聞こえた。しかし場所によっては三味線だけしか聞こえなかったかもしれない。私もよく耳を澄まして、二つの楽器が協奏していることを確認したのである。菊之助は小さい音で弾いた。あれだけ距離があって、どうしてあのように一体の音が鳴るのだろう。三味線が、どうしてあのように琴の音色と音程で、弾けるのであろう。筋書を見ると、「三味線　鶴澤慎治」とある。

「今年もスダチがいっぱいなっている。今夜はカマスの塩焼きにスダチをたっぷりかけて食べるよ。早く帰ってよ」

「今日から五分粥になった」と良子は言った。「五分粥というのは、ちゃんと米粒があるのよ」

私とあい子は、希望を持って病院をあとにした。

この部分は実際には9月23日に書き始めた。今は25日の午前である。昨24日夜、A先生より覚悟を促すような話があった。今は25日午前で、午後に、良子は胃の検査を受ける。夕刻にA先生より電話があり、そこで決まるのである。今の私にあるのは悲しみである。

9月24日（木）

暗転

A先生とは7時の約束であった。

私とあい子は6時40分に良子のところに着き、A先生を待った。

「照ノ富士、負けてしまった」

と良子は笑顔で言った。

「何か、本、持ってきてくれた？」

私は家に寄って、『今日の料理』のバックナンバー9月号が来ていないかと、それは確認したのであるが、それだけで、そのまま来てしまった。私自身が落ち着きを失っているのである（『今日の料理』は病院から帰ってみるとポストに入っていた）。

売店に本は少ししかなかったし、良子の好みそうなものは見当たらなかった。

「明日は検査やし、明後日でええよ」と良子は言った。

（明日、25日は、能楽堂で『紅天女』を観るため、来られない、と言ってあった）

胃の検査は、ついでにするのだろう、くらいに思っていた。

別件が長引いて、30分遅れの、7時30分にA先生は見えた。

明日の検査について良子と少し話した。

「コブがあるそうですけど、がんではないんですか？」と良子は訊ねた。

先生は、がんと確定できない、というような曖昧な返事をしたと思う。私にはよく聞き取れなかった。ＰＥＴ検査もする、と聞こえた。

私の位置から見える良子は横顔で、目の動きがどうだったのか、表情の変化も分からなかった。

先生は私とあい子に、「パソコンでしか画像は見えませんから」と別な部屋へ誘った。

良子は自分が誘われなかった理由を、鋭く感じたはずである。のんびりとはしているが、鈍感な女ではない。体はまったく自由なのだ。

カバンを置いて行こうとすると、

「そのまま帰ってええよ。持って行ったら？」

と言った。

先生の話を聞いた私と、話したくなかったのであろう。私も話したくなかった。

カバンを持って私は部屋を出た。

A先生の説明は、あい子の要約によれば、次の通りである。

1. 大腸の検体、及び血液検査によれば、普通大腸がんには見られないもの（印環細胞）が入っている。
2. 従って大腸がんが原発でなく、むしろ、胃からの〝転移先〟の可能性が大きい。
3. そういうことを予期して明日の胃検査を予定したのではなかったが、胃検査が極めて重要なものとなった。
4. もし胃にがんがあって、腸へ転移したものであれば、おそらく手術の意味はない。手遅れだろう。
5. 抗がん剤治療をして、余命1年と思われる。
6. 胃がんでない可能性はある。
7. 膵臓がんはないと思う。
8. 胃がん、大腸がんの治療はほぼ確立しているので、「国立がん研究センター」のようなところへ行っても、することは同じと思う。
9. 抗がん剤については患者の負担の少ないものもできている。

胃がんでない可能性、のひと言は、私たちへの〝気休め〟のように思われた。

私は明日の能楽堂はやめ、先生からの呼び出し電話を、自宅で待つことにした。

9月25日（金）

─光明

終日、雨が降り続いた。

今日は自宅待機した。出勤は取りやめた。A先生に4時頃から待つように言われていた。気持ちは暗澹たるものであった。

随分昔であるが、良子に、「オレと結婚して良かったか」と訊ねたことがある。

「まだ結論は出ていない。これからよ」

というのが返事であった。

それが、10年ほど前だろうか、どこか旅先で、

「結論が出た。お父さんと一緒になって、良かった」

と言った。「感謝している」と言った。

「もし感謝してくれるなら、お返しはただ一つだ。オレより先に死ぬな」

「そんなこと、分からん」と良子は言った。

そんなこと分からんのは当たり前である。しかし、「そうするわ」と答えても嘘ではない。いつの場合も当たり前に考え、当たり前のことを言うのが、私の妻である。適当に、ということができない。

1年、という先生の言葉が、私を痛撃する。

3月に賢島から伊勢へ行ったら、もう半年だ。京料理を食べたら、もう、命は尽きるのか。

そのあと、私はどう生きるのだろう。おそらく、生きることがめんどくさくなるだろう。

16時前にあい子は帰宅した。

随分前であるが、末期がんで医者から余命を告げられたとき、私は、「直ちに教えてくれ」と言った。良子は「黙っていてほしい。告げないで」と言った。

私はそのことをあい子に話し、今もお母さんが同じ考えなのか知る由もないが、「今日の先生の話が最悪であった場合、お母さんには隠し通そう」と言った。幸いにも胃にがんがなく大腸の手術が可能な場合、それは状況をお母さんに話そう、と言った。

先生からの電話はなかった。

6時まで待ったが電話がなく、あい子が病院ナースセンターへ問い合わせた。

A先生は緊急の作業が発生し対応している、とのことであった。

7時半にようやく先生より電話があった。8時半なら大丈夫と思うから、来て下さい、とのことであった。

8時20分に病院へ行った。

駐車場は8時で閉鎖されており、私は守衛さんに事情を説明して、奥の駐車場へ置いた。雨は降り続いていた。

私たちは良子の部屋を覗かなかった。

もともと今日は来ないと言ってあった。それが能楽堂での観劇をやめて来たとあれば、何の用で来たのか怪しむであろう。そのことは昨夜、先生に話しておいた。テレビや新聞のある談話室で先生を待った。

先生は更に遅れ、談話室の主照明も消えた9時15分に、見えた。

「面談室」へ案内されパソコンの画面が開かれて、A先生の解説があった。

A先生というのはお若い方で（40前に見える）、すらっとして髭が濃く、甘さのない男前である。時折見せる笑みに優しさがある。声質はベースで、私にとってはもっとも聞き取りにくい音程である。先生も心得て、あい子に向かって話した。

ひきつっていたあい子の顔がさっと和らぎ白い歯が見えたとき、私は良い結果を直感した。

1．胃にがんは見当たらなかった。検体の検査結果が出なければ確言できないが、ＣＴ、内視鏡では、がんは見えない。
2．最初にあってその由来を心配した腹水も、消えている。
3．昨日話したのは、印環細胞が検出されていて、これは大腸がんにはほとんど見られないものである。てっきりスキルス胃がんから来ており、腹水もそれ故と思った（スキルス胃がんというのは昔、逸見政孝という人気テレビキャスターが48歳であっという間に亡くなった、攻撃性の強いがんである）。
4．大腸がんに印環細胞の存在することは、非常に稀であるが皆無ではない。私自身も3例ほど知っている。
5．お母様のがんは、非常に珍しいがんである。

そして、

6．月曜日（28日）に、PET—CTの予約を取ったのち、退院して下さい。予約日は9月29日～10月2日の間として下さい。
7．9月30日、注腸検査（バリウムをお尻に入れる）、採血、呼吸チェック、心電図を行って下さい。
8．10月6日、外科の会議に掛けます。

9．10月7日、手術の打ち合わせをします。

私は、

「現在確認できた範囲では、大腸がんで他に転移しておらず、その部分を切除する、ということでしょうか？」

「その方向です」

「今日の検査で予測される、最良の結果であったと考えて良いでしょうか」

「精密な検査結果はこれからですが、視認できる範囲では、そうです」

「手術はいつ頃になりますか？」

「それは10月6日の外科の先生方の会議で決まります」

「できるだけ早く、お願いします」

毎日毎日刻々、がんは大きくなっていくような気がする。1日でも早く！

私たちはA先生に深くお辞儀して、部屋を出た。

エレベーターに乗って、あい子と二人でバンザイした。

大腸がんであることは確定であるからバンザイでもないのであるが、転移がなければ、局部を切って捨てれば良いのである。実際に私の周囲にも、大腸を切って5年10年、ぴんぴんしている人はいっぱいいる。

お伊勢参りは去年の午年1月から始めて、月ずらしで毎年1度、参拝することにしている。来年は3月である。

次の午年には、私は84歳、良子は81歳で、再び1月の参拝になる。

それまで二人揃って健在であれば、それで十分ではないか。十分すぎるではないか。

9月26日（土）

━アランフェス協奏曲

13時半にあい子と二人で良子を訪ねた。

病室に入るなりバンザイをした。

「何、それ？」

私は黙ってもう一度バンザイした。

「死なんですんだ、いうの？」

「大変だったんだよ。帰ったらゆっくり話してやる」

「胃はきれいだったみたいや」

「それは聞いた」

昨夜、良子に内緒でA先生から聞いたことは、ほぼ全体を良子も承知しているようであった。大腸にあるコブががんであることも分かっていた。昨日聞いた退院のこと、PET―CT検査の予約を取ること、30日の注腸検査その他、記入すべき書類を既に持っていた。

つまり、隠すものは何もなかった。

A先生は昨夜、説明のあとで、「以上のことは奥さまに話してもいいですか？」と私に確認した。私は、「先生からお話し下さい」と同意した。しかしそのときは既に、良子には話していた可能性が大きい。それとも昨夜、私への説明のあと、夜遅く、良子に話したのだろうか。今日先生は非番のはずだからである。

残された最大の懸案は、大腸以外のがんの存在である。

それはクリアされるとして、大腸がん手術の方法がある。開腹手術と内視鏡手術の選択である。その長所短所は、10月7日に詳細な説明があるのであろう。

「予定通り音楽会に行くよ」と良子に言った。良子は勿論承知した。

すみだトリフォニーホールで夕刻6時開演の、ファン・マヌエル・カニサレスというフラメンコ・ギタリストのコンサートがあった。〝カニサレス・フラメンコ・カルテット〟というもので、セカンド・ギター、男女各一人のダンサーがメンバーである。ダンサーは、カスタネット、カホン、パルマという民族楽器も奏する。カルテットの演奏が前後にあって、中間に、カニサレスのソロで新日本フィルハーモニーと共演の、『アランフェス協奏曲』（作曲、ホアキン・ロドリーゴ）があった。私の眼目は『アランフェス協奏曲』であった。

盲目の作曲家ホアキン・ロドリーゴの『アランフェス協奏曲』は、50年以上前、レコードでよく聴いた。ギターはナルシソ・イエペスだったと思う。その後、第2楽章を、マイルス・デイヴィスがトランペットでやった。これも美しかった。

トリフォニーホールは盛況であった。最近の新日本フィルハーモニーの定期は、ダニエル・ハーディングのような特別の指揮者を除いて、これだけの聴衆を集められない。演奏は楽しいものだった。私の心はとりあえず解放されていた。アランフェスの第2楽章はカニサレスと森明子さんのオーボエの掛け合いが、期待通りの美しさであった。

ただ普段の聴衆と若干異なるのは、私の前の夫婦は、身を乗り出して聴く。これはエチケット違反とされている。背もたれに背を付けて、鑑賞しなければならない。

この点に一番厳しいのは、私が知る範囲では歌舞伎座で、進行中でも場内整理員が近づいて注意する。私が動かすのは首の軸だけで、回転するのは首だけである。カメラについても、私の近くの白人女性がパチリとやったとき、すぐにそのカメラは取り上げられた。

私の横のオジサンはずっと体を振動させていたが、第3部ではついに、音は出さないが手拍子を始めた。しかし、前の夫婦といい、横のオジサンといい、私はさほど気にならなかった。フラメンコというものが、本来、おそらくは、劇場のものではないのである。

実に楽しいコンサートであった。

しかし状況が違っていれば、たとえ聴きに来たとしても、私は絶望の闇の中でカニサレスのギターを聴いたであろう。

9月27日（日）

━コオの見舞い

コオが見舞いに来た。

お母さんの入院は告げたが、見舞いには無理して来なくても良い、と言ってあった。コオは料理人で、仕事の時間が、病院の面会時間に合わないのである。それに良子の外観状態そのものはのんびりしていて、緊急なものは何もなかった。本を読み、テレビを見ているのである。

車中で、お母さんが「がん」であることを告げた。コオは黙っていた。

経過を説明した。第1段階のピンチは脱した、と言った。

「明日、一旦退院する」

病室に入ると、良子はコオを見て、笑顔を見せた。

コオも小さく、「よお」と言って、にこっとした。

そして改めて、ことの経過を私がコオに話した。

私たちは、良子も含めて、この10数日で「がん」という言葉に耐性ができていた。しかしコオにとっては重いものだったようである。黙っていた。

コオは良子の実子ではない。

私が大学時代、六つ年上の女に生ませた。その女にとっては災難のような出来事であった。

しかし結局、私のいい加減さを見限り、女は私から去った。

コオは、私の老父母と兄夫婦が育ててくれた。

良子は私の兄嫁《あによめ》の姪である。つまり、私の義姉が、良子の母親の妹である。

良子を一番気に入っていたのが母である。良子ちゃんのような子が来てくれたら、と言っていた。しかし私はなお、私を棄てた女への未練があった。つくづく女々しい、イヤな男であった。

コオもまた、良子になついていた。

あるとき良子が嫂《あね》に、「私がコオちゃんのお母さんになってあげようか」と言った。

良子は、子持ちの男と結婚する必要のない、若い、処女であった。

なぜそのような気持ちになったのか、私には分からない。

嫂はその言葉を逃さなかった。

まだ逃げた女を吹っ切れぬ私は、その話から逃げようとしたが、父母も、兄夫婦も、それを許さなかった。

コオは、強さはないが素直に育った。素直すぎるのが歯がゆいほど、穏やかな性格に育った。結局それは、良子に似たのだと思う。

『サライ』10月号の付録、「和食は京都にあり」が、良子の膝元にあった。

「これ、おいしそうやねえ」

と良子が、ある割烹店のページを開いて、言った。

「よし、それじゃ、お母さんの快気祝いはこの店でやろう。みんなで京都へ行こう」

コオもあい子も、そうしようと言った。

結婚して数年、おそらく10年近く、私は良子に優しい夫ではなかった。暴力を振るったことはないが、勝手で、冷たい男であった。あるとき、良子は言った。

「お父さんはしたいこと、何をしてもええよ。でも、私は絶対にお父さんと別れない」

私はどこかで、良子が辛抱切らして逃げ出してくれることを待っていた。このひと言で、私の目は覚めた。私は負けたのである。

良子を知る私の義兄は、「精神安定剤」と言った。良子ちゃんと一緒なら10年は命が伸びるだろう、と言った。良子は、無類の「安定」であった。

ただ一度を除いて、良子が、慌てたり取り乱したりするのを見たことがない。動揺というものがない。

一度というのは、私が、ある女性に心を寄せたときである。良子も知っている女であった。実際には彼女との間には何もなかった。手を握ったこともない。しかしその女性を見た私の目つきに、良子は逆上した。何もないと私が言っても、聞く耳を持たなかった。あの目つきは、何もない目でない、そう言って、皿を床へ叩きつけた。狂乱と言えた。

しかし実際のところ、それは良子の、凄い感覚であった。鈍感な女ではなかった。何もなかったのは、私が相手にされなかったからである。

9月28日（月）

退院

一旦退院した。

病院食で少し痩せたが、血色も良く、元気である。

良子は、私たち父娘が「余命1年」の確率が大であると告げられたこと以外、全体を正確に理解していた。

「胃にがんがあれば手術は無意味、1年の命と言われたんだぞ」

「印環細胞というのは大腸にあることは稀なことらしい。皆無ではないが滅多にないそうや。スキルス胃がんが発生源で、腸は転移先だと思う、それであれば、もう、手術は無駄だ、そう言われたんや。あのときの先生の顔は、胃がんは必ずあるという顔やった」

「25日の夜、お前に内緒で実は病院へ行った。9時15分まで先生と話せなかった。デイルームの明かりも消された。それから面談室へ行って先生の話を聞いた。胃がんは見当たらなかったと聞いて、帰りのエレベーターの中でバンザイしたぞ」

「それで26日に来たときバンザイしたんやね。なにしとるんか思うた」

「長生きしてくれや。頼むわ」

「そんなこと言われたって、ワカラン」

そして、

「私は、やりたいことは全部やったから、いつでも、十分です、そう先生に言うた」

先生は笑っていたそうである。

えらい達観したことを言ったものである。

私に対しても、「思い残すことはない」と良子は言う。

あっさり言われても、こっちは困る。

「食い逃げするな」と言った。

良子が26日の産経新聞から、こんな記事を見付けた。

「こんな記事が出ている」と笑いながら見せた。

不安な表情はまったくなかった。この記事の病院で治療を受けているのだが。

内視鏡処置で死亡事故　横浜の病院「不適切対応あった」（産経新聞２０１５年９月26日）

横浜市立みなと赤十字病院（横浜市中区）は25日、救急搬送された70代の男性患者が内視鏡を用いた処置を受けたあとに容体が悪化、その後の対応が遅れたことなどで心肺停止となり、死亡につながったと明らかにした。四宮謙一院長は「患者管理に不適切な対応があった。心からお詫び申し上げる」と謝罪した。

同院によると、男性は昨年12月17日に腹痛などを訴えて緊急搬送され、総胆管結石による胆管炎と診断された。

同日、内視鏡を用いた切開処置を受けたが、処置後の18日朝に失血性ショックとなり、切開箇所の止血を行う再処置中に一時心肺が停止。昏睡（こんすい）状態となって今年2

月20日に敗血症・多臓器不全で死亡した。

四宮院長は25日の記者会見で、「手技（技術的）に問題はなかった」としたが、下血時に緊急輸血をせず、再処置中に男性の血液中の酸素濃度が低下する状態悪化にも気付かないなど、対応が遅れたとした。

外部有識者などからなる事故調査委員会を立ち上げた同病院は8月31日、事故経緯について同委員会から報告を受け、遺族に謝罪。今月17日に遺族との間で和解が成立したという。


内視鏡手術にするのか開腹手術にするか、10月7日に決めなければならない。

成功が確かなら内視鏡が良いのだろう。

良子には既に胆嚢摘出を内視鏡で行った経験がある（3・11大震災のとき、病院のベッドの上にあった。手術は確か3・11の2日ほど前だった。点滴液の支柱が動くのを必死で押さえたと聞いた。手術中ドンピシャリの可能性もあった訳で、そのような人も、当然いたであろう）。

病院の最後の夜は中秋の名月、
退院した夜は、〝スーパームーン〟だった。

共に、美しい月が見えた。

9月30日（水）
永代神楽祭

良子が落ち着いて平然としているのに驚いている。

昨晩、大阪の姉から良子に電話があった。

「がんはできてしもうたんやから、しようないです。はは」

なんて言っている。姉は姉で、

「悪いとこは切って棄て、ええとこつないだら終わりや。何でもあらへん」

なんて言ったらしい。実際に左の乳房を切って棄て、ぴんぴんしている姉である。

私が同じ立場でも、似たような会話をしたような気がする。

どうもうちの家族は、生に恬淡なところがある。

次兄が、もう30年も前と記憶するが、田舎の医者にがんを告げられた。

がんだという医者に、兄はにこにこしながら、「ああ、そうですか」と答えたそうである。

医者はともかく看護師たちは、「このオッサン、ぼけとるんちゃうか、いう顔しとった」と、兄はそれを観察していたらしく、笑いながら言った。

十分に生きた、という思いが、私の想像できぬ深さで兄にはあるような気がする。そういう人生だった。

兄は姉の強力な勧めで姉の紹介する大阪の病院へ移った。再検査の結果がんでなかった。90歳の今も健在である。

今日は良子を病院に下ろし、その足で靖國神社へ向かった。

長兄の「永代神楽祭」があって、参列した。

9月30日に所縁のある戦死者の遺族が寄っている。9月30日は、長兄の戦死公報に記された戦死の日である。実際には9月30日の50日も前に、部隊は「玉砕」していた。

奇遇があった。

私のあとで署名した方が私とまったく同じ名前で、先に記入した私は知る由もなかったのであるが、その人は私に話し掛けて来た。私より一回りはお若いと見えた。

父の戸籍簿の命日が9月30日になっている、と彼は言った。

場所も、兄と同じ大宮島（グアム）であった。

グアムの実質壊滅は8月10日で、日本軍の組織的抵抗が完全に終結したのが11日であったと記録されている。その方の父上も、戦死公報に記された9月30日を「命日」とされたのであろう。グアムの部隊は全員、9月30日の戦死として公報したと考えられる。いい加減、というか、分からないのである。しかしおそらく、9月30日まで生存していた可能性はない。

兄の「命日」を、父母は8月10日とした。過去帳に、

「戦死公報ニヨレバ九月三十日戦死シタトアルガ其後帰還戦友ノ話ニヨリ八月十日ノ命日トス」

と記されている。

私がなぜ9月30日を「永代神楽祭」に設営したのかというと、過去帳に記された戦死公報記載日付であること、それに8月は15日には必ず靖國へ参るので、そのようにした。季節のこともあった。

今日もさわやかな最高の日和であった。

二人の仕女による供物の奉奠《ほうてん》、神職により延々と戦死者（御祭神）のお名前が奉上され、仕女が慰めの神楽を舞う。カトリック教会の「連願」に通じるところがある。名前が連綿と詠み上げられるだけである。それが祈りになっている。

集まったのは40人ほどだったと思う。

単純な祭儀であるが、50分ほどだった。しかし30分にしか感じなかった。

検査を終えた良子を迎えに病院へ寄った。

帰りに近所の町医者「T医院」へ飛び込んで、〝丸山ワクチン〟の治験を頼み、引き受けて頂いた。初めて訪ねた医院であった。

丸山ワクチンについては、これからも何度も書くことになるであろう。ずっと気になっている〝ワクチン〟である。

40年余り前と思うが、今東光がテレビで、「がんをやっつける必要はない。一緒に生きればいいんだ」と言っていた。東光さんはこのワクチンを使っており、79歳まで元気であった。それ以来、丸山ワクチンの名は、ずっと私の記憶に残っていた。

丸山ワクチンの開発者・丸山千里氏のご長男が、株式会社ソニー・ミュージックエンタテインメントの社長を務めた丸山茂雄氏である。

丸山茂雄氏ご本人が66歳で食道がん発覚、Ⅳ期、余命4カ月を告げられた。それが現在74歳であると思えるが、健在である。

丸山さんがソニー本体の社長になっていれば、ソニーがアップルになっていたかもしれない。

10月1日（木）

━妻に急逝された人の人生相談

一昨日29日、ＰＥＴ―ＣＴ検査のために、私は良子を病院へ送り迎えした。その際に売店で読売新聞を買った（私の定期購読紙は産経である）。

その中に下のような文章があった。

私は普段は「人生相談」的なものは余り読まないのであるが、今回はタイトルが目に飛び込んで来た。

妻が急逝　日々泣き暮らす（読売新聞「人生案内」２０１５年9月29日）

60代の男性。妻が急逝し、この先、どう生きていったらいいのか分かりません。

妻とは34年間、生活を共にしてきました。大好きな人でした。つらいとか悲しいとか、そんな言葉では言い表せません。恥ずかしいことですが、大の男が日々泣いております。

私はおしゃべりな小心者です。生前は毎日のように、どうでもよい話をしていました。迷っているときには、妻は「ばか、そっちの方がええよ！」などとアドバイスをしてくれました。

そんな会話が、今はもうできないのです。家の中にポツンと一人。ひと言もしゃべらず過ごしています。

幸い、葬儀など手続きは二人の息子たちがすべて代行してくれました。とても頼りになりました。

このように息子たちを立派に育て上げてくれたお母さん。妻であり、私の大好きな恋人でもありました。

人間の涙はかれることがないのでしょうか。この弱くてだらしない男にひと言、お願いいたします。

（大阪・T男）

この相談に対して、出久根達郎という方が、非常に優しいコメントをしている。が、それは省略する。

この人に比べると、私はまったく得手勝手である。自分の都合で女房に「長生きしてくれ」と言っている訳である。

簡単にいうと、良子に先に死なれると「不便になる」ということだ。

私は、良子の作ってくれるものが一番おいしいし、良子と一緒に旅行するのが一番楽しい。

それが失われるのが辛い。と、あくまで自分本位である。

泣き暮らす、ということは私にはないと思う。しかし、生きるのがめんどくさくなる、それは、確実にそうなると思う。

富士の「青木ヶ原樹海」という場所がいつも私の心にあって、もし良子に先立たれたら、三回忌を終えたあと、私はこの場所で行方不明になるだろう、というような妄想がある。

10月3日（土）

━浅田真央

今日は庭の手入れをした。

小さな庭である。そこに良子がいろんな草花を植えている。

花壇と言うには何の整備も整理もされていない。

雑草と花が同居している。前に、雑草を除去しすぎると、結局、目的の草花も元気を失うことを発見した。それ以来、手入れは最小限にしている。バッタやカマキリやてんとう虫がいる。トカゲも走る。蛇がトグロを巻いていることもある。私はそれらのすべてが、ヤモリ君は勿論、ムカデ君も、可愛い。私がきらいなのは蚊とゴキブリだけで、それ以外はハエも殺さない。蜘蛛などはそのデザインの見事さに、いつも見惚れる。

多くの虫や小動物が草を好む。だから基本的には、茫々と生やしてある。

ドクダミというのも、実は可愛い花である。

しかしいかにも繁殖力が強すぎる。これと、小笹。この二つは、間引いてやらないと、すべてを台無しにしてしまう。

しかし私には〝雑草〟と「草花」の見分けができない。

「草花」と言っても、園芸種はほとんどない。多くは地方の「道の駅」で入手した。あるいは旅先の園芸店である。秋明菊、オカトラノオ、名前の分からない小さなスミレ、野紺菊、ホタルブクロ、ツリガネニンジン、イヌノフグリ、ウマノアシガタ、ミズヒキ、ユキノシタ、ナデシコ、フジバカマ、ハンゲショウ、シラン、ネジバナ、三寸アヤメ、ホトトギス、ホウチャクソウ、雁金草。

勝手に生えてきたものも多いのである。購入した土や腐葉土に潜んでいたのであろう。大体が小さな花である。都会の園芸店では入手できない。買う人がいないから、商品にならないのである。

雑草と区別がつかないので、抜いてしまったり踏んづけたりする。ところが良子は、どこに何があるか、よく憶えている。そして草の名も、よく知っている。従って私が庭の整理をするときは、必ず良子に立ち会ってもらうことにしている。監視である。

雑草と私は書く。そうとしか書きようがないのであるが、「雑草という草はない」という昭和天皇のお言葉を、私は美しいものと思っている。

今日も久しぶりに良子と一緒に庭の整理ができて、楽しかった。

しかし良子が途中でいなくなったので部屋を覗いてみると、疲れた、と顔色が悪かった。

私は後悔した。幸い、少し休んだら、もとに戻った。夕飯の支度をしてくれた。

夜は、浅田真央の出場する「フィギュアスケート・ジャパンオープン」の実況を見た。真央ちゃんは冒頭のトリプルアクセルを決めたことによって、見事な復活を宣言した。私たちは拍手した。

良子もがんを克服し、見事に復活してほしい。

10月5日（月）

―丸山ワクチン

丸山ワクチンの治療開始には、必ず、本人もしくはその代理が医師の署名捺印した「治験承諾書」を持って日本医科大学付属病院・ワクチン療法研究施設を訪れ、約2時間の説明を聞く必要がある。受付は、月火木の9時〜11時。私たちがT先生の「治験承諾書」を貰ったのが先週木曜日（10月1日）だったから、今日が最短だった訳である。

（「治験」とは、厚生労働省のサイトによれば、〝人における試験を一般に「臨床試験」といいますが、「クスリの候補」を用いて国の承認を得るための成績を集める臨床試験は、特に「治験」と呼ばれています。〟とある）

早くに行ったのであるが、より早い人がいて、受付番号は「3」であった。

そして発行された「SSM診察券登録番号」が、〝39939 3〟であった。

SSMというのは〝丸山ワクチン〟の治験薬としてのコード名らしい。売薬として認可されていないので、商品名は付けられないのである。良子はその、39万9393人目の、治験引受者であった。数字を見た途端、びびっと来た。

診察券番号の39939 3は、3で割り切れる。「3」は、カトリックでは神聖な数である。三位一体の神という。

39939 3を個別に足すと、36になる。

36を3で割ると12になる。

1＋2＝3
3と6を足したら9になる。

9÷3＝3
そして受付番号の「3」

私はこの数字の中に、神を感じたかった。

私と一緒に説明を受けたのは7～8名だったと思う。

あとで書類を配られるとき住所氏名を確認したので分かったのであるが、熊本、石川、愛知の方がおられた。東京、横浜は、各一人だった。治験を始めるには、どのような遠方であろうと、最初の一度は、本人もしくは代理人がこの場所に出席し、説明を受けなければならないのである。

説明の途中で、しくしく鼻をすする音がした。30代と思える若い男女の、女性の方である。夫婦と思うが、姉弟だったかもしれない。親族が、切迫した状態にあると想像できた。

父母だろうか。兄弟だろうか。

父母や、姉や兄であれば、私は泣かないような気がする。悲しみはするだろうが、まだ命のある段階で泣かないように思う。

弟だろうか、妹だろうか。

私はつい3日前、10月3日に送られてきた、S氏のメールを思い起こした。泣いたその女性を、S氏のお嬢さんのように思った。

S氏は、中1のお孫さんが甲状腺がんと診断されて、手術に向けて検査を受けていたこと、

そして、重篤との結果が告げられたこと、

既に転移したがん、あるいは多発性のがんが骨・血管・肺に見つかり、……云々、

手術をしなければ確実に近く命を失う、手術がうまくいっても完治は期待できない、

祈ってほしいと、そのような悲痛な文言であった。

S氏は勿論、私の妻の現状を知らない。

すすり泣く女性を、その少女の、母親に重ねた。


説明を終えて、SSM、40日分を受領した。

終えたのは11時であったが、次の受講者が数名待っていた。日に2組が予定されているようであった。

私は会社事務所へ寄り短時間作業して、帰宅した。

良子を乗せてT医院へ行った。

T医院についてはこれからも書くことがあるだろうが、興味の持てる医院である。まったく混んでいない。今日も待機患者はいなかった。私たちが話しているとき男性が一人入ってきて、その人を先生は診察室へ入れ、先生も消えた。しかし5分ほどで診療は終わり、先生自らクスリを渡し、会計をした（つまり医院には、先生だけしかいなかった。診療、投薬、会計、全部一人である）。

医院そのものが、そういう造りである。

患者側からの診察室へのドアはあるが、先生側の診療室、クスリ棚、受付（会計）窓口は〝ツーツー〟で仕切りもない。患者が診療を終え出てきたときには、先生はクスリを持って、会計機の横にいるのである。

造りがこうであることは、隆盛していた医院がサビれた、のではない、ということだ。最初からそのつもりで造っているのである。商売気がない。

先生は私たちに色々質問した。「がんと確定しているのか」と訊ねた。

「確定とは告げられていないが、確実と聞いている」

「がんと確定してから射ち始めたらいいのではないか」

「早く射ちたいです」

「どうせ効かないし、副作用もないとのことですから、それじゃあ射ちましょう」

ということで、記念すべき第一針が良子の腕に刺さった。

この日、環太平洋戦略的経済連携協定（ＴＰＰ）交渉が大筋合意した。

また、北里大特別栄誉教授の大村智氏へのノーベル生理学・医学賞授与が発表された。

第四章　2015年（後）

2015年10月7日（水）

━セカンド・オピニオン

今日、9時30分に、全体説明に呼ばれていた。入院中のように面談室で説明されるのかと思っていたが、通常の診察室で、順番を待つのであった。20分ほど早く行ったが、実際に順番が来たのは10時を過ぎていた。良子、あい子と、三人で診察室に入った。

A先生の説明は、29日のPET—CT検査、30日の注腸検査結果を終えて、「転移先は発見されなかった」、つまり、先月25日に受けた説明と「変わるものはない」ということであった。私たちは安堵した。

良子は終始穏やかな顔をしており、普通に先生としゃべった。「野村さんは元気ですね」と先生は、前に言った言葉を今日も言った。「お母さんは元気ですね」とあい子にも言った。今回の一連の〝騒動〟の中で、良子の、落ち込んだ姿を見たことはなかった。淡々としていた。今回に限らず結婚して48年、彼女が動揺した姿をほとんど見たことがない。

A先生の説明要点は次の通りである。

（1）大腸以外にがんはなかった。
（2）「印環細胞がん」というがんで、大腸にできることは極めて稀である。
（3）スキルスがんにまでは至っていない。

先生は13日火曜日の会議に掛けたいと言った。手術の日程、方法を決める会議であると思う。

セカンド・オピニオンについてあい子が話した。

姪（あい子にとっては従姉妹）夫婦が医者で、そのアドバイスは、「がん研　有明病院」でセカンド・オピニオンを取ってみるように、ということであった。もともとセカンド・オピニオンの話はあい子が先生にしていた。

セカンド・オピニオンについては、病院側にまったく抵抗はない。この病院自体が、他からの「セカンド・オピニオン相談窓口」を持っている。A先生も、紹介状はすぐ書きます、とおっしゃった。そして「紹介状」は夕刻、あい子が取りに行くことになった。ただ先生は、13日の会議に掛けるか掛けないか、前日までに連絡を下さいと言った。当然のことである。

このことについては、良子の退院のあと、家族で協議していた。私の考えは、がんは生きているのであるからできるだけ早く除去するのが良いのではないか、「がん研　有明病院」でこれから協議を始めて施術の時期が早まるとは思えない、「病院は良かった。医師も良かった。しかし手遅れだった」というのが怖い、というものであった。

あい子は、可能な限り、あらゆる手段に当たってみるべきだ、と言った。私は本件については、お前とお母さんで結論を出してくれ、と逃げた。

9月30日にあい子が「がん研　有明病院」に問い合わせたところ、現在の担当医の「紹介状」が必要、とのことであった。すぐに、みなと赤十字病院へ連絡したところ、A先生は10月6日まで不在ということだったのである。

その紹介状が本日夕刻手に入ることが確かになったので、あい子は改めて「がん研　有明病院」に連絡した。そして予約できた最短の相談設定日が、13日火曜日であった。

日中はA先生と連絡が取れず、夜になって先生から、拙宅に電話があった。私は「がん研　有明病院」でのセカンド・オピニオン取得が13日まで不可能なことを話した。有明病院で治療を受ける可能性があるなら、みなと赤十字で13日の工程会議に掛けることを辞退するのがスジである。私は、もう一両日結論を待って頂きたい、と話し了解を得た。しかし直後に、13日の工程会議を外した場合、毎週火曜日に工程会議はあるのか、つまり単に「1週間の遅延」の話なのか、きっちり確認できていなかったと気付いた。

あい子にもう一度電話してもらった。あい子が結論を出した。

「13日の工程会議に掛け、最短の手術日を設定して頂く。がん研　有明病院で手術は受けないが、セカンド・オピニオンは聞きに行く」というものである。

「がん研の意見を是非私にも教えて下さい」というA先生の言葉だったようである。

昨日、10月6日、東京大学宇宙線研究所所長・梶田隆章教授、ノーベル物理学賞を受賞
本日、10月7日、第3次安倍改造内閣発足

10月11日（日）

クズとカラスウリ

我が家の裏は崖状に立ち上がっている。一気に立ち上がるのではなく、3段に土留めされている。その上に、我が家の土地に沿って細い市道がある。市道は斜めに通っている。つまり裏の傾斜地は長方形でない。ということは傾斜の角度が一定でない。北側は随分緩い。そこに裏からも出入りできるようにS字型の石段を設けてある。

市道沿いは山茶花で生け垣にしてある。

その生け垣が夏の間にクズで覆われる。取っても取っても生えてくる。抜こうとしても必ず途中で切れるので、そこから再生して来る。掘り返さぬ限り球根は残る。

実に厄介なものである。

このクズが〝吉野葛〟のクズであり、秋の七草の一つとは、とても信じられない。

同じつる性でもカラスウリは好きで、3年ほど前旅先の山道にぶら下がっていた実を採取し、帰って種を山茶花の下に蒔いた。それが去年から成長した。まだ結実しないのであるが、夜間に、羽毛のような幻想的な花を付ける。

今年も花は付けた。しかし結実はしなかった。

ところが、不思議なことに気付いた。クズが減ったのである。

クズは例年、真夏の太陽を吸収して山茶花を覆い尽くすように伸びる。猛暑故、抜き取る作業の気力が出ない。秋に植木屋さんが入るまで、みっともない姿を晒すのである。市道とはいえ裏道で、人通りは多くなく、犬の散歩用路の感じなので、横着している。

今年はそのクズが、激減と言ってよい減りようである。

私は除草剤のようなものは一切使用しない。虫であれ蜘蛛であれミミズであれ、殺したくない。もっとも、ワンちゃん、ニャンちゃんには警告している。

ワンちゃん、ニャンちゃんへ
衛生保持のため定期的に薬剤を散布しています
昏倒の恐れがありますので
鼻を近づけないで下さい

ウソをついているのである。

フンをするな、と書いても効果は薄い、と私は思う。

フンをするな、というのは、相手が加害者である。こっちは被害者である。昏倒するぞ、というのは、相手が被害者である。こっちは加害者である。

今年、クズが減ったことは事実である。来年もそうなのか、そしてそれがカラスウリの成長と関係があるのか、興味をもって観察したいと思う。

「丸山ワクチン・オフィシャルサイト」によると、
丸山ワクチン（ＳＳＭ＝Specific Substance MARUYAMA）は１９４４年、皮膚結核の治療薬として誕生しました。（中略）皮膚結核やハンセン病の治療に打ち込む中で、あるとき、この二つの病気にはガン患者が少ないという共通点が見つかりました。このようにして、ガンに対するワクチンの作用を調べる研究が始まりました。

とある。

ウィキペディアによると、

丸山ワクチンは、１９４４年に皮膚結核の治療薬として誕生した医薬品。タンパク質を除去したヒト型結核菌青山Ｂ株から抽出したリポアラビノマンナン及びその他のリポ多糖（ＬＰＳ）を主成分とする。

とある。結核菌由来なのである。

昔、天然痘の根絶と時期を同じくしてエイズが発生したと、聞いた記憶がある。

今年のノーベル生理学・医学賞受賞者大村智博士のイベルメクチンは川奈の土の中から発見されたバクテリア由来だという。

クズというのは林業の方々も困っていると思うが、カラスウリから有効な抑制液が作り出せないだろうか。

10月14日（水）

━執刀医

一昨日12日、体育の日に、やなせたかし氏の、『人生なんて夢だけど』（フレーベル館）と『わたしが正義について語るなら』（ポプラ社）が届いた。インターネット検索で、やなせ先生の奥さまと丸山ワクチンのことを知ったからである。

原文は東京新聞（中日新聞）に連載された、やなせたかし氏の『この道』という自伝エッセーとのことであった。更に調べてみると、それらの文章が『人生なんて夢だけど』として単行本になっていることを知った。

やなせ夫人のがんが発見されたのは１９８８年12月である。即手術をした。

「お気の毒ですが、奥さまの生命は長くてあと３カ月です。がんが全身に転移しています。これは既に第４期の終わりで、第１期ならば完治したと思いますが、肝臓にもびっしりとがんが転移しており、もう手のほどこしようがありません」（２２８ページ）

そんな状態が、里中満智子さんから、里中さん自身が使用している「丸山ワクチン」のことを聞き、

〝「そんなもの効きませんよ」という医師に頼み込んで打ち始めました。〟（２２９ページ）

〝余命3カ月はあっという間に通過して元気いっぱい。地図を広げて「山は全部登ったから、次は中山道を京都まで歩いてみたい。あんたも行かない」なんて言い出したので、「いったい何が起きたんだ。奇跡というものはあるもんだ」とうれしくなりました。〟（231ページ）

〝1991年7月、（中略）……カミさんの病気は一見安定しているように見えましたが、実はこのあたりから丸山ワクチンを打つのを止めていたのです。〟（246ページ）

1993年11月、奥さまは亡くなる。

それにしても余命3カ月を告げられてから5年、元気に過ごされたのである。

お医者さんは、「抗がん剤がよく効いた」と言われたそうであるが、やなせ先生は、丸山ワクチンの効果であると信じておられる。

私は心の支えとして、その文章を、この目で確かめたかったのである。

本が届いたのは12日夕刻で、翌未明の3時、やなせたかし氏は逝去された。

昨日13日、「がん研　有明病院」でセカンド・オピニオンを受けた。

手術そのものは「みなと赤十字病院」で受けると決めていた。

みなと赤十字で工程に入れてもらい、それをキャンセルするのは、病院は勿論、他の患者さんにも迷惑を掛ける。がん研で手術を受ける可能性があるなら、みなと赤十字での確定をずらしてもらうのがスジだと思った。ウロキョロして処置の遅れるのを私たちは心配した。13日、この同じ日に、みなと赤十字の工程会議があった。私たちは、手術はみなと赤十字で受けるとA先生に約束した。

がん研の先生は私たちが持参したDVDの画面を見ながら、丁寧に話して下さった。「播種」という言葉も初めて聞いた。内視鏡ではそのようなものは見えない（外にあるのだから）。

PET—CTでも確認できないがん細胞がある、というようなことだったと思う。私たちの最大の関心事である手術の方法について、先生なら「開腹手術」と「腹腔鏡下手術」、どちらを採用するか、と訊ねた。先生は、「私なら腹腔鏡でやるでしょう」と言った。

「（みなと赤十字病院の）技術的には、どうでしょうか？」

「みなと赤十字にはBという医者がいるでしょう。彼なら腕は確かです。かつてがん研にいて私も一緒に仕事しました」

先生が口にしたB医師の名に良子は声をはずませた。A先生が「手術をするならB先生が担当になると思います」と言うのを覚えていた。

「B先生が担当する言うてました」。

すると先生は「そうですか。では私からも推薦の手紙を書きましょう」と、私たちの主治医A先生に対して、（おそらくB医師推薦の）手紙を書いて下さった。


今日14日、9時の予約であった。

前回の経験があったので8時ほんの少し過ぎに受付を終えた。

それでも9時20分頃の呼び出しになった。

良子が、がん研先生の手紙を渡した。A先生は一読にっこりして、「B先生の予約を取ります」と、パソコンに打ち込んだ。

B先生の外来対応は月火で（ということはそれ以外は手術なのだろう）、最短の来週月曜日、19日9時を設定してくれた。

本当は6日（火）に工程会議があり、そこで担当医師も日程も決まっていたはずである。その場合はおそらく、A先生の口ぶりから、「開腹手術」になったと思う。

なぜか、それは何事もなく過ぎてしまった。

良子の状態を「緊急」と判断しなかったのなら良い状況であるが、よく分からない。

私たちにも「がん研」でのセカンド・オピニオンを受けるつもりがあったので、特に話題にしなかった。ひょっとすれば（手際の良い病院なら）、6日に担当医師と日程が決まり、流れから、「開腹手術」になっていたと思う。

昨日13日の会議でどのような決定がなされたのか、話はそっちへ行くことはなかったし、不必要であった。良子のことは、昨日、実はペンディングになっていたのかもしれない。

19日（月）9時に、外科外来を訪ねる。内科のA先生から外科のB先生へ、良子の命の襷は渡されたのである。

「元気になった姿を、見せに来て下さい」と、A先生は言った。

10月17日（土）
一文七元結

私には、何度観ても泣ける芝居が2本あって、それは、『一本刀土俵入』と、『文七元結』である。

今日は歌舞伎座で『文七元結』を観た。左官長兵衛を菊五郎、時蔵の女房お兼、角海老

手代藤助　團蔵、角海老女房お駒　玉三郎。文七を梅枝、お久を右近が演じた。

　素晴らしい舞台であったと思う。

　右近のお久が可憐であった。

　ただ結末の、角海老から身請けされ振り袖姿で戻ってくる場面は、着物の華麗さは良いのであるが、顔の塗りは抑えた方がよかったように思う。一晩しか経っていないのである。歌舞伎がリアリズムでないのは承知しているが。

　この二つの芝居でいつも連想するのは、聖書・ルカ伝の「よきサマリア人」の話である。「隣人とは何か」という問いかけである。


　今日は実は、不愉快な出来事があった。

　その件であい子は私を非難する。私は反論しない。ただメモに記しておく（この「メモ」は、子供たちへの遺言として記している。私が頓死せぬ限り、いつかの時点で、この文章を子供らに教えるつもりである）。

　今日歌舞伎座の昼の部の演目は、

『音羽嶽だんまり』

『矢の根』

『一條大蔵譚』

そして、

『文七元結』

であった。

私の席は中央下手側の2列目、その右斜め前、つまり私の右隣あい子の前に、その人物はいた。最前列ということになる。

冒頭の『音羽嶽だんまり』が始まり、松也、萬太郎、児太郎、三人が花道から中央へ登場し、華麗に踊る。若いということはすべてに勝る花である。美しい。

ところが右前のその人物は舞台を見ず、筋書のページをめくっている。私自身は開演中に筋書を開けることはしないが、時折、役者の確認であろう、開ける人がいる。それを一々は気にしない。しかし今回は度を超えていた。

文字を読むのではない。読んでいるのであればそのスピードでページをめくらない。ただ単にページを右から左へ、左から右へ、めくり続けているのである。

前を見ると、その男の左隣、つまり私の正面の人は、それが目に入らぬようにするためか、手の平を、馬の遮眼革のように顔に当てている。

舞台は若手三人が懸命に踊っている。

私はついに後ろから、その男の左肩に指を触れた。振り返った男に、私は本を閉じるように手で示した。

最前列ほぼ正面なのである。役者の目に入っているだろう。自分たちの演技への無視である。

幕間にその男は振り返り、私に文句を言った。

「だんまり（第2場）が始まれば見ようと思っていた。それまではつまらないから見なかった」

と彼は言った。ということは一場中、彼はその動作を続けるつもりでいたことになる。

「見たくなければ目をつむっていればいいじゃないか」

「私の勝手だ。自分の価値観を人に押しつけるな」

「価値観の問題でなく、エチケットの問題だろう」

小さな声での会話だったので、幕間のざわめきの中、周囲の誰も気付かなかったであろう。あい子は、「あとで父に言い聞かせますから」というような言葉で私に非があるとし、おさめようとした。

あい子に反論すれば数倍する反撃が予測できるので、大塚家具を劇場で演じたくなく、私は黙った。しかしあい子の位置は男の真うしろで、私が問題とする動作は見えていないのである。

歌舞伎座は勿論、どこの劇場・コンサートホールでも、ビニール袋が立てる音にまで注意する。プログラムをめくる動作には、音に加えて視覚的迷惑影響がある。私の場合は芝居でもコンサートでも、開演中はすべてを足下に置き、膝上には何も乗せない。

一昨年（２０１３年）の2月に東京文化会館で、三枝成彰作曲のオペラ『KAMIKAZE──神風──』があった。

私の左にいた中年女性は開始直前まで携帯メール操作をし、慌てて切ろうとしたが開始の弦の最弱音は鳴り始めた。携帯のライトが目の前で動いた。私は息を詰めて、出だしを聴きたいのである。作曲者も命を込めて、その音を発見したと思う。残念であった。

作者も演者もスタッフも、一瞬一瞬、精魂込めてやっていると思う。私たちもそのように仕事をしている。観客は楽しみで行くのであるが、周囲に対する配慮は勿論、提供者に対しても感謝と敬意を持ちたいと思う。

10月19日（月）

━手術日決定

ようやく良子の手術日程が決まった。

30日入院、11月2日の手術。

「がん研　有明病院」のセカンド・オピニオンを受けた先生ともつながるB先生の診察室を訪ねた。患者に医師の「腕」は分からないので、これは一つの安心ではあるが、実際には何の保証にもならない。医者の腕は、患者には比較しようがないのである。患者は常に一発勝負、復元やり直しはできない。

9月12日に入院して、手術日まで50日になる。実に悠長な対応に思えるが、緊急手術で開腹されていたとして、それが良かったのかどうか。それが良かったかもしれない。分からないのだ。

旧友と久しぶりに電話で話し合った。

奥さんががんだったので様子を聞いた。「がん研　有明病院」で大腸がん、腹腔鏡下手術を受けてから6年、現在も元気である。

「がんと分かっていた訳ではないが、かつてがん研で治療を受けた知人の紹介でがん研のセカンド・オピニオンを受けた。画像を見るなり、これはがんだ、即日入院、あっという間に手術になった」

「うちは50日や。のんびりしとるなあ」

「そりゃ、そんなに緊急と思うとらんのやろ」

「うん、そんな風にも、希望的にとっている」

夜、良子に話したら、

「赤十字は、どうせ手遅れや、思うとるんちゃうかな」

という。

いずれにせよ、もうじたばたできないのである。

B先生の印象は、医者にしては声が大きく、はきはきしていた。好感を持った。好感を持つ以外の選択はないのである。この人を頼るしかない。手術は腹腔鏡下によって行われ、入院期間は（何もなければ）1週間、11月9日の退院になる、とのことである。あっけない、と言えば言える。但し、どのような検査をしても検査だけでは見えないものがある、何があるか、やってみなければ分からない、ということであった。

要は、分からない、人の命なんて。

10月24日（土）

山百合とスダチ

先週の日曜日（18日）、日本花卉《ニホンカキ》より届いていた山百合の球根2球を、裏の傾斜地へ植えた。

球根そのものは随分前に予約注文してあったものだが、たまたま良子の手術前に届いた。私は2球の山百合を、良子の手術の無事を祈って植えたのである。無事に育つことを願う。

今日はいっぱいになったスダチを取ろうと思った。例年我が家だけでは使い切れないので人に配る。店のスダチとはレベルの違う芳醇が、喜ばれる。

この家に移って、直ちに植えたのがスダチである。ほんの小さな苗木であった。徳島生まれの人間として、スダチは、なくてはならぬものである。裏の傾斜地の一番上の部分、市道に面した場所に植えた。

既に30数年、毎年、豊かに実る。手入れは一切しない。肥料もやらないし消毒もしない。ほったらかし、完全な無肥料・無農薬である。傾斜地の上部ということで日当たりは最良、余程の適地だったのだろう。

スダチは皮がイノチ、果汁は魚にも豆腐にも漬物にも、何にでも使えるが、皮はまたあらゆるものに使え、美味である。味噌汁、豆腐、野菜サラダ、白飯、ありとあらゆるものに刻み込んで食べる。明らかに喉にも良い。

スダチによらずすべての柑橘類は、皮がイノチであると我が家では思っている。出自の分かった、農薬の恐れがないものは、我が家では徹底的に使う。

収穫そのものは剪定鋏とノコギリで、私が行う。

しかし放り投げることはできないので、下で受けてくれる者が必要である。

良子はとても元気であったし、多少は動いた方が良いと病院からも言われていたので、それを頼んだ。小さい段ボール箱であるが2箱いっぱいに取れた。まだ半分は樹に残っている。

良子に山百合の場所も教えた。

それから私とあい子は芝居見物に出かけ、夜帰ったら、良子に元気がない。顔にマスクをしている。「風邪を引いたみたい」という。私は激しく後悔した。

体調を保っておくことは、病院から強く言われていたのだ。

手術まで1週間、祈る気持ちである。

10月25日（日）

━メジロ

今日、今年初めてメジロを見た。

裏の傾斜地に先住者が植えた柿が2本、大きく育っている。私たちが住むようになってからでも30数年であるから、樹齢は50年を超すであろう。毎年いっぱいの実をつけるが、自分では危険で収穫できない。植木屋が最終的な刈り込みをするが、ほとんどすべて、小鳥の餌である。私はそれに満足している。

　メジロはこの頃にやって来て、ツバキ、梅の花を吸える頃までいる。私が一番好きな小鳥が雀で、次がメジロである。

10月26日（月）

T医院のT先生

　丸山ワクチンをT先生に射って頂いている。今月5日に開始して、今日で、A液B液、各5本を射ったことになる。

　T医院は偶然に知った。車の運転も自転車にも乗れない良子が、徒歩またはバスで通える近場で探した。大通りに面していて、小形のマンションの正面にあり、それなりに立派な構えであった。丸山ワクチンのことを話すと、あなたは丸山ワクチンのことを知っているのか、と逆に訊ねられた。「昔から知っています」と答えた。「効かないよ」と言われた。

「気休めかもしれません。承知しています」

「それを承知の上なら、射ちますよ」

　というようなことで引き受けてもらった。

その後、良子一人で通うようになっても、「効かないよ」と言われたようであるが、「はいはい」と笑っていると、もう言わなくなったそうである。

今日はB液を射ってもらった。良子は、30日に入院2日に手術、9日の退院であることを話し、「その間は来られません。次は9日に来ます」と言ったら、

「どういう手術をするの？」

「腹腔鏡下です」

「ひとつ間違えば死ぬなあ、とT先生は言うたわ。ははは」

と良子は報告した。

「オモシロイ先生やわ」

私も2、3度T医院を訪ねて、ちょっと普通と違うことに気付いた。

商売気がまったくないのである。

看護師さんはいない。事務の人もいない（いることもある）。従って先生が診察し投薬し会計をする。患者の数がまた、それに見合っている。よく観察してみると私より年上のようで、ひょっとすれば80に近いのかもしれない。そしてこのマンションそのものが、T先生の所有なのではないかと思えてきた。どうも隠居仕事というか、趣味でやっているようなところがある。

自分が射つクスリを、「効かないよ」とか、これから手術を受ける者に、「間違えば死ぬ

よ」とか、非常識のようにも思えるが、良子は笑いながら報告するし私も笑いながら聞く。

何となく風格のある先生で、この先生には長生きをして頂き、丸山ワクチンを射ち続けてもらわなければならない。

10月30日（金）

━再び、入院

午後1時にみなと赤十字病院へ行き、入院手続きのあと、病室に入った。前と同じ7階で、ただB棟からA棟に変わった。窓外の景色は前の方が良かった。A棟は高速道路しか見えない。

そういえば２０１１年3月、大震災の直前に、良子は胆嚢摘出手術を東邦大学病院で受け、3・11の衝撃はベッドの上で味わった。点滴のポールが動くのを、慌てて支えたと聞いた。

その部屋の窓外風景はとても良く、天候によっては富士山が見えた。

計測された体重は57 kgであった。普段は60 kgであったが、これは食事制限の故であろう。その他に異常はなかった。風邪気味だったのは完全に抜けていた。顔色も良かった。

B先生の事前説明は18時の約束であったが、病院では予定通りにいかぬと承知していた。20分頃にB先生が4、5人を従えてちょっと顔を出し、「遅くなってすみません。ちょっと回診してきます」と言った。B先生がナース一人を従えて部屋に来たのは19時であった。「面談室がいっぱいなので、ここでやりましょう」と言った。

先生の説明、要点。

がんの位置は「横行結腸」で、かなり大きい。

腹腔鏡下手術で行う。理由は開腹手術よりも安全だからである。現在大腸がん手術の80～90％は腹腔鏡下で行われている。

簡単に開腹手術と比較すると、

（a）開腹手術に比べて時間は長くかかる（何もなくて3～4時間）

（b）合併症の危険は減る

（c）痛み、出血も少ない

（d）術後の見た目も良い

「ステージ」について

（a）がんの深さ
（b）リンパ節に転移しているか、いないか
（c）他の臓器に転移しているか、いないか
これらは実際には検査では分からない。

PET―CTについて
「PET―CT検査で、他臓器にがんは見当たらなかったと聞いておりますが」という私の質問に対して、「PET―CTでも小さいものは（確か5㎜以下と聞こえたが）捕捉できません。検査費用が高い割にはアテになりません」
従って内科の段階で良子が告げられた〝ステージⅢ〟の評価は、本当は、あけてみなければ分からない、ということになる。

生存率について、
（a）良子の場合、ステージⅠはない
（b）ステージⅡ（リンパ節への転移なし）87％
（c）ステージⅢ（リンパ節への転移あり）70％
（d）ステージⅣ（他臓器への転移あり）15～20％

起こりうる「合併症」
（a）縫合不全　2〜5％
（b）腸閉塞　1〜10％
（c）感染症　5〜10％
（d）出血　2〜3％　下血（ちょっと聞き取れなかった）
（e）他臓器損傷　1％以下
（f）血栓症　0・08％　3分の1死亡←医療訴訟はこれが一番多い

以上のような説明を受けた。
まだまだ、検査だけでは全貌をつかめないようである。

11月2日（月）

━手術

いよいよ手術の日となった。

久しぶりの雨である。2週間は降らなかったと思う。さほど強くはないが風もあって、木の枝が揺れている。晩秋の、冷たい雨だ。

12時に来ればよい、と病院からは言われている。その少し前に行こうと思う。施術の所要時間は3〜4時間との説明を受けた。麻酔からの回復を考えると、順調にいって5〜6時間、かかるのであろう。

11時30分に良子の病室に入った。

点滴がなされていて、良子は横になっていた。昨日、食事は昼食まで、21時以降は飲物も禁止になっていた。

最初の入院が9月12日なので、50日になる。

異変が現れて救急病院へ行ったのが9月4日であるから、丁度二月目である。

随分日時を要した。色々な要因があった。何よりも〝シルバーウィーク〟と呼ばれる連休があった。しかし、術後の合併症に「腸閉塞」があると知った。ステントによって腸を拡げても、短期間であればすぐ元に戻る、というインターネット上の情報もあった。であるなら、この期間は、腸の形状を整えるために有効であったかもしれない。まったくの素人考えで、先生には聞いていない。早くやれば良かったのか、これは比較のしようがない。

入院後直ちに手術に進んでいれば、がん研のセカンド・オピニオンを受けられなかっただろうし、B医師ががん研出身であることを知ることもなかった。B医師が、がん研で裏判押してくれた方であることは、安心であった。患者には、医者の〝腕〟を、知りようがないのである。

救いは、良子が首尾一貫、明るかったことである。

今日も手を振って、笑顔で手術室へ入って行った。

13時15分に手術室に入り、18時40分に手術が終わった、先生の説明がある、とナースが呼び出しに来た。

私とあい子は手術室入り口の受付へ向かった。

B先生が出て来て、切り取った部位を示した。その大きさに驚いた。

先生の目つきが、先日の事前説明のときとはまるで違っていた。

死闘をしてきた獣の目であった。私はこの医師を信じた。

特別なことはなかったとのことであった。順調に終えた、と言われた。

「リンパ節、他臓器への転移」についての私の質問に対して、

「病理検査の結果が出るまで、確かなことは分からない」

とのことであった。しかし少なくとも視覚上は、変異は認められなかったのだろうと、私は理解した。

医者と政治家は逆であると気付いた。

政治家は良いことばかりを公約し、医者は最悪の可能性を告げる。


19時15分に良子は病室に戻った。

しばらく私たちは外に出された。酸素マスクが装着されており、モニターが設定された。

「順調だったと先生は言っていたよ。がんばったね」

良子はかすかに笑った。しんどそうではあったが、顔色も良かった。

私たちは、「今日はもう帰るね」と告げて、短時間で病室から引き上げた。


今日、ソウルで、3年半ぶりに日韓首脳会談が開催された。

日韓の友好に異議はない。しかし日本人の韓国に対する感情は、元に戻ることはないであろう。あまりにも執拗に痛めつけられた。

11月3日（火）

―オナラ

今日は晴れて昨日より気温も上がり、気持ちの良い秋日和であった。植木屋さんが入ってくれた。この植木屋さんともここに住むようになって以来のお付き合いである。30年以上になる。

我が家の敷地は個人住宅としては平均より広いと言えるが、横浜のこととて、裏側三分の一は傾斜地になっている。そこに先住者の植えた梅、柿、椿、蠟梅が、おそらく樹齢60年以上、見事な樹勢である。それに加えて私たち夫婦が植えた苗木が30数年前には想像できなかったほど大きく育った。

傾斜地は、樹木にとっては絶好の場所のようである。日当たりは良いし水はけも良い。柿、梅、スダチ、ほったらかしで肥料等は一切やらないのであるが、毎年毎年、凄い量の結実をする。梅とスダチは自分で収穫するが、柿は危なくて手を出せない。小鳥たちの餌である。ムクドリ、雀、最近ではメジロが、よく飛んでくる。それを窓ガラス越しに見ている。

お昼を挟んで私一人、夕刻はあい子と二人で良子を見舞った。

コオには週末に来なさいと言っておいた。

良子はさすがに疲れているようであった。当たり前であろう。話はしたが、声は弱々しかった。

痛みについて聞くと、「重い痛みがする」と言った。

本当は激痛が発生しているのだろうが、それを鎮痛剤で抑えているのであろう。

私は家の椿の蕾のものを、良子好みの小さな花瓶に入れた。「きれいやねえ」と良子は言った。「あけぼの」と呼ばれる椿であると思う。暖房の効いた病室では、すぐに開いてしまうだろう。蕾が、開く直前を、良子は好む。

オナラは出た？と尋ねたら、首を振った。

オナラが、腸閉塞回避の証明になる。待ち遠しい。

11月4日（水）

━オナラ（続）

今日はあい子は歯の治療があり遅くなるので、私一人が良子を見舞った。

昨日よりは随分元気になっていた。痛みも和らいだという。しかし咳をすると痛むという。

昼食から五分粥が始まったようである。

夕食が運ばれてきたが、五分粥というよりほとんど重湯に見えた。

ベッドの背を起こしてスプーンでそれをすすったが、一口ごとに頭を後ろに倒し、目を閉じて溜め息をついた。まだまだしんどそうである。全部を食べることができず、残して蓋をおいた。

オナラがまだ出ない、と言った。

「げっぷは出るのに」

今やそれが最大の関心事であった。

腸の活性化のために、動くこと（院内歩行）が勧められていた。

歩いたけど、ツライ、ということであった。

しかし良子は、こういうことは辛くてもやり遂げる女である。昔階段から落ちて手首を骨折したとき、そのリハビリの徹底に感服した。手首骨折の痕は完璧に消えた。

「入院中の診療計画」表によると、この日は、「肛門に入っているチューブを抜く」とある。

想像だが、腸管内と外気の圧力を同一にし内圧上昇による縫合箇所への影響をなくしているのであろう。肛門括約筋は閉じられず、ツーツーである。

「ならば音がしなくて当然ではないか」と私は言った。弁のない笛である。

昨夜差した一輪の「あけぼの」が、実に美しく、開いていた。

11月5日（木）

オナラ、出た。バンザイ！

今日は大阪への日帰り出張であった。
あい子に、お母さんのオナラが確認できたら、直ちに携帯へ、メールするように言っておいた。

＞2015／11／05　18：35
＞今朝オナラ出たってさ！！

＞2015／11／05　18：56
＞バンザイ

11月7日（土）

嘔吐

一昨日は大阪、昨日は国立能楽堂で狂言『鎌腹』と、能『松風』を観た。2日続けて良子を見舞えなかった。ただ、懸案のオナラが出たということで、安心していた。『松風』は、確かドナルド・キーン先生が高い評価をしていたので、実舞台で知りたかった。しかし「感動」するに至らなかった。能は難しい。『鎌腹』は歌舞伎にもなっており、よく分かった。

今日は8時にあい子を駅に降ろし、その足で病院へ行った。

「どう？」と声を掛けると、元気な声が返ってくると思っていた予測に反して、良子はわずかに首を振った。

「どうしたの？　調子が悪いの？」

昨日の昼から、すべてを吐いた、と良子は言った。

「一旦点滴はすべて外されたのに」

それが再び装着されていた。安心していた私の中に暗雲が広がった。

ただ顔色は良かった。口調もはっきりしていた。

「傷の痛みは随分減った。楽になった」と言った。

「歩いた方がいいと書いてあるよ」

良子は、少しは歩いている、と言った。

「ちょっと歩いてみようか」

良子は自分で起き上がった。そして廊下に出た。

ゆっくり歩いた。私は嘔吐受の皿とティッシュを持って、後ろに付き添った。10歩ほど歩くたびに、溜め息をついた。

東西病棟の中間点にある椅子に腰を下ろし、しばらく休んだ。

東西病棟を全周するつもりであったが、無理をしない方が良いと思った。

窓外に横浜港の一部が見え、日差しが気持ち良かった。そして部屋に戻った。

1時間余りいて、「夕方、来る」と言って一旦家に帰った。

そしてインターネットで調べた。「日経BP社」のサイトに、『大腸がんを生きるガイド』というのがあった。その「手術の合併症」というページに次の文章がある。

手術後の腸閉塞では、時間の経過とともに症状が自然に改善することが多く、食事を止める、食事の量を減らす、腸の運動を改善させるクスリを飲む、などの対応によって、大抵の場合は治ります。症状が長く続くようであれば、鼻から腸までチューブを入れて、溜まった腸液やガスなどを抜く治療も行われます。

チューブを入れて腸液を抜いても良くならない場合や、症状を頻繁に繰り返す場合は、腸と腸もしくは腸と腹壁との癒着（くっつき）によって腸管がかなり細くなっている可能性が高く、その場合は手術が必要になることもあります。

「時間の経過とともに症状が自然に改善することが多く」の言葉に、私はわずかに安堵した。そうであってほしい。

16時半にあい子を駅に迎えて、その足で病院へ行った。部屋に入るなり、おっと思った。良子の鼻にチューブが装着されていた。「症状が長く続くようであれば、鼻から腸までチューブを入れて、溜まった腸液やガスなどを抜く治療も行われます」の段階に入っているのであった。

「歩いたのが悪かったのか？」

良子は首を振った。朝私が帰ったあとからも、何度か歩いた、と言った。歩くことはマニュアルでも勧められていた。

良子は立ち上がり、歩き始めた。私とあい子が後に付いた。

朝に比べ、足取りは随分しっかりしていた。そのことを言うと、

「チューブを入れて（腸液を抜き始めて）随分楽になった」と言った。

器材の補助を得ていることは私には不安である。一般的に起こりうることの範疇であることを私は願った。

病室に戻り、

「9日（あさって）の退院は無理やわね」と良子は言った。

「そうだろうなあ。焦らずに我慢するしかないよ。我慢比べや。がんばってよね」

一昨日大阪で医師の姪から、「嘔吐はなかった？」と聞かれた。それは硬膜外麻酔に関してであった。「何もなかった」「そう、それは良かったねえ」ということであった。

帰宅して「入院中の診療計画」表を見ると、5日（おととい）の欄に、「硬膜外麻酔終了」「点滴終了」の文言がある。硬膜外麻酔はおとといまで続いていたのである。硬膜外麻酔の副作用に吐き気のあることは知っていた。そのことと今回の良子の吐き気は、関係があるのであろうか。

「明日9時半頃に来る」と言って、私たちは病室を出た。

11月8日（日）

■我慢

今日は朝から雨で、夜に入ってようやく上がった。

9時半に、あい子と一緒に良子を訪ねた。

鼻のチューブはそのままであった。

明日退院の予定であるが、それは当然無理と思われる。

苦しんでいる訳ではなく、院内散歩も数回行ったという。

そして良子は、「散歩する」と言って立ち上がった。私たちは後ろに続いた。良子が、やせ細ってしまったように見えた。

看護師が点滴液の入れ替えに来た。

「退院は2、3日遅れるでしょう」と言った。

「特別な不都合は発生していませんか？」

「そんなことはないです」

と彼女は、確か、胃や腸の音、と言ったが、正常であると言った。自分は先生でないのでそれ以上のことは言えないが、と。にこやかな顔であった。

「我慢比べだな。焦らず、我慢するしかないよ」

良子はうなずいた。

11月9日（月）
━峠を越えた

夕刻6時半にあい子と一緒に良子を訪ねた。病室の、ドアを開けるのが、怖かった。鼻のチューブを着けたままで、青白い顔で横たわっている姿を想像した。胸の動悸は高まっていた。ドアを開けた。


正面に、立って、こっちを向いている笑顔の良子がいた。

わっ、と私は叫んだ。「良かったなあ！」

点滴はまだ続いていたが、重湯の食事は始まっていた。

「オナラは出たか？」

「出た」

と言った。

「シャワーもした」

と気持ちよさそうに言った。

先生の説明では、「全身麻酔、硬膜外麻酔の影響で、胃腸が眠りから醒めていなかった」ということらしい。「時間の経過とともに症状が自然に改善することが多く、」という日経BPサイトの解説は、正しかったのである。

「散歩しよう」と良子が言った。

昨日までとはまるで違っていた。背筋がまっすぐ立っている。足取りがしっかりしている。立ち止まって息を継ぐこともない。そしてよくしゃべる。もう大丈夫だ！と私は歓喜した。

部屋に戻った。

「峠は越えたな！」

バンザイをしたかった。

今日の段階では退院の日取りは告げられなかったそうである。いずれにせよ、「2、3日遅れる」という昨日のナースさんの言葉は、正しいと思われる。

「もう、焦ることはないね」

明日同じ時刻に来ると言って、私たちは病室を出た。良子は手を振った。

小雨が降り続いており、しかも生暖かい。湿度が高く、車窓が曇るのでクーラーを動かした。

11月11日（水）

━ＭＲＪ飛ぶ

今日は病院で10月分の支払いがあって、3時半に良子を訪ねた。

更に元気になっていた。

明後日退院とのことである。

11月13日、13日の金曜日である。勿論そんなことは今気付いたのである。

支払いは簡単に終わった。

お昼から五分粥になった、と良子は言った。明日は全粥になる、と言った。そして退院である。

「海を見に行こうか」と良子は私を誘った。

「行こう、行こう」

正面玄関を出て外周をぐるっと裏へ回ると、海が見える。

と言っても、東京湾が全貌できるのではなく、港湾設備と首都高速の高架線に囲まれた狭い水面である。浮かぶ水鳥の一群が見えた。

良子は薄手のガウンを着ていた。

寒くはなかった。

曇り日の夕刻で、静かである。

「いつもここへ来ている」と良子は言って、微笑んだ。

良子は常に笑顔を失わなかった。こんなに笑顔の可愛い女であったのだと、改めて思った。沈んだ顔を一度も見せなかった。痛む、とは言ったが、苦しい顔は見せなかった。

1

時間余りいた。夕食の材料を買いにスーパーへ寄って、帰った。

MRJが飛んだ。 （「NHKニュース」11月11日18時36分）

MRJ「初飛行は成功」海外への売り込みに力

国産の小型ジェット旅客機、MRJを開発している三菱航空機は、11日の初飛行のあと、名古屋市内で記者会見を開き、森本浩通社長は「初飛行は成功だ」と述べた上で、世界各国の航空会社への売り込みにより力を入れていく考えを示しました。

この中で森本社長は「機体が青空へ飛び立つ姿を見送ることができて、かけがえのない喜びだ。いつ飛ぶのかと心配をおかけしたが、期待に応えることができてほっとしている。初飛行は成功だ。しかも大成功に近い」と述べました。

その上で、森本社長は「現実に空を飛んだということは大きなインパクトがあり、説得力のあるセールスを行うことができる。今回の初飛行を励みに、更に受注活動に力を入れていきたい」と述べ、世界各国の航空会社への売り込みにより力を入れていく考えを示しました。

また、11日の初飛行でMRJを操縦した安村佳之機長は「滑走路を走行中、離陸速度に達すると、飛行機が飛びたいと言っているようにふわっと浮かんだ」と振り返りました。

そして、飛行中の様子について、「操縦に集中していたため、余り外の景色は見ていないが、富士山が見えたときは感動を覚えた。空港に戻ったときはふるさとに帰るような感覚で、みんなの前で素晴らしい着陸を見せたいという思いだった」と話しました。

私は国産機ＹＳ―11に何度か乗ったことがある。プロペラ機というのは今のジェット機、なかんずくジャンボ・ジェット機とはまるで乗り心地の違うもので、空気を突っ切るというのでなく、ふわふわ浮いている感じであった。よく揺れたけれども、味はよかった。ＬＰ（アナログ）とＣＤ（デジタル）の差と言える。

今日は幸せな一日であった。

11月12日（木）

―ハヤ

今日は少し遅く、夜7時過ぎに良子を訪ねた。
点滴はすべて取り外され、動作も軽やかだった。

夕食はすき焼き風だったと言った。明日はいよいよ退院である。

今朝、会社事務所で、水槽からハヤが跳びだして、床で死んでいた。

2年ほど前、大阪の社員が、自宅近所の川で掬ってきたメダカをくれた。持ち帰って東京の事務所で飼った。20匹くらいいたと思う。

その中に一つ、動きが特別に活発なのがいた。しかし大きさは他のメダカとまったく変わらず、私はメダカであることを疑わなかった。

ところが日が経つにつれ段々大きくなって、メダカでないと分かった。図鑑で調べると、どうも、「ハヤ」と呼ばれている魚のようであった。華麗さはないがすらりとした、きれいな魚である。オスかメスかは分かりようがない。そのままメダカと一緒の水槽に入れておいた。

冬に入り水温が下がると、メダカに餌はやらない。当然〝ハヤ〟の餌もない。

そのうち、メダカの数が減っていくような気がした。

ハヤが食ったのではないかと、思い至った。

そこでようやく、水槽を追加した。

春になって、ハヤは大きくなった。きれいな斑点が出た。

動きは更に活発になって、餌をやると、飛び上がってパクリといく。餌をやるために上蓋をとったとき、外に跳びだしたことが何度かあった。そこでもっと大きな水槽を買い、水は浅めに、上蓋を絶対忘れぬように気をつけた。それで1年は、無事に過ごしたのである。

エアホースを通している隅の三角の隙間から、跳びだしてしまったのであろう。確率としてないと思っていた私がいい加減であったのだ。2年間の生活であった。残念なことをした。

明日良子の退院というときに、何か、いけにえになってくれた気がした。

11月13日（金）

■退院

9時半に良子の病室に入った。

良子はまだパジャマ姿で、ナースと何か話していた。

「それらしきカタチに近づいてきた」

と言っている。

どうやらウンコの話らしい。

ナースが出て行くと良子は着替えた。着替えてみると、少しは痩せたが、病人のようには見えなかった。顔色が透き通って生活臭が抜けていた。

支払いを済ませた。ほぼ30万円であった。先日10月分として7万円ほどを支払ったので、今回の入院・手術受け費用は、37万円ほどであった。前回の入院時も30数万円支払ったので、病院への支払いは合計70万円余りとなる。

10時にこれからの食事について説明と注意を受けた。それで、とりあえずはすべて終わった。次回の通院は30日に指定されている。2週間以上先である。のんびりしているようにも感じるが、緊急を要する懸念がないということだろうと、すべて良い方に解釈する。

駐車場へは私一人が行き、良子とあい子は正面玄関で待たせた。そこで記念撮影をした。自宅までは10分足らずである。11時少し前には帰宅した。

そして丸山ワクチンのA液を持って、T医院へ行った。医院は12時から15時まで休みなので、午前中に行く必要があった。私は医院から歩いて50メートルほどのスーパーに駐車し、買い物をしていた。良子はすぐに来た。他に患者はいなかったらしい。まったく商売気のない先生で、余生の楽しみでやっているとしか思えない。私たちにとっては待ち時間が少なく、絶好の先生に当たったのである。手術の内容について少しは聞かれたが、特にコメントはなかったようである。帰宅して昼食にした。ワタリガニを2皿放り込んでスープを作ってあった。豆腐と白菜が入っていた。豆腐は時間が経つほど味がしみておいしい。スープはうどんにでもおじやにでも、便利に使えるのである。

良子はそのスープでご飯をお粥状に煮て、豆腐とともに食べた。おいしいと言った。

「おかえり」と私は言い、酒を呑んだ。

いつまでも二人が一緒にいられる訳ではないのだと、これが神様の知らせだったと思う。彼女が自分より先に死ぬ、とは、まったくの〝想定外〟であった。そのことを、今回、突きつけられた。現実にそうなれば、自分はどう生きれば良いのだろうと思った。生きることがめんどくさくなるような気がした。三回忌を終えたら、あとを追おうかな、なんて思った。

今回良子は、常に笑顔を見せていた。沈んだ表情は一切見せなかった。

手術のあとも、痛むの?と訊ねると、「重い痛み」と言ったが、苦痛の表情は見せなかった。淡々としていた。私が病室を去るとき、必ず笑顔を見せた。

私の人生が、この、穏やかで強い女に支えられていたことを、身に沁みて知った。

2時過ぎに家を出て、歌舞伎座へ向かった。

9日退院の予定だったのだが、勿論何かあればチケットは無駄にするつもりだった。

私の楽しみは旅行と観劇、コンサートホールである。それなりに金はかかるが、しかし大金を要する訳ではない。

今月は十一代市川團十郎五十年祭ということで、十一代が得意とした演目が並んでいる。そして海老蔵の長男、十一代の曾孫に当たる堀越勸玄（2歳）の初お目見得があった。勸玄君が海老蔵になる日を、私は見ることができないだろうが、大成を祈る。

私が歌舞伎を見始めて3年に満たないが、すぐさま、生半可な鍛錬では歌舞伎役者はやれないと気付いた。仁左衛門が確か、「歌舞伎役者はアスリートだ」と言っていた。その通りだと思う。

その仁左衛門の『元禄忠臣蔵　仙石屋敷』

大石内蔵助は、体の動きはなく言葉が続くのであるが、緊迫した、凄まじい迫力があった。体を動かす以上のエネルギーを使っているのだと思った。

11月18日（水）

━兄の死、良子の再入院（２０１５年11月18日）

朝からどんよりしていたのであるが、午後から雨になった。このところ、よく降るように思う。

今日は栃木の工場へ行った。水曜日が定例になっている。5時45分に家を出る。今朝も良子は私の持ち物をチェックし、表まで見送ってくれた。

ただ、いつもは扉の外まで出て来るのであるが、今日は扉の内側で「行ってらっしゃい」と言った。

11時に、あい子より、おじさんが亡くなったとの知らせが入った。

すぐさま帰りの電車に乗った。その車中へ、お母さんが入院した、とのあい子からのメールが入った。

長兄はグアムで戦死した。

次兄は満州へやられたのであるが、なぜか不思議に、実戦には一度も遭遇しなかったと聞いた。しかも終戦間際まで満州にいたのでなく、その前に国内配属になった。その意味では極めて幸運であった。そういう部隊もあったのである。

ただ、部隊内でのイジメはひどかったと、ポツリと漏らしたことがある。次兄はついに、兵隊時代のことをほとんど語らなかった。

性格は、童話の主人公にしても良い、底抜けに善良な人物であった。人間の質としては、私なんかよりうんと高みにある人だった。

90歳。兄は満足の中で私たちに手を振ったと思う。

ということで、今夕はとりあえず良子を訪ねた。

鼻からチューブが入れられていた。

ただ、それなりによくしゃべるので、多少は安心した。
帰って徳島行きの手配をした。明日朝、徳島へ帰る。
徳島空港でのレンタカーも手配した。

11月19日（木）

兄の葬儀

ＡＮＡの８：55羽田発で徳島へ向かった。Ｐ４駐車場に車を置いた。11時に徳島空港に着き、レンタカーを借りて、正午には斎場に着いた。葬儀は午後１時からであった。

参列者はすべて身内だった。

90歳の老人の、それも最晩年は寝たきりになった人の死であるから、突然の驚きはなく、みんなの表情は穏やかだった。私は嫂《あね》に慰労と感謝の言葉を掛けた。この人も優しい人である。長男の面倒も見てくれた。長男は姪たちと姉弟のように育った。老父母が育ててくれたのであるが、それも嫂の優しいサポートがあったからである。良子はこの人の姪である。

兄は仏さんのような人であった。

父母を含め私の親・兄姉たちには「慈悲」があった。

私が辛うじて今の心に踏みとどまっていられるのは、この人たちに囲まれていたからである。「兄さんは満足して死んだと思うよ」と私は嫂に言った。


兄は90歳まで生きたのが不思議なほど、体に苦痛を持った人だった。

毎日毎日の排便に苦しんだ。1時間は要した。それに伴って脱肛に近い痔疾があった。これらの補助を、嫂は生涯続けた。具体的にどのような動作なのか、ほんの表面しか知らないが、大変なことだと思った。

更に「痛風」があった。痛風というものが一般に知られておらず、田舎のお医者さんはなかなかそれと特定できなかった。従って見当違いのクスリを飲んでいた。兄は、酒は一滴も呑まなかった。食べ物も脂っこいものはきらいで、体は痩せ形、痛風にはもっとも縁遠い人である。

随分長く苦しんだあと、ようやく痛風と診断され、適切なクスリを得て、定期的な激痛から逃れられた。しかし足の関節のみならず手の指にまで、夥しい数の瘤ができて、最後まで消えることはなかった。

痛風の痛みは、質としては、私も知っている。

40歳のときに一度、50歳で一度、発作があった。骨にひびが入ったと思える痛みだった。

あるいは釘を打ち込まれるとはこんなものかと思った。原因に思い当たるものがなかった。私はとっさに、これは兄貴のやっている〝痛風〟ではないか、と思った。

病院へ行ってそれを話すと直ちに血液検査をした。尿酸値が標準をはるかに超えていた。3日ほどで痛みは収まった。

酒について私は尋ねた。そのときの先生の回答は、

「尿酸値が高いのは、尿酸を作る能力が高すぎるか、作る能力は標準だがそれを排出する能力が不足しているか、いずれにせよ体質的なものが9割で、酒や食べ物の要因は1割に過ぎない。従って、クスリを飲んでいれば直るというものではない。酒を呑まなければ発作が出ないというものでもない。クスリは一生飲まなければならない」

これで、酒もビールもモツ焼きも知らない兄貴が痛風になった訳が分かった。

10年目、50歳のときに、2度目の発作が来た。

そのときの先生には、「アルコールは控えた方が良い」と言われた。

「10年に一度の発作を避けるために酒を控えることは、私はしません。10年に一度の痛みなら、それは覚悟の上で酒を呑みます」

「それは人生観ですからねえ」と先生は笑った。

酒の量は更に増えたが、それから20年余、なぜか3度目は来ない。

父と兄は剣道の甲手を作る職人だった。おそらく日本一だったと思う。作る数は少な

かったが、値段は飛び抜けていた。すべて注文生産であった。

戦後、ＧＨＱによって日本の古武道は禁止された。

禁止された競技に道具の需要はない。糧道が断たれたのである。私はまだ幼稚園かその前の幼児だったが、肉体労働に従事して帰る兄を記憶している。父が何をしていたか記憶にない。何か手間賃仕事をしていたのだと思う。

私は戦争も軍隊も知らない。戦後の食糧難も（腹は常に減っていたが）実際の苦労は知らない。兄の世代はそのすべてを、正面から受けとめてきた人生だった。それでいて限りなく優しい人であった。さようなら、兄さん。

導師は常光寺の住職だった。

母はこの方のお爺さんご住職に導かれ、父はお父さんご住職に、そして兄は三代目に導かれるのである。ご住職の体形はお父さんより、驚くほどお爺さんに似ている。不思議なものだと思った。

11月19日（木）

ーイレウス

兄の葬儀は1時間で終わり2時過ぎには出棺した。

火葬場はすぐ近くにあった。炉が閉じられ読経が終えるのを見て、徳島空港へ引き返した。

手持ちのチケットは18時55分発、羽田到着20時10分のフライトであった。

これだと、良子の様子を見に行くことはできない。病院の面会時間は20時までなのである。姉たちも早く帰れと言った。

兄の骨を拾うことはできなかったが、そこで失礼した。

幸い、16時25分発、羽田17時40分着の便に乗り換えることができた。

しかもこのフライトが稀にみるスムーズさで、離陸も数分早く、羽田着陸も定刻より5分ほど早いというものだった。あい子をJRの駅で拾って、それでも19時前に病室に入ることができた。

良子は元気がなかった。

今回の一連の動きの中で一番銷沈した姿に見えた。

愚痴は言わない。笑顔を見せようとするのであるが、表情が硬い。

それは私も同じであった。
マラソンを完走した直後に、もう一度走りだせと言われたようなものだ。
「入院診療計画書（緊急入院用）」というA4の紙が置かれていた。

病名：イレウス
症状：腰痛、吐き気
治療計画：イレウス管挿入の上で絶食・補液で経過を見ます。
検査内容及び日程：採血、レントゲン、CTなど必要に応じて行っていきます。
手術内容及び日程：必要時に検討します。
リハビリテーションの計画：必要に応じて行っていきます。
推定される入院期間：1～2週間（経過によって前後します）
特別な栄養管理の必要性：無
看護計画：（省略）

手術後の合併症発症の可能性として、イレウス（腸閉塞）は10％の確率と、手術前の説明で聞いていた。Webサイトでの情報も併せて調べ、私はそれを一番恐れていた。
私の中で後悔が渦巻いた。退院が早かったのではないか。食事は5回にして一度は少量にせよと、言うのは言ったが、強く徹底させなかった、もっと強引に命じるべきであった。あい子が貰って持ち帰った銘菓饅頭をうまそうにパクついていた。あまりにうまそうだったから、大丈夫かなと思いつつ止めなかった。なぜやめておけと、せめて半分にしろと、どうして言わなかったのか……。次々と浮かんだが、口には出さなかった。言ってみても詮ないことである。

『腸閉塞イレウスについて』

というページがある。その中で次のように解説されている。

腸閉塞の原因と、病状の程度により治療法も異なります。絞扼《こうやく》性イレウスと診断した場合は、全身状態が急激に悪化するため、緊急手術が必要です。閉塞性イレウスの場合は、腸閉塞の病態の悪循環を予防、改善することが大切です。脱水の改善、電解質異常の補正のため、適切な輸液を迅速に点滴投与します。腸内細菌の増殖・毒素産生の予防のためには、これらの菌に感受性の高い抗生物質を点滴投与します。また、栄養管理の目的で中心静脈栄養（ＩＶＨ）を行う事もあります。腸管内圧の亢進を改善するため腸管の減圧を行います。胃管やイレウス管を鼻から挿入して拡張した腸管内容やガスを吸引排除します。イレウス管は胃を超えて小腸まで管を進めるため、直接拡張した腸管内容を排除でき有効です。また減圧したあとに、イレウス管より造影剤を注入し小腸造影することで、閉塞部位の診断にも役立ちます。軽度の癒着性イレウスなどでは、これらの保存的な治療で治癒することがあります。しかし4～7日保存的治療を行っても、
●腹痛、腹部膨満などの症状が改善せず、排ガス、排便がない。
●腹部X線で小腸ガスの減少や消失がない。
●胃管やイレウス管からの排液量が減少しない。
●イレウス管からの造影で、腸管が完全に閉塞している。
などの場合は、保存的治療をこれ以上行っても治る見込みは少なく、手術が必要となります。手術はその原因と程度により、開腹して癒着剥離、索状物の切除、腸管の切除、吻合、人工肛門増設、などを行います。最近では、程度の軽い癒着性イレウスに対し、腹腔鏡下での手術も行われています。

これで見ると、4日から7日が勝負である。

「焦らないで、気長にがんばろう」と私は良子に言った。

私も沈んではならない。もう一度気合いを入れよう。

11月20日（金）

―再び、オナラ

昨夜夕食前に体重を量ってみると71・5kgになっていた。

73kgを割ったことは記憶にない。

本来は長い間、78kgの周辺にいた。80kgを超えるのではないかと心配したが、80kgを超えた経験はない。

２０１０年の8月にバーク神父様と一緒にトルコへ行った。パウロゆかりの地を訪ねる旅であった。

これが物凄く暑い旅行で、帰ったら3kg減って75kgになっていた。

続いて9月、会社の旅行で台湾南部へ行った。鵝鑾鼻（がらんび）まで足を伸ばした。これもおそろしく暑い日々で、40度近い中での旅行であった。旅行から帰ると体重は73kgすれすれになっていた。しかし73kgを切ることはなく、以後74kgの周辺で安定していた。大きく増えることもなかった。意図せぬ減量ができたのである。

ところが良子にがんが出て、私は73kgを切り、更にあっさり72kgも切った訳である。洗顔しても、頬骨の出っ張りを感じる。私の方にがんがいるのではないかと思う。12月28日には「がん研　有明病院」で、検診を受けることにした。

昼間事務所であい子に言った。

「お母さんが退院するまで、酒を断とうかなと思う」

「何で？」

「犠牲を捧げるんだよ。茶断ちというだろう。何かの願いが叶えられるために、自分の好ましいものを断つんだ。いけにえさ」

「そんなことしたら、お父さんが病気になってしまう」

「一生というんじゃない。お母さんが退院するまでだ」

そのつもりでいた。

7時に良子を訪ねた。先に部屋に入ったあい子が、ああ?という声を上げた。

私も入ると、良子の鼻にチューブはなく、良子は笑顔である。昨日とはまるで違う。

「よかったなあ！」と私は言った。

3日目にしてイレウス管を外し、「保存的治療」を終えたことになる。

「オナラが出た」ということで、バンザイした。「ウンコも出た」、更にバンザイした。

正に〝お通じ〟である。

「酒が呑める」と言った。良子は怪訝な顔をした。

明日からは半粥の食事が始まるという。ということは点滴も終わるのであろう。

腸の完全閉塞が回避できたということで、ピンチは脱したと私は思った。あと何日の入院になるか分からないが、今回は退院を指示されても更に2、3日おいてもらうよう頼んでみる。

北の湖、逝去。

実質、史上最強の力士であったと思う。

11月21日（土）

━姉のこと

私には二人の姉がいる。次姉にボケがきたようだ、と聞いたのは、去年の夏であった。私より一回り上の午年であるから、85になっている。

私たち夫婦は今年の2月に姉を訪ねた。施設と自宅を定期的に行き来しており、その日は自宅にいた。付近に住む子供たちも全員集まってきた。姉は、優しく優しく惚けている、という感じであった。

表情は穏やかだった。

私が誰であるかを正確に認識できていないようであった。

「よう勉強せなあかんでよ」（よく勉強しなければいけませんよ）と言った。私が中学生になっていた。

姉ちゃんはみんなに可愛がられた、と私は言った。

姉はそれにうなずき、なぜ私がみんなに可愛がられたか分かる？と私に逆質問し、私の言葉を待たず自分で答えた。

「それは私が素直だったけんじょ」

それはその通りであった。

姉は色々としゃべった。饒舌だった。

しゃべることの一つ一つは変でなかったが、全体のつながりが外れていた。

「みんなが私をボケとる言うとることを、私はちゃんと知っとるでよ」

とも言った。

私は姉にボケは来ていると思ったが、さほど辛くはなかった。

それは姉自体がにこにこしており、義兄や子供たちも余裕ある顔で姉を見ているからであった。

私が姉の頭をさすると、もっとさすって、と言った。私は頬も首筋も背中もさすった。

姉は嬉しそうだった。猫みたいだと思った。

私たちが帰ろうとすると、姉は見送りに立ち上がろうとした。

私が抱いて起こすと、それも非常に喜んだ。

それが今年の2月である。

その後、長姉や嫂、姪との電話話の中で、姉が良くなっている、（ボケが消えている）、と聞いた。

一昨日の兄の葬儀の場で、私はそれを確認した。

私は兄の骨を拾わずに、火葬場で兄の棺が炉に入るのを見届けた段階でみんなに帰ることを告げた。そのとき次姉は、「良子ちゃんは、おまはん（お前）が側にいることが一番心強いんやから、早うもんて（戻って）あげなはれ。死んだ人は死んだ人。生きている者が大事でよ。良子ちゃんに、気持ちをしっかり持ってがんばるよう言うてな。良子ちゃんを大事にしてあげて。おまはんも体を大切にな」

「姉ちゃん、完全にボケは直ったなあ！」

姉は笑った。

「ボクあ、嬉しいよ」

私はキツネにつままれた気分だった。本当に驚いた。

半年だけボケる、ということが、あるのだろうか？

いずれにせよ、現実に、ある。姉は蘇生している。

何がこのような奇跡を起こしたのか。義兄をはじめとする、家族の愛情、優しさ以外に、あり得ない。

侘助が次々に花をつけ始めた。春まで、花期の長い椿である。良子がこよなく愛している。

11月22日（日）
マイナンバー

三分粥になったそうである。まだ点滴は取れていない。

本人は元気で、差し入れた本を読んでいた。

「明日から五分粥になる。全粥になったら退院やわ」と良子は言った。

今日、「マイナンバー」が届いた。

11月23日（月）

━退院日決定

昼間、良子から会社にいる私の携帯に電話が入った。

「退院、26日」と言った。

私は、良子の声に何となく元気のないのが気になった。

「分かった。7時前に行くから、詳しく聞くよ」

そう私は言った。

7時前に病室を訪ねた。

「電話の声に元気がなかった。心配するやないか」

「病院で大きな声は出せないわよ」

それもそうだと私は思った。

今日は五分粥で、明日からは全粥になる、と良子は言った。

11月25日（水）
再び暗転

昨日訪ねたとき、「良くなっているのが自分で分かる」と良子は言った。私も嬉しかった。しかし前の退院のときとは違い、良子に快活さがなかった。思えば最初に救急病院へ行ってから三月近くになっていた。

全粥になっていた。

腸を指で示して、グルグル鳴った、と言った。

先生に話したか、と私は訊ねた。良子は首を振り、看護師さんには話したと言った。

「腸が活性化しているのだろう」と私は言った。

26日の退院を、誰も、まったく疑っていなかった。

今日は6時46分新横浜発の〝ひかり〟で、あい子と共に大阪へ向かった。大阪で、グループ会社全体の株主総会があり、今日は、私もあい子も来られないことを良子はよく知っていた。

〝のぞみ〟でなく〝ひかり〟なのは「大人の休日クラブ」割引が30％あるからである。30％というのは大きい。

9時30分に新大阪着、10時に本社に入った。11時に顧問会計事務所の先生が来社、税務中告関係のすべての書類に捺印した。

グループは全部足しても小さいが、5社あり、そのうち4社まで私が代表取締役である。ただ私に権限はなくダミー社長である。絶対的な執権者はオーナーである。私が実行できるのはこの人物が同意する場合のみで、彼女の意向に逆らっては何一つできない。それがこの日88歳、米寿を迎える長姉である。株主総会が11月25日に行われるのは、それが彼女の誕生日だからである。

総会は2時開始で順番に確認、議事録等に捺印していく段取りである。

開始の直前にあい子の携帯に電話が入った。あい子の表情に緊張が走った。私はそれが病院からのものであると直感した。

「お母さんが吐いた。また腸閉塞が発生したらしい。イレウス管による治療は、お母さんがイヤと言っているらしい。手術するしかないが、そのことへの承認を求めて来ている。今夜直ちに行うらしい」

そして電話機を私に渡した。

「手術しなければどうなりますか」

「死にます」

私には承認以外の選択肢はなかった。イレウス管を良子が拒否し、手術もしなければ、良子は死ぬ。

イレウス管挿入治療は、良子は私たちに弱音を一切吐かなかったけれど、余程苦しいものであったらしい。辛かったんだなと私は初めて気付いた。本当の痛みは、本人にしか分からないのだ。

私は株主総会での自分の役目を手短に果たし、あい子と共に横浜へ帰った。

帰りの新幹線車中でずっと考えた。

何か、間違いがあったのではなかろうか？

当初の「横浜市救急医療センター」は致し方ないであろう。

ここは応急処置の施設である。良子が腸の閉塞感を訴え、それが消えたのだから、この施設の役割は果たしたといえる。

次のO医院はどうであろうか？　触診しなかったのか。しなかったなら論外であるが、触診して、大腸がんの疑いを持てなかったのだろうか。それは東邦大学付属病院も同じである。全体検査を良子がしなくて良いと言ったらしいが、それはそれとして、大腸がんの疑いは持たなかったのだろうか。みなと赤十字病院については、たとえ〝シルバーウィーク〟を挟んでいたとはいえ、9月12日の最初の入院から11月2日の手術まで、50日を要している。これが普通なのだろうか。途中で「がん研　有明病院」でセカンド・オピニオンを受けた。「がん研」へ乗り換えた方が良かったのではないか。しかし「がん研」でも腸閉塞の発生可能性については話していた。がん研であったなら、腸閉塞が起きなかったと言えるだろうか。

病院に着いたのは20時少し前だった。

手術は16時30分に始まったとナースステーションで聞いた。私たちが到着した時点で、既に3時間半を経過していた。

結局21時40分に案内され、集中治療室（ＩＣＵ）で横たわる良子を見た。

良子は朦朧とした状態で、私たちを認識したのかどうか、分からなかった。

先生の説明では、腸の切断には至らず、腸が癒着（おなかの内壁と？）した部分を剝がした、ということだった。

腹腔鏡下で行われたのであるが、これはこれで難しい、危険な手術だったのだろうと思う。

腸をプスッとやってしまえば、直ちに開腹手術に移らなければならない。その際に〝ショック死〟のようなことも起こりうると、インターネット情報にあったような気がする（結局は開腹したと、あとで聞いた）。

私たちは長居しても本人を疲れさせるので、ほとんど顔を見ただけで、病院を辞去した。

11月26日（木）

━手術の翌日

未明に雨の音がしていた。

出社のあい子を駅に降ろして、病院へ向かった、その頃、雨はほとんど上がっていた。

8時前に病室に入った。部屋に灯りはなく、ベッドの上は空であった。10時過ぎにナースが来て、11時頃に集中治療室へ迎えに行く予定です、と知らせてくれた。良子が戻ったのは11時15分だった。さすが、ぐったりしていた。私はすぐに部屋を出され、必要作業終了のあと呼ばれたのは30分後、11時45分であった。良子は鼻からチューブを入れられ、数本の点滴針が刺されていた。良子は確かに疲れてはいるのだろうが、それ以上に〝うんざり〟しているように思った。

最初は、9日の退院予定が13日に伸びた。

元気な生活をほんの少し味わったら、18日に再入院に追い込まれた。

それが26日に退院できると思ったら、その前日に、更に大きな手術をすることになったのである。

「よくがんばったね」と私は言った。

良子は無表情だった。

「退院したあとでなくて、良かったね」

これにも良子は反応を示さなかった。

「しゃべらなくていいよ。聞くだけでいい」

良子は指を唇に当て、私に訴えた。水を求めていることは分かったが、水差しがどこにもなかった。あったはずなのだが、どこかに整理したのだろうか。戸棚を探したが、そこではないと良子は目で示した。彼女は指でナースを呼んだ。来たナースさんは良子の求めを聞き、水差しと受け皿を持ってきて良子が口をすすぐのを助けた。

良子は更に痩せていた。

手に触れようとしたら、首を振った。

体を動かそうとした。

「大丈夫か？」と訊ねると、「動かさなければいけないと言われた」と言った。

私は手伝わなかった。本人の判断の範囲で任せるほかなかった。

1時間ほどいて、夜また来る、と言って立ち上がった。良子はわずかに手を振った。

顔は無表情であった。

6時過ぎに駅であい子を拾い、病院へ行った。病室に入ったのは6時半であった。看護師が良子の血圧を測っていた。

「睡眠薬で幻覚を見た」と良子は言った。
壁のようなものを目の前に見たというのである。
「それで、睡眠薬を（点滴に加えるのを）止めてもらった」
そのせいだろうか、痛む、と良子は言った。
目を閉じて、かすかな呻き声を上げ続けた。私は辛かった。
次の痛み止めの投与は、9時とのことであった。
痛むからとやみくもに鎮痛剤を与えるのは、避けなければならないのだろう。
1時間余りいて、私たちは部屋を出た。良子は手を振ったが、弱々しいものであった。

陰暦10月15日の月が雲間から見え隠れしていた。

11月27日（金）

━辛抱するしか、……

今日は会社を早く引き、6時に良子を訪ねた。
鼻のチューブは取れていた。昨日のような辛い表情はなかったが、やはり笑顔はなかった。

それでも、ほんの少しは改善していた。「今日は2度、院内を歩いた」と言った。

「げっぷは出るのにオナラが出ない。ガスがあるのは分かるのに、出ない」

不安そうに言った。再びみたび、オナラが最大の懸案となった。

ナースが点滴液を交換した。

しばらくしてナースが粒状のクスリを2粒良子に呑ませた。痛み止めとのことであった。

「時間が経つにつれて楽になると看護師さんは言っている」と良子は言った。

「辛抱して、時間が過ぎるのを待つしかないね」

今夜は7時半からフィギュアスケートのグランプリ（GP）シリーズ今季第6戦、NHK杯の放映がある。良子は極端な近視なので実際にスポーツ観戦しても楽しめず、競技場へは行かない。しかしテレビで見るのは大好きで、スポーツ全般、ゴルフ、競馬を含め、私より数段詳しい。フィギュアスケートも大好きである。

私は、「見ると疲れるから、音だけでも聞くかい?」と言った。良子はうなずいた。

私はテレビのスイッチを入れ、チャンネルをNHKに合わせた。

そして7時過ぎに病室を出た。

良子は手を振ったが、腕は上がらなかった。

帰って、シャワー前に体重を量ると、70・5kgで、ついに71kgを切った。いずれ60kg台に入るのかもしれない。夕食前とは言え、20歳代の体重である。

11月28日（土）

━日柄もの

今日は初冬の好天で気持ちが良かった。道路に面する生け垣の白侘助が、次々と花をつけている。この椿は花期が長く、来春まで咲き続ける。ウグイスはしきりに蜜を吸う。ムクドリは時折、花びらそのものを食べる。道路に花びらがいっぱい散っている。私は丁寧に掃いた。

今日は日中都内に用があったので、良子を見舞って、その足で行こうと思った。8時半に病室に入った。

良子は明らかに昨晩より好転していた。それを言うと、

「日柄ものやからね」と言った。

「何やそれ」

私はその言葉を知らなかった。お日柄も良く、というのは結婚式でよく使われる。しかし明らかにその意味でない。

「お父さん、そんな言葉知らんの？　帰ったら辞書で調べてみ」

とは言うものの良子も、ナースから教わった言葉であるらしい。私たちの会話に初登場の言葉である。なかなか良い語感の言葉だ。

どうやら、時が解決するという意味のようだと見当をつけた。日にち薬という言葉は知っている。それに近いのであろう。

「真央ちゃん、転んじゃったなあ」

「体にキレがなかったね」

昨夜帰るとき、ＮＨＫ杯フィギュアにチャンネルを合わせておいたのであるが、見ずに音だけ聞くように言っておいた。疲れると思ったのである。しかし見たのだった。私はテレビをつけて帰って良かったと思った。

「羽生君は素晴らしかった」

良子は男女全部見たのだ。

私自身は見なかった。

夜にあい子と病室を訪ねた。

ベッドを起こし、テレビを目線の正面において、ＮＨＫ杯フィギュアスケートを見ていた。羽生が演技を終え採点の掲示を待つところであった。

「羽生君、見事やったわね」

得点は322・40と出た。画面の羽生の顔が輝いたが、私たちも声を上げた。随分良くなった。懸案はオナラである。まだ出ない。早く出てほしい。促すように私は見本を一発やった。あい子が睨んだ。

11月29日（日）

━トスカ

今日はあい子と一緒に新国立劇場オペラパレスで『トスカ』を観劇の予定であった。チケットは1年以上前に入手しており、良子の罹病は考えてもいなかった。良子の状態に異変があれば勿論オペラどころではなかったが、昨夜の状態を見て安心していた。

私の勘違いで13時開演と思い込んでいた。拙宅から首都高速経由、1時間弱で劇場に着く。途中の異変も考慮して2時間前に首都高速へ乗るのを常にしていた。実際には14時開演であったので12時でよかったのであるが、それを11時と思い込んでいた。あい子もおかしいなと思いつつ私に注意しなかった。10時半に良子の病室に入った。今朝はちょっと顔を見て、すぐ出かける、オペラの帰りにゆっくり来ると、昨夜良子には伝えていた。

良子の顔色が少し青かった。

「元気ないなあ。調子悪いの？」

良子は、痛み止めを強いのに替えたと言った。そのせいだろうと言った。

「ということは、痛いの？」

良子はうなずいた。

あい子が指示されたものを1階の売店へ買いに行った。私は持ってきた爪切りで良子の爪を整理した。深爪をいやがった。老眼鏡をまだ使っていないが老眼に違いない私は、爪先が見えにくかった。「危ないねえ」と良子は何度か手を引いた。

11時に部屋を出た。首都高速入り口まで5分であった。12時に新国立劇場横に着いてしまった。新宿中央公園で時間をつぶした。良子の冴えない表情が、私の心を重くしていた。今回私の悪い予感はすべて当たった。それを考えるとぞっとした。


『トスカ』は素晴らしかった。


6時に再び良子を訪ねた。

ところが良子は、朝と見違えて元気であった。私はほっとした。

痛み止めを、飲み薬でなく点滴にしてもらったら随分楽になって、オナラが３度出た、と言った。

「出たか！」

「出た」

私は両手を上げた。


『トスカ』には思い出がある。

最初に知ったのは、「星も光りぬ」であった。

ジュゼッペ・ディ・ステファーノが歌ったシングル盤（ＥＰ盤とも言った。基本的に片面１曲。星も光りぬの裏面に何が入っていたか、記憶にない）で、見事にきれいなテナーであった。マリア・カラスの最後の恋人と言われている。

２０１２年の４月末から５月にかけて、私たち夫婦はミラノを拠点にイタリアを旅した。あい子を介添役にした。あい子はドイツで３年ほど働いた経験があり、英語とドイツ語はそれなりに話せるので便利である。ホテルはミラノに固定し、湖水地方とか、パルマ、ヴェルディの古里等を訪ねた。その間にスカラ座では『トスカ』をやっていた。是非観たいと思った。

出発前に公式価格の３倍条件（インターネット・ダフ屋か）で頼んでおいたのであるが、

出発直前に、取得不能のメールがきた。当日券で天井桟敷でも手に入れれば、と思いながら出発した。

4月29日、ホテルのコンシェルジュに再確認したが、チケットは完売とのことであった。肩をすぼめ両手を広げて、どうにもならんという顔をした。

スカラ座の当日券売り場に並ぶつもりで、その前にチケットセンターへ寄った。Ｄｕｏｍｏ駅地下街にスカラ座のチケットセンターはある。

当日券の申込場所はスカラ座そのものの左側にある。チケットセンターは意外に閑散としていた。私もいわばチケット完売を最終確認のため、未練でそこに寄ったのである。

一人だけ先客がいて、私からすれば随分長話をしていた。若干イライラした。

その男が去って、あい子が進み、当日券はあるかと訊ねた。

「これがそれだ」

と、窓口のオジサンは、今去った男のキャンセルチケットを示した。体で感情を示すことのないあい子が、ワオと声を上げた。

私たちがその男より5分先に行っていれば、私は当日の天井席取得に並んだであろう。それも取れたかどうか分からない。5分遅くても、同じ目的の誰かが私の先に間に入ったであろう。インターネットの時代、キャンセル待ちはいっぱいいたはずである。間に誰もいない、隙間のない接続が私たちを、スカラ座の「トスカ」に導いた。未練でも、求めれば、何かが起こる、そう思った。

今日の新国立劇場オペラパレス、『トスカ』も素晴らしかった。

トスカ、カヴァラドッシ、スカルピアの三人の歌手が第1級であった。

第1幕でトスカのマリア・ホセ・シーリさんが二人の男性に比べて弱いかなと思ったが、結果を見れば1幕では彼女は抑えていたのであって、2幕、そして終幕で爆発した。

ホルヘ・デ・レオンの「星も光りぬ」も切実だった。ただ歌い終えて直ちにブラボーが来たので、これはほんの少し、間をおいた方が良かった。歌手はまだ息を詰めているのである。息を詰めている間も「歌」である。

以上を書き終えて新国立・オペラパレスのサイトを覗いてみると、次の報告が出ている。

＊オペラ「トスカ」平成27年11月23日（月・祝）公演におきまして、トスカ役のマリア・ホセ・シーリは体調不良により第1幕までで降板し、代わって第2幕よりカヴァーの横山恵子が代役を務めました。

ということは今日も、第1幕では体調を確認していたのかもしれない。2幕で確信を持ち、3幕でここぞとばかり爆発したと思う。

良子を心配して車をとばして帰った。

元気な顔を見て、夜ワインをあけ、ゆっくり『トスカ』を反芻した。

11月30日（月）

水木しげる

空気が冷たくなった。いよいよ冬の到来である。

7時前に良子を訪ねた。

今夜から食事が出たと言う。といっても勿論流動食である。

「重湯」「いりこ味噌」「コンソメスープ」「オニオンスープ」とメニューにある。

「全部は食べられなかった」と良子は言った。

「絶対に無理せぬように。慎重に、慎重に」

「今日は不整脈が起こって先生に見てもらった。足から上の方までカテーテルを通した。

何か対策を言ったけど、断った」と言った。

「不整脈は誰にでもあるよ。それは心配いらないと思うね」と私は言った。私自身、息が詰まるほど心臓が踊ることがある。

良子は色々と話した。あい子はふむふむと聞いている。私には言葉が分からない。

「何と言っているの？」

　とあい子に説明を求めたが、応じてくれない。私はむくれた。

　良子はクシャミをした。激しく顔を歪めた。傷が痛むらしい。まだまだそういう状態である。

「お母さんが大きな声を出せないのは分かるでしょう」

　と、帰りの車中であい子は言った。

「お母さんは色々と話したいのだから、黙って聞いてあげるのがいいでしょう？　途中で遮るよりも」

「なぜ補聴器をつけて聞く努力をしないの？」

　私の難聴は「音量」として聞こえないのではない。「音」は聞こえるのであるが、「言葉」として分からない。音がビリついて混濁するのである。特に小さく低い声がダメである。良子の言葉は分からないが、あい子の言葉は分かる。歌舞伎役者の言葉はよく分かる。

　そういう状態であるから、補聴器で音量を増強することは、聴覚そのものを傷めてしまうような気がしてコワイのである。私はある日劇的に耳の通路障害がなくなることを期待している。あい子は優しい子であるが、こういうとき反論しても無駄であることはよく知っている。私は黙っていた。私は良子が何を話しているか、知りたかった。

水木しげるさんが亡くなった。

巨人であった、と思う。

12月1日（火）
━片方しか選べない

午前中、私の選択が誤りだったのではないかとの思いに、苛まれた。「がん研」なら〝癒着〟に対してもっと万全だったのではないか。回避する手立てはなかったのか。

そもそも11月9日の退院予定が13日に延びたのも、イレウスの予兆であった。18日に再入院し、26日退院の予定が前日25日に苦しみが襲った。18日からの1週間は何をしていたのか。「がん研」ならもっと手際が良かったのではないか。

良子に余分な苦痛を与えたと思い、私は苦しかった。

夜、良子を訪ねた。

「がん研　有明病院」であったなら、このように毎日来ることは無理であったろう。退院後の通院も負担になる。「みなと赤十字病院」は自宅から車で10分弱である。選択として十分な理由であった。そして「がん研」ならイレウスが起こらなかったとどうして言えよう？　いずれにせよ人は、「どちらかを選ばなければならない」。そして選ばなかった片方が今より良かったとは、検証しようがないのである。もう一つの人生はないのだ。

良子に笑顔があった。「お通じがあった」と言って親指を立てた。

食べていないのだからウンコが親指ほどなのも当然と思った。

「良かったね」と私は言った。

食事は重湯、コンソメスープ、キャロットスープであった。半分以上残していた。

「ゆっくりいきましょうと先生は言っている」

「そうだ、ゆっくりいこう。持久戦や」

エレベーターまで良子は送ってきて、手を振った。

12月2日（水）

―友と

今日は昼食を友と一緒にした。

直接血のつながりはないが（何代か前にはあったのだろうが）、60年を超す付き合いである。この歳になってもお互いを名前で呼ぶ。私のことを「よしちゃん」という。私は相手を「やすさん」と呼ぶ。名が安である。

やすさんは一昨年の8月に奥さんを亡くした。それ以前に長い看病期間があった。

「良子がこんなことになって、やすさんのことを度々思った。こんなことにならなければ分からなかった。自分が体験してみないと分からないね」

やすさんの奥さんは病気の問屋のような人だった。腸閉塞も何度も起こしていた。膠原病も持っており、冬期には指の感覚がなくなった。今日初めて知った病名であるが、真珠腫性中耳炎というのもやったそうである。一度で取り切ることができず半年ほどおいて2回でやった。

「いくらのようなものがいっぱい出てきた」とやすさんは言った。

あまりの長湯を不審に思い、覗いてみると倒れていた。

意識は戻らず、数カ月後に息を引き取った。二人に子供はなかった。

「先日食器戸棚を整理していたら、クスリ入れのような紙袋があった。ゴミ箱に捨てようと思うたら、何やら堅いものが入っている。開けてみると新札で50万円入っていた。ははぁ、何を買うつもりやったんかなあ」

やすさんはおいしそうにビールを呑んだ。

「気力が出えへん」とやすさんは言った。

「ボクも、良子に死なれたらどうなるかと考えた。生きていくのがめんどくさくなるような気がする」

「今のワシが正にそれや。何してもおもろない。呑みに行っても、家で貞子が待っとるから楽しいんや。家に誰もおらなんだら、呑みに行く気にもならん。仏壇の前で独り言いいながらチビリチビリやっとんねん。ほんま、詰まらんよ。お母ちゃん、早う迎えに来てくれ、そう言うとるんや。兄貴は嫂さんの七回忌を終えたらコロッと逝った。ワシもそんな気がするなあ。貞子の七回忌はオリンピックの年や。オリンピックをちょっと見て、コロッといきたいな」

夜、コオが来て、一緒に良子を見舞った。

「大変だったね」とコオは言った。

「でも、元気そうじゃん」

「あんたの方が心配や」と良子は言った。

「俺は大丈夫だよ」

「まだまだ時間はかかるの？」

とコオは訊ねた。

「分からない」

と良子は言った。

「来週中には帰れると思うけどね」

と私は言った。食事の三分粥が、半分も食べられていない。来週いっぱいは必要と私は思った。

40分ほどいて、私たちは帰った。

12月3日（木）

━停滞

2日ほど前から笑顔が見えるようにはなっているが、もう一つ、すかっとした感じが出ない。回復感というものは最初の手術のあとがもっともっと顕著であった。私がそうなのだから本人は私の何倍もビクついているのかもしれない。気持ちの要素も大きいと思う。

元気がなかった。五分粥になったそうであるが、ほとんど食べていない。全部食べてしまったら大丈夫かなと心配するのであろうが、食べ残しはやはり不安である。栄養の点滴が続いているので、空腹感が出ないのかもしれない。「今日は5回もお通じがあった」と言った。食べていないのに5回も行くとは、下痢に近いではないかと思ったが、下痢の感じではないらしい。「ちゃんと先生に伝えるんだよ」と言った。出ないよりは良いだろうと私は思った。

12月4日（金）

退院日決定

私はいつも6時前後に家を出る。5時50分に出る場合と6時5分に出る場合と、主に2通りである。それぞれに必ず座って行ける電車が来る。会社へは7時から7時15分の間に着く。

今朝ちょっと出遅れて、間に合わぬことはないのだが、時刻の確認のため携帯電話をカバンから出した（私は時計を持っていない）。そこで着信があったのを知った。良子から数分前である。ぞっとした。すぐに電話を入れたが通じない。電源を切ったものと思われた。病室からは発信にのみ使うように言っておいた。病人が余計な電話の対応をすべきでないと思った。私は引き返し、病院へ行こうとした。引き返しつつ、家のあい子に電話した。

「電話、あったかい？」

「あったよ」

「何か起こったのか！」

「日曜日に退院だって」

「びっくりしたなあ、もう。また大変なことが起こったと思ったよ」

「逆だよ」

「大丈夫か？　もっといた方がいいんじゃないか？」

私は再度向きを変えて、駅へ向かった。

考えてみれば、大事が発生したのなら本人が電話できるはずなかった。

私はひとまずほっとしたが、大丈夫か？という不安は増した。とても喜ぶ気にならなかった。

夜、良子を訪ねた。

点滴針はすべて外されていた。昨日より感じは良かった。夕食を終えたところであった。

五分粥はほとんど手を付けていなかった。しかしおかずはほぼ全部食べていた。

退院をさほど喜ぶ風でなかった。と言って、悲観的でもなかった。淡々としていた。

「今度は、慎重に慎重にいこうね」と私は言った。

良子はうなずいた。

「あの饅頭がいけなかったんだ」

良子は笑った。

帰り、スーパーに寄った。

ワタリガニを2パック買った。スープを作っておいてやろうと思った。

12月5日（土）
─前日

今日は土曜日なので14時半に良子を訪ねた。空気は冷たかったが、好天であった。

あい子が起きてくるのを待ったが「爆睡」しているのであろう。会社（複数）の決算作業と重なって、随分苦労を掛けた。起こすのは可哀想なので一人で家を出た。

病室に入ると看護師さんがいた。二人は談笑していた。

「大丈夫か？　もう1週間ほど置いてもらった方がいいんじゃないのか？」

「大丈夫よ」

看護師は、かははと笑った。

「すぐまた引き返すのはイヤだよ」

「今日も3回、行ったわ」

「3回？　それ下痢じゃないのか？　大丈夫か？」

「大丈夫ですよ」と看護師が言った。

「これからシャワーする。30分くらいかかるから外で待っていて。デイルームにいてくれる？」

私は指示に従って部屋を出た。窓外に本牧埠頭につながる首都高速が広がっている。私が常に乗り降りする場所である。空は澄み切って青い。


私はカバンから本を取り出して読み始めた。

ボブ・ビュフォードという人の『ドラッカーと私』というものである。アメリカにおけるキリスト教会の活性化に、経営学者ドラッカーの指導が重要な役割を果たした、そのレポートである。私が現在日本のカトリック司教団にほぼ絶望しているのは、ここに書かれている要素が日本の司教様方に欠落しているからである。ここに書かれた通りをやって日本で成功するとは思わない。しかしそれは応用の問題である。本質は、一番大切なものは何か、その実現のために何が有効で何が有害か、自分は何をすべきか、その把握と実行である。

読みながら眠ってしまったらしい。

良子の手が私の肩に置かれ、私は気付いた。

良子が私の横にいた。

「しばらくここにいようね」

そう良子は言った。

私は安らぎを感じた。

このような状態がずっと続いてくれたなら。……

「3月にはお伊勢参りできるかしらん」

「それがまずの目標だね。最初の1カ月は慎重に慎重に、次の3カ月は恐る恐る、それを過ぎたら次の半年は少し大胆に……、そんな感じかな。1年はかかるよ」

「ゼッタイ、おなかいっぱい食べてはいけないと、先生に言われた」

部屋に戻った。

「少し外へ出てみようか？　そしてそのまま帰ったら？」

「うん、そうしよう」

良子は部屋着の上に薄手のコートをかぶっただけで行こうとした。

「外は寒いよ。それじゃ風邪引くよ」

良子は袖なしのはんてんをコートの下に着た。

それでも寒いと思ったが、短時間だからいいかと私は思った。

埠頭側に出たら案の定寒かった。

記念写真を一枚撮って、すぐ引き返した。

1階の売店で良子の飲物を買い、エレベーターで良子は上へ行き、私は地下の駐車場へ向かった。

12月6日（日）
―3度目の「退院」

空気は冷たいが空は澄んで気持ちよい。10度前後と思う。9時10分に良子の病室へ行った。請求書ができていたので1階に下り、支払いを済ませた。

10時過ぎに先生の回診があった。手術の傷跡が点検され、それで退院ＯＫであった。

私は荷物を、地下駐車場の車に置きに行った。

そして私たちは時間外出入り口から埠頭側へ歩いた（今日は日曜日で、正門は閉まっている）。水面に水鳥が浮いている。空の薄い白雲が美しい。

静かだった。

帰りに「本牧館」でパンを買い、スーパーで果物とうどんを買った。

帰宅したのは11時30分少し過ぎだった。

良子のために作っておいたワタリガニのスープと、その味のしみた豆腐、魚のアラを出汁に煮込んだ大根、その説明をした。調味料は一切入れていなかった。

「水がわりにスープを呑んでもいいと思うよ」

良子は、そうすると言った。

12時に家を出て、車で新国立劇場へ向かった。オペラパレスで『ファルスタッフ』があった。オペラパレスのチケットは1年半も前に入手している。今日の状態を想定すべくもなかった。良子は勿論、笑顔で送り出してくれた。

途中ベイブリッジが、改修工事のため二車線規制していた。

(二車線規制というのか一車線規制というのか、要するに三車線のうち二車線が閉鎖された)

20分余り渋滞した。三車線が二車線になり、更に進むと一車線になった。一車線になると、車は普通に動き始めた。

「これがお母さんの状態や」と私はあい子に言った。

「二車線に三車線分の車が走ろうとしても、動かない。一車線に二車線分の車が走ろうとしても、動かない。しかし一車線分に一車線分の車ならスムーズに動く。お母さんの腸は今一車線なんや。二車線や三車線分の食べ物を入れると、詰まってしまう。そっとそっと、一車線分の食べ物を、通してやらなければならないんや。分かるか？」

「よく分かる」とあい子は言った。

オペラの開演は14時で、30分余り前に到着した。

プログラムを入手して出演者を見ると、

［クイックリー婦人：エレーナ・ザレンバ（メッゾソプラノ）］

とある。

この人は知っていた。

２００1年（ほぼ15年前）の春に、バイエルン国立歌劇場において、私はこの人の『カルメン』を観ている。

確認のため今日のプログラムを精読すると、エレーナ・ザレンバはカルメン・タイトルロールを、「世界中で22の異なるプロダクションで２７０回以上」演じている、と書かれている。そのうちの一度をミュンヘンで、私は観たのだった。

そのときは予めチケットを入手していたのでなく、僥倖で最良の席が取れたのである。ドタキャンがあったと思われる。前後して同歌劇場で観た『ローエングリン』は、最後部の席であった。

カルメンは、最前列、指揮者の右すぐ後ろ、オーケストラ・ボックスが覗ける場所だった。場所は良かったが私は残念ながら一人だった。一人旅だったのだろう。

隣に恰幅のいい（よすぎる）婦人がこれも一人だった。一人でオペラに来る淋しいオバサンもいるんだと、安心した。

このオバサンのカルメンへの声援が並でなかった。凄い声を出した。幕間に私が（日本語で）「カルメンは素晴らしい！」と言ったら、

「カルメン、イズ、マイ、ドウター！」

と返ってきた。エレーナ・ザレンバのお母様だったのである。サインを貰った。

帰りに会社によって少し作業をした。

明日良子をT医院へ連れて行くので、午前中は出社できない。そのためのちょっとした作業である。

6時半過ぎに家に着いた。良子は『サザエさん』を観ていた。

第五章　2015年12月

2015年12月11日（金）
―死ぬって、難しいね

昨日は大阪へ行った。

割と重要な話があって、協議そのものは日帰りの時間内に収まるものであったが、顧問会計士の先生が帰ったあと更に話したいものが出るかもしれず、1泊の予定をしていた。午後に大阪から良子に電話し、様子を聞くと、「まあまあ」という。その声音が沈んでいた。

仕事は順調に結論が出、私は宿泊をキャンセルし横浜へ戻った。

昨日日帰りして正解であった。

帰ったとき良子は既に寝ていたが、「お父さん、今日帰るよ」とあい子が言ったら、「よかった」と答えたそうである。自分の要求をほとんどしない女であるが、帰ってほしかったのであろう。

今日は未明から強い雨が断続的に降り、時折突風が吹いた。近接するM高校のケヤキと銀杏の落葉が、道路を覆った。

9時に風雨の中をT医院へ行った。丸山ワクチンA液を射って頂いた。良子一人では来られなかっただろう。

午後1時が、癒着剝離手術の傷跡の点検であった。私たちは12時に病院へ行った。11時頃、雨は上がり青空が広がっていた。台風一過の感じであった。初夏を思わせる気温で、湿度も高かった。

「傷は順調に恢復している」ということであった。

それは良子も体感として語っていた。

M氏から、喪中ハガキが届いた。奥さまが、「5月の末に大腸がんが見つかり」、「11月21日に他界いたしました」とある。入院もお亡くなりになったことも知っている。素晴らしい女性だった。あまりに早いお亡くなりに、私たちは驚いた。発見からなくなるまで半年である。見つかったとき、既に末期だったのだろうか。病院へ行ったら即座に入院手術したと聞いた。それでもダメだったのか。

ご葬儀が11月25日に行われ、私は大阪での株主総会、そして良子の緊急手術で横浜へ引き返した日だった。

良子の場合はどうであろうか。みなと赤十字病院に緊急入院したのは9月12日、「横行結腸がん」の手術をしたのは11月2日である。50日余の間隔がある。実にのんびりしている。悪く取れば間抜けであり、よく取れば、それほどの緊急性がないということである。あるいは完全な手遅れなのか。

「死ぬって難しいね」と良子が言った。

「私は70まで生きたから、もう満足やけど。お父さんに、やりたいことは全部やらせてもらえたし。余り迷惑かけずに死にたいわ」

「迷惑はなんぼかけてもええから、生きてくれ」

私も74年近く生きた。この状態で妻子に看取られ平穏に死んだら、あまりにうますぎると思っていた。戦争をまるで知らない一生は、世界史の中でも稀有なことであろう。何しろ父母以外の死人を見たことがないのである。

まったくの幸運から、経済的にはほぼ裕福であった。

自分が努力した訳ではない。商売についての若干のセンスはあったと思う。これは持って生まれたもので、努力には比例しない。姉という強烈なオーナーに使われて、私自身は時折反抗したが都度ねじ伏せられ、結果として無事な人生を送れた。

「お前がいて、今の私がある。お前がいなくても、別な形で、私は何とかなっただろう。しかしお前は、私がおらんかったらどうにもならんかった」

悔しいけれど姉のその言葉通りであることは、私がよく知っている。

姉は私の名付親である。オシメを作り、七五三の袴を縫った。

姉であり母であり師であり上司である。どうにもならん。

良子は、お茶、お花、俳句をする。

お茶は裏千家「準教授」の資格を持っている。名を「宗良」という。

お花も草月流師範で、名を「紅蕾」という。

彼女がやっていることに、私は無能である。

私自身は、コンサート・ホール、劇場が主で、クラシック音楽、オペラ、バレエ、歌舞伎、各種演劇を楽しんでいる。一人ではつまらないのであい子に付き合ってもらっている。

良子は自由にやり、私も自由にやってきた。

これが平均とは思わないが、かと言って、大金のいるものでもない。そしてありがたいことに、一貫して、その程度の収入はあったのである。

良子との共通の楽しみは「旅」とそれに伴う「食」だった。

その共通の楽しみが脅かされている。

一人で旅して、何が面白かろう。

一人で食べて、何がおいしかろう。

良子が必要だ。

12月13日（日）

―おいしい

朝食のあとで良子が、「おいしかった」と言った。

あい子が昨晩作ってあった豚汁の、特に里芋がおいしかったらしい。

良子から「おいしい」という言葉を聞くのは、退院後、初めてであった。

10時過ぎに家を出たのであるが、そのときは、徳島から送られた温州ミカンを食べていた。

少し食欲が出てきたようである。

体重は59kgだったのが、今は52kgを切るまで落ちたらしい。

私にしても3kgは痩せたのであるから、本人はむしろ当然と言える。食が進めば、体重も徐々に挽回していくだろう。

今日は国立劇場で、幸四郎、染五郎たちの『東海道四谷怪談』を観た。染五郎、先月歌舞伎座の『勧進帳』、富樫左衛門で感じたことを、今日のお岩ほか五役で確認した。一皮剝けたと思う。（※11月顔見世大歌舞伎・十一世市川團十郎五十年祭。幸四郎の弁慶）

12月14日（月）

B医師の説明

今日は大腸がん手術執刀医・B先生の説明があった。

11月2日の施術から40日、11月13日の退院からでも1カ月を過ぎている。途中で癒着によるイレウス発症のアクシデントがあったとは言え、のんびりしていると思う。患者とその家族が何よりも知りたいのは、疾患の深刻度である。他臓器への転移の有無である。

9時半にT医院で丸山ワクチンのB液注射を受け、その足でみなと赤十字病院へ行った。血液検査を受け、結果を待って11時半からB医師の説明を受けた。

B医師は少し緊張しているかに見えたが、本来、こういうお顔なのかもしれない。髭が濃く、目は鋭い。しかし悪い感じの顔ではない。

私から、「癒着」対処についての質問があると思ったかもしれない。当然想定して、返答も準備していたはずである。しかし私たち夫婦はそのことについて、何も触れなかった。疑問はあった。11月9日退院の予定が前日になって不調を来し、13日まで延びた。これは明らかに〝予兆〟ではなかったか。あのときに、もっと別な対処はなかったのか。13日に退院したが5日後の18日に激しい苦しみが襲い、再入院した。そのときにイレウスの発症と判定された。そしてイレウス管装着等の処置により改善、26日の退院が予定されていた。その前日25日に、癒着剝離のための緊急手術を行ったのである。18日から24日までの入院中の処置は、適切であったのか。

そもそも癒着そのものを防げなかったのか。

これらの疑問については、完璧な「回答マニュアル」があるはずである。

その回答に対して、私たちは納得するしかないであろう。そもそも手術前の承諾書に、今回起こったことはすべて、起こり得る可能性として書かれている。

B医師の説明は次の通りであった。

がん部位の大きさ　5・5㎝×5・5㎝

深さ　T4a（SE）
ステージⅢB　↑これは5年後の生存率60％というレベルのようである。
リンパ節は9本切除した。
他の臓器への転移は発見されなかった。
発見されなかったから「ない」ということではない。
微少な「腫」はPET—CTといえども見付けられない。
化学療法（抗がん剤）は患者さんの選択である。
受けない選択もある（副作用の説明）。

結果として良子は6カ月間の化学療法を選択した。

その後、化学療法センターで担当看護師から1時間ほど説明を受けた。起こり得る可能性はオソロシイものである。

21日の月曜日からスタートする。

化学療法センターでの会話の中で、良子は25日に駆け込んで癒着剝離の手術を受けたという。私は、そうではなく、癒着剝離手術を受けた日は、既に入院中だったのだ、と言った。18日から25日の8日間が、とんでいるのである。イレウス管による治療は、おそろしく苦しいものであったらしい。その間が、良子の記憶から、消えていた。

12月15日（火）

─丸山ワクチン

「日本医科大学付属病院ワクチン療法研究施設」（以下、「丸山ワクチンセンター」と記す）へ行って丸山ワクチン注射液を求めた。いろんな行き方があるが、北行京浜東北線を田町で都営三田線に乗り換え、白山下車、というのが一番便利なようである。白山駅から徒歩15分強かかるが、それでもバスを使うよりこれが早いと思う。帰りは同線を引き返し芝公園で下りれば、勤務先会社は数分の距離である。8時前に着き、一番乗りであった。

私は今までの経過表、ワクチン注射の記録、直近の血液検査表などを出し、21日より抗がん剤治療（XELOX）を開始する、と話した。3週間1クールで半年間のコースである。飲み薬に加えて、3週間に一度点滴のための通院が必要となる。8～9回ということになる。

説明を聞いて下さった女医先生は、「現在A液B液を交互に射っていますが、化学療法で副作用の出方によってはA液の連続投与も考えましょう」とおっしゃってくれた。あとでそれを携帯電話で良子に伝えると、非常に喜んだ。

丸山ワクチンは、放射線治療や抗がん剤治療による副作用を抑制する効果が認められている。丸山ワクチンA液の同成分で更に10倍濃厚液である「アンサー20」は、放射線治療の副作用抑止剤として認可されている。健康保険の適用薬になっているのである。そのことを良子は知っている。

1週間

1カ月

3カ月

半年

1週間は無事に過ぎた。

3カ月後に「お伊勢参り」はできるだろうか。それが当面の目標である。

そして来年6月。

良子は見事に戦い抜くであろう。

12月17日（木）

私自身のポリープ切除

今日は私自身の大腸ポリープ切除の日であった。

1年前から決まっていた日程で、良子も当然承知している。本人が大腸がんを患うとは、夢にも思っていなかった。

定期的なもので、私は「町内掃除」と呼んでいる。

もう7〜8年前になるであろうか、健診の大便に血液反応が出た。精密検査を勧められて会社近くの「三田病院」へ行った。当時はまだ「専売病院」といっていたかもしれない。「東京専売病院」が「国際医療福祉大学三田病院」となったのは平成17年3月だそうであるから、いずれにせよその前後である。

内視鏡によって大腸の検査をしてみると、大量のポリープが見つかった。

最初は私は興味があって、麻酔を選ばなかった。

かなり苦しかった。痛いのではなく苦しいのである。しかしモニターで自分の腸内を見ることができた。

先生はベテランと若いのが二人で、若い方は見習いのようであった。今日やってくれたのはそのときの若かった先生である。

二人が時々、オッ、オッ、と声を出すのが面白かった。何しろイッパイあったのである。その日は確か大きいのを10個ほど切除した。1回でそれ以上は危険だということであった。

あとで、最初の切除分は標本を見せられた。内視鏡で取ることのできる最大限で、危なかったと言われた。がん細胞があった、とも言われた。

私はそれを良子の今回まで、病院の商売のためのオーバーなおどかしと思っていた。今、ポリープ起源の大腸がんがあることを知った。

健診で血栓反応があり、忠告に従い精密検査を受けたことは、幸いだった。そう、つくづく思う。

最初の頃は4カ月おきにポリープ切除を行った。

そのうち半年に一度となり、3年ほど前から年一度になっている。

最初の2度は麻酔なしでやったが、その後は麻酔をするようにした。

面白みはなくなったが、楽になった。

ところが今日は、何の手違いか、麻酔なしでやったのである。苦しかったけれど、久しぶりに「町内」を見ることができた。随分きれいに見えた。今日切除したのは一つだけだったと思う。麻酔なしだったので、検査が終わるとすぐに会計を済まし、帰ることができた。多少の苦しさは我慢しても、モニターできることと早く引き上げられることは、大きなメリットである。来年も、麻酔なしを選ぼうかと思う。

12月19日（土）

━体重

今朝は目が覚めてみると6時45分であった。こんな時刻まで眠ったのは久しぶりである。昨晩が遅かった。

ポリープ切除あとの養生で酒が呑めない。必然、小用の要求が出なかったこともある。酒さえ呑まなければ、夜中に起きることもないのである。しかしそのために酒を控える気はない。

下へ下りると台所に良子がいない。

鍋をあけてみると常食のお粥が、食べられた形跡がない。

不安を感じた。

間もなく良子は戻ってきた。

元気がない。

「うんこは出た？」

「出そうで、出ない」

私はぞっとした。

「オナラは？」

「出る」

少し安心した。

食べる量が少ないのだから、多少の滞りは仕方ないと思った。

「体重は少しは増えた？」

良子は首を振った。

「51キロのまま」

手術前は59kgあった。8キロ減っていることになる（私は74kgが71kgになった。一時70・5kgになった）。

「抗がん剤は」と良子が言った。

「やってみて副作用がひどかったら、やめるね」

私はそのことに反対しなかった。

「それで再発がなくなる訳でなし」と良子は言った。

ステージⅢBということは、がんの再発確率40％ということらしい。抗がん剤（化学治療）によって、その30〜40％を防止できる、との説明を聞いた。つまり40％の再発確率が、

28～24％に下がる、ということである。

降水確率が40％から25％に下がったとして、雨は降るのか降らないのか。

「再発したら、もう手術はしない」と良子は言った。

「70年生きたから、満足やわ。お父さんがいろんなところへ連れて行ってくれたし。いい人生やった」

まだ傷跡が突っ張ると良子は話した。痛み止めを飲むほどではない。咳をしても響かなくなった。良くなっていることは間違いないが、やはりもう一つ違和感がある。「寝ていると楽なんやけど」と良子は言った。

そんな話をしているうちに良子は少し元気を恢復した。

「少し横になったら？　ぼくはスダチを整理してくる」

裏の酢橘《スダチ》の木に、まだ相当量の実がついていた。

今日はそれを整理し、ジャムにする予定だった。

収穫を手に台所へ戻ると、良子は蜜柑を食べていた。

田舎の嫂が送ってくれたもので、皮はやわらかく、果汁は豊かである。

良子がものを食べるのを見て、私は少し安心した。

私はスダチを丁寧に洗った。

この時期、7～8割は、小鳥がつついている。しかし大半は一口つついただけで、ジャムにするにはまったく支障なかった。

そのうち良子は席を外し、しばらくして戻ってきた。

「出た……」と良子は言った。

先ほどまでとは表情が違っていた。私の心からも暗雲が去った。

あとは快活になった。


「人生七十年」

「明治時代は人生五十年」

「満足々々」

何て言っている。

12月21日（月）

■化学療法（抗がん剤治療）XELOX始まる

今日は9時にT医院で丸山ワクチンA液を射って頂き、その足でみなと赤十字病院へ行った。

血液検査のあと5階の化学療法センターへ行った。簡単な体調確認のあと1階に下り、外科外来でB先生からの呼び出しを待った。合併症として発生した「イレウス」、そして「癒着剝離」手術について、説明してくれるとのことであった。

12時を過ぎて、呼び出しがあった。

再度体調の確認があった。副作用の発生について、「副作用は必ず出る」「どの程度出るか、やってみなければ分からない」と言った。

無理をしないように。ひどければ点滴を止めて飲み薬だけにしてもよい。中休みしてもよい。3週間サイクルを4週間にしてもよい。無理して続け、耐えられなくなって途中で打ち切るよりは、だらだらと続ける方がよいと、私は思う。

日常生活に支障を来すようであれば、やめても良い。

癒着の問題については、手術の日B先生は不在で、C先生が執刀した。そのこともあってC先生が説明してくれるものと思っていた。しかし本件については、良子の主治医はあくまでB先生であった。

「腸がねじれていたようです」

とB先生は言った。

癒着というものはほぼ必ず起こる。しかし多くの場合、問題にならない。

ねじれるということは、固着箇所があるからである。フリーならば、たとえねじれても元に戻る。

「そのために固着箇所を外したということです」

そう先生は説明した。


点滴液の受入針は診察室で装着するそうで、私は外に出た。

数分後に良子は出て来て、一緒に5階化学療法センターへ行った。

3時間弱を要するとのことで、13時ちょっと過ぎの開始だから16時前に終える。私は1階レストランで昼食をとって、図書室にいると言った。図書室は同じ5階にある。

16時前に良子は図書室へ来た。変わったところはなかった。

支払いを済まし、調剤薬局でクスリを入手し終えると、17時を過ぎていた。もう暗かった。

スーパーで買い物をし、帰宅した。

少し丸みを加えた半月が、澄み切った空に浮かんでいた。

私はあい子を待ったが、良子は規則正しく夕食をとった。

変わったところはなかった。

指先が少し冷たい、とは言った。

私とあい子が食事を終えた頃、良子は風呂に入った。

出てきて、少し寒い、と言った。
「早く寝ろ」と私は言った。
「寝る」と言って、良子は上に上がった。
寒いのが、抗がん剤のせいなのか、単にパジャマ一枚のせいなのか、分からない。
明朝の状態が問題である。

いずれにせよ、抗がん剤治療は始まった。
明日は冬至。
そして日々、日は延びていく。
夏至までの戦いである。

12月23日（水）
━抗がん剤開始3日目

天皇誕生日。陛下、82歳。
玄関に国旗を掲げる。

この一角で祝日に旗を揚げる家が、うちを含めて3軒ある。2割ほどということになる。澄み切った空気である。それなりに冷たいが、しかし暖冬と言えるのであろう。特別に寒さを感じた日は、この冬、まだ訪れていない。

一昨日抗がん剤の点滴を受け、昨日から朝夕1日2度の服薬を開始した。つまり今朝が、素人の考えでは、体中の〝抗がん剤濃度〟が一番高いときになる。どういう状態の朝になるか心配していたが、良子は平気な顔をしている。

指先は確かに冷え、冷たいものに触れると静電気が走るようなビリッキがあるらしい。それで指示された通り手袋をはめている。

それ以外は別段の異常はなさそうである。私はほっとした。

ただ抗がん剤開始の前日まで滞りのなかった便通が、21日以来、ないという。これが今や最大の関心事である。不安であり、恐怖に近い。

「オナラは出る」

「そんなら通じているんだろう。慌てるな」

聞くと、便通促進剤の服用を中止したという。

これは本人の判断に任されていたらしい。しかし昨晩、再開したという。

朝に抗がん剤を飲んだ。三度目である。

顔色は良く、よくしゃべる。最初は気力のなかった読書も始まっている。食欲も出てきた。それでも食べる量は以前の半分以下なのであるから、出ない日があっても不思議でない、と私は思った。そうは思ってみても、不安だった。

昼前に、良子は2階へ上がってきて、「出た出た」と言った。

「出たか！」

「出た」

「良かったなあ！　バンザイ」

私の気持ちはいっぺんに軽くなった。

オナラとうんこは本当に大切だ。

ところで私のうんこであるが、良子に付き合って野菜たっぷりの食事になり、大腸ポリープ切除後の禁酒期間に入っているので、素晴らしいものが出る。量、形状、硬度、色、最高である。

12月31日（木）

―大晦日

静かな年の終わりである。

何よりもこのとき、良子が家にいてくれることに感謝する。もし良子がいなかったら、私の心はどれほど空虚で暗いだろう。

25日に17日に受けた大腸ポリープ検査の結果を聞いた。小さいのを一つ取っただけのようである。

今までの記録をプリントアウトしてもらった。

最初に受けたのは2008年6月26日で、私が66歳のときである。

このときは10個近くを取ったと思う。私はモニター画像を見ていた。

一度にこれ以上は危険があり、何回かに分けてやりましょうと言われた。

検体検査の結果、がん細胞が存在したと聞いた。何個かは、内視鏡で取れる限界の大きさだったと聞いた。事実、標本を見て驚いた。20㎜くらいあったと思う（良子の切り取られた腸を見た今、小豆のようなものであるが）。

私は最近まで先生が大袈裟に言っていると思っていた。しかしポリープからがんになるケースはあり得たのだった。健診で潜血反応が陽性だった。横着せず三田病院で精密検査を受けたのが正しかった。今では僥倖だったと思う。

最初は夥しい頻度で切除手術を受けている。２００8年6月6日の次は、9月18日、10月29日、翌２００9年1月22日、4月23日、8月28日。

その後は半年おきとなった。

２０１０年4月20日、9月2日、10月7日。

その後年一度になり現在に至っている。

最初の2回は麻酔なしでやったのであるが、その後麻酔をしていた。

先日は久しぶりに麻酔なしでやった。随分きれいな内面であった。

器具の進歩もあるのだろうが、最初のときほどには苦しくなかった。これであれば次回からも、麻酔なしでやろうと思う。終わればすぐに帰れる利点もある。

28日に「がん研　有明病院」であい子と一緒に〝がん検診〟を受けた。

詳細結果は出ていないが、胃袋だけはモニター画面で眺めた。

きれいなものであった。先生も検体採取の必要を認めなかった
（あい子は組織を取られたそうである）。

29日に、しばらく断っていた酒を再開した。おいしかった。

これで体重は徐々に復元していくのだろうが、最小値は69・3kgを指した。

70kgを切った数字は記憶にない。20代、あるいは30代前半以来であろう。洗顔時に自分でも頬骨の出っ張りが分かる、あばらも出ている。

「私も50キロを切った」と良子は言った。入院前は59キロあったのが、10キロ痩せたのである。「お父さんも私に付き合うねえ」と言った。

28日、
良子は、抗がん剤治療を始めて1週間の状態確認で、一人で病院へ行った。

T医院で丸山ワクチンを射ってもらい、その足で病院へ行った。

我が家から病院へは、距離は近いのであるがバスがつながっていない。良子は強度の近視で運転ができない。タクシーはT医院から病院まで1000円、病院から我が家まで同じく1000円とのことである。同じ距離なんやねえ、と笑った。二等辺三角形ということになる。

慰安婦問題についての日韓合意があった。

私は韓国の二つの裁判、「産経記者の名誉毀損、無罪」、「憲法裁判、却下」の判決を見て間髪を入れず岸田外相に訪韓を命じた安倍首相の決断に、今回は妥結すると思った。そういう「気合」があった。同時にそれは、韓国に対する最後通牒であったと思う。安倍外交の切れ味を感じる。

「軍の関与」を認めたことを問題視する人もいるだろう。しかし軍が関与しなかった、与り知らなかった、というのは無理だと思う。軍にとって（いかなる軍にも、韓国軍も、米軍も、そしていかなる時代にも）それは重要な関心事のはずである。最大の、というより唯一の受容者が、その商品の由来にまったく関知しなかったとは、無理のある主張である。ただ大日本帝国陸軍が、軍政・軍令として慰安婦の徴集を行ったことは、それはなかった、ということであろう。

実際に先端で女を集めたのは、韓国ならば韓国人であった。日本人慰安婦を集めたのは日本人であった。「女衒《ぜげん》」という言葉があった。言葉があったことは、実在したのである。今もいるであろう、日本にも韓国にも。

その当たり前に考えられることに、韓国人は〝白を切って〟きた。慰安婦集めにおける韓国人の関与を『帝国の慰安婦』に書いた朴裕河（パク・ユハ）氏は、告訴された。どのような判決が下されるのか。

韓雲史氏がかつて、「良い日本人もいた、悪い日本人もいた。良い韓国人もいた、悪い韓国人もいた。それだけのことだ」と書いていた記憶がある（書棚のどこかにその言葉はあると思うが、どうしても見付けられない。『玄界灘は知っている』『玄界灘は語らず』のいずれかの中にあると思う）。

悪い韓国人もいた、ということを韓国人が認めない限り、歴史認識の一致など、あり得ないのである。

今回の妥結は、非常に良かったと、私は評価する。

安倍さんだからできたのであろう。

しんどいのは朴大統領の方だと思う。

［時事通信］12月31日（木）15時14分配信によれば、朴大統領は国民へのメッセージで、「合意を受け入れず、白紙に戻せと言うなら、政府には元慰安婦の存命中にこれ以上何もする余地がないということを分かってほしい」と理解を求めた、という。時事は配信タイトルで、〝これ以上の合意無理〟と記している。余計な注釈タイトルであるが、これは稀に見る率直な発言で、この通りなら朴さんを見直す。朴さんは安倍さんの財布の中にこれ以上ないことを認識したのである。安倍さんは財布の底を見せ、これだけしか入っていないことを朴さんに認識させたのである。


私は韓国が好きで、何度も行った。

韓国で不愉快な目に遭ったことは一度もない。接する誰もが親切であった。

しかしこの数年、慰安婦を巡る余りのしつっこさにイヤになっていた。多くの日本人がそうであるだろう。貿易、旅行など、いろんな指標にそれは出ている。この修復は年月を要すると思う。日本人は相当に痛めつけられた。10年では元に戻らないであろう。

静かな年の暮れである。

おかげさまで良子もそれなりに元気で、徐々に食べる量も増えてきた。

抗がん剤の副作用も、恐れたほどには出ていない。

よくしゃべる。少しは料理もするようになった。

私は良子にわがままいっぱいをしてきた。良子はそれを受け入れてくれた。

私は、自分が良子に与えることを、考えることはなかった。

それが突然、良子が、精密な硝子細工になった。はれものにさわる、もろいものになった。

私はその良子を守る。

そしてそのことに、まだ味わったことのない充足を感じる。

それは間違いなく、幸福感である。

第六章　2016年

2016年1月1日（金）

元日

静かな1年の始まりである。

私は4時頃に目を覚ましたが、良子は既に起きていた。元々朝は早いが、それが更に早まった。寝るのが早くなったのである。夜、9時前には寝ている。

「おめでとう」と私は言った。「おめでとう」と良子は応えて微笑んだ。

生きていてくれて本当にありがとう、心の中で言った。

良子は白湯を呑んでいた。寝起きに温い白湯を呑むことは、内臓への目覚ましなのである。

私は舞美人を一升瓶から湯呑についだ。良子は、しょうがないわねという顔をした。

70になって、笑顔の可愛い女だ。ひとから見れば単なる老婆だろうが、私には、いくら見ても見飽きない顔である。

私の義兄が、内心、その弟の嫁に良子を望んでいたと、ずっとあとになって知った。しかし弟には既に深い仲の恋人がいて、話は具体化しなかった。もし実現していれば、間違いなく幸せな夫婦生活であっただろう。

義兄は良子のことを、「精神安定剤」と言っていた。「良子ちゃんのような奥さんなら、10年は長生きできる」とも言った。

義兄の弟Y氏の結婚生活は、幸せなものであった。良子と違って旦那を指図したように見受けられたが、Y氏は満足していた。ただ子供が授からなかった。それだけに二人は常に一緒だった。

Y氏がすべての役職を終え、最上級のレクサスを買い込んだ。これから二人で日本全国、行きたいところへ行くんや、と嬉しそうに宣言し、実行していた。それが半年後、夫人は倒れ、意識を戻すことなく、逝った。

そのときのY氏の悲痛が、今の私には分かる。そのときには分からなかった。

人生とは何であろう。

良子がY氏と結婚していれば、今の私はどうしているのだろう。

良子は嫂の姪である。

母は、「良子ちゃんのような子がお前の嫁になってくれたら、どんなにか安心だろう」と、良子に聞こえるようにつぶやいていた。その横にはコオがいた。

どうして良子が、私のヨメになったのか。今でもよく分からない。

ずっとあとになって、40の頃、私はカトリックの洗礼を受けた。「良子のような女が私に与えられるのなら、神は存在する」と思った。神を信じたのはそういうことであった。


良子は、静かな女であるが、弱くはない。

個性をいうなら、真に個性的である。

化粧というものをしない。顔にも髪にも塗ったことがない。

クリームも口紅も髪油も、見たことがない。嫁入りに持ってきた鏡台は部屋の隅におかれているが、前には椅子がない。時々、雑誌などが積み上げられている。私は鏡台の前の良子を見た記憶がない。洗面台の鏡が良子の化粧台であった。

一度だけ理由を聞いたことがある。

強度の近視のために鏡の中の自分の顔がぼやける。だからやめた。

髪油も塗らない。毛染めなどしない。

しかしきれいな肌であり髪である。白髪を、私はきらいでない。

それにしても女が化粧をしないというのは尋常な個性ではない。

いつの間にか、裏千家の茶道では「準教授」、草月流生け花では「1級師範顧問」の資格を得ていた。

良子の作った膾《なます》を肴に舞美人を味わっていると、元日の夜が明けてきた。

国旗を玄関に揚げた。

1月2日（土）

神聖な話題になったオナラとうんこ

朝、台所へ下りてみると、良子がにっこりした。

「カタチのいいのが出た」と言った。

「バナナ1本分。昨日はこれぐらいやった」と親指を立てた。

「出たか！」

私は、プッとやった。夜明けの祝砲だ。良子は口を尖らせたが目は笑っていた。

良子はうんこの話などする女ではなかった。

最も大切なものが何であるか、私たちには分かった。

うんこが出、オナラが出る。我が家にとって現在、それが最大の心の安らぎである。

1月3日（日）

━コオ来る

暖冬である。本当に寒いと思った日が一日もない。

昼間ホームセンターへ行ったが、途中、車の窓を少し開けて走った。

夕刻、コオが来た。

料理人で夜の仕事である。朝の早い私とは活動時間がずれている。休日も私やあい子と異なる。電話では常時話しているが実際に顔を合わせるのは2月に一度くらいである。

生みの母親の血を引いて〝男前〟であると私も思う。色白で細身、背も高く、目が優しい。私が一番心配していたのは「女」の問題であった。女を漁ろうと思えば、それのできる雰囲気を持っていた。女に泣きつかれて往生する父親の私を想像していた。

ところが事態はまったく逆に進み、30を過ぎても女の気配がなかった。料理人になって家を出たが、結婚する様子が見えない。

女の問題を心配したのに、実際は女の問題がないことを心配した。心配以上に不安だった。

「お前、勃つのか」と聞いたら、

「心配するな。びんびんだ」と答えた。

結婚して子供が二人生まれても十分なマンションを買い与えた。

そこへ転がり込んで来たのがペルーの女だった。

同棲を始めておそらく2月ほど経ってから、コオは彼女を連れてきた。私たちは驚いたが、私自身はコオの側に初めて女を見て、安堵の気持ちもあった。年を聞くと21歳であった。スペイン系の可愛い娘で、私は好印象を持った。4月にリマで結婚式を挙げた。びっくりするほどの人が集まり夜明け近くまで大騒ぎした。

最初の頃、息子夫婦はよく来ていたが、そのうち間があくようになり、いつか寄りつかなくなった。何となくおかしくなっている雰囲気は感じていた。そのうちにコオがマンションを出てしまった。一緒になって3年後くらいだったと思う。

自分の家から女を追い出すというのは分かるが、自分が出て行くというのがコオらしい。「追い出したら、あいつの行くところがない」と言う。私も、「邪険なことはするな。しかし期限は切れよ」と言った。

しかし離婚の成立には更に2年ほどかかった。

離婚を引き延ばすほど彼女は住まいを確保できるからだった。

自分の家なのだから乗り込めば良いのであるが、コオにはそのような闘争心がなかった。

彼女の方が慰謝料を求めて裁判を起こした。仕方なく私たちも対応した。

結果は私たちの主張通り（つまり最初からコオが彼女に話していた額で）決着した。可哀想に弁護士費用だけ彼女の損失になった。明らかに質の良くない弁護士だった。

私は（おそらくコオも）彼女を悪くは思わなかった。それなりに一生懸命に生きる娘であった。ただ目的は国元への送金にあった。日本で子供を作り、家庭を築いていく気持ちは薄かった。

彼女が出て行ったあとのマンションは、大損して売却した。

コオは真面目で優しい性格である。要領よく立ち回ることができない。人を押しのけてということができない。ひねくれたところがない。これはあい子にも言えることで、私の日頃とはつながっていない。良子の影響としか考えられない。目端が利く、という能力が欠落している。見ていて歯がゆいところはあるが、しかし私は、それを悪いこととは思わない。

話は良子とコオがした。昔からそうだった。

私は年末に川崎の豆腐屋さんで買い込んであった生揚げを炙って、擂ったショウガを添えてやった。「こりゃ旨い！」と料理人が言った。

1月17日（日）

この10日余り
温暖な好天が続いている。
この10日余りを、メモ風に綴っておく。

1月4日
昨日3日、サウジアラビアがイランとの国交を断絶した。

1月5日
私にとっての「仕事始め」
A市へ行く。
良子がお茶を点ててくれた。
お得意先にお年始回り。

この日、A市泊。

1月6日

社員に新年の朝礼をして、直ちに東京へ戻る。

東京事務所はこの20年、仕事始めの前日に良子と来て、我が家の花を生けた。花材は決まっていて、蠟梅、椿（あけぼの）、水仙である。水盤は会社に置いてある。結構豪華なもので、蠟梅の香りが部屋に広がって、正月にふさわしい。

それが今年は途切れた。

私は左側鼠径部に〃ヘルニア〃の発症を自覚した。右側は経験済みなのですぐそれと判断し、慌てることはなかった。三田病院へ連絡、22日の予約を取る。

北朝鮮、水爆実験の実施を声明。

1月7日

大阪へ向かう。途中京都で下り、南座で松竹新喜劇を観る。良い芝居であった。藤山扇治郎が懸命に演じている。久本雅美は快演。小島慶四郎は84歳というが、その張りのある声に感動した。髙田次郎の柔らかさも味わい深い。渋谷天外はどっしりと受けとめて支える。寛美さんの黄金時代は特別な時代であったが、松竹新喜劇は嬉しいことに、着実に階段を上り始めたようである。

1月8日
大阪地区のお取引先へ年始回り。

1月9日
大阪神戸地区の仲間と「家族亭会議」
11時30分〜15時30分、4時間、随分呑んだ。
帰りの特急券が私の日付勘違いで無効になった。再購入。

1月12日
良子のがん化学療法（XELOX）の第2クールが、延期になった。白血球の低下が基準を超えているらしい。1週間様子を見るという。

1月13日
A市で、「社員総会」
「無事故無災害」並びに「永年勤続」の表彰と、新年会。

宇都宮から新幹線で仙台へ向かう。仙台泊。

1月14日
「仙塩利府病院」にて、小林俊光先生の診察を受ける。
結論として、「耳管狭窄症」でも「耳管開放症」でもないという。耳管は正常であるとのことである。内耳より奥の神経系の老化で、受け入れるより仕方ない（諦めなさい）、とのことである。

1月15日
台湾のイレーネ・チェンさんより、おいしい手作りの菓子が到着した。

1月16日
台湾総統選挙
民進党の蔡英文氏が勝利。
陳さんのご家族は大喜びしているであろう。

1月17日

阪神淡路大震災、21年。

1月25日（月）
平穏な日々

平穏な日々が続いている。

18日、先週の月曜日、雪が降った。

予報がそうなっていたので未明に窓を開けてみると、既に数センチ積もり、なお降り続いていた。相当に積もると思ったが、夜明けとともにやみ、昼間にはほとんど融けてしまった。

19日、良子の白血球の数値が上がらず、抗がん剤の〝点滴〟は断念された。

良子の表情に不安はなく、むしろ解放された安堵の顔であった。

B先生に、「点滴がなくなったら旅行できますね？」と言ったら、先生は、「どこへ行くんですか？」と聞き返した。「伊勢です」と答えた。「いいですねえ」と先生は言った。

一昨年は午年で、私は72歳の年男であった。

それまでに伊勢へは何度も行っていたが、ふとその気になったとき行ったので、いつ行ったのか、よく覚えていなかった。

そこでその前年、平成25年に式年遷宮を迎えたことでもあり、平成26年の午年は1月に参拝し、毎年月をずらしてお参りすることにした。去年は2月に参拝した。今年は3月になる。そして次の午年、私の84歳は、再び1月の参拝になるのである。

伊勢では宇治山田駅近くのホテルで2泊する。

そして一夜は「大喜」という割烹料理店、一夜は「むら田」という鰻屋さんへ行くのが決まりである。大喜はそれなりに大きい店であるが、「むら田」は家族でやっている。最初の年、上の計画を話し、「来年は2月に来る」と言った。

昨年2月に行った。すぐには分からなかったが、話すうちに、「ああ」と思い出してくれた。

だから今年は、3月に行かなければならない。良子も楽しみにしている。

途切れさせると、命が途切れるような気がする。

何とか一回り（次の午年まで）はしたい。良子と一緒に歩きたい。

21日、大阪へ行って、帰った。

22日、三田病院にて「鼠径ヘルニア」が確定した。

1月30日入院、2月1日手術、4日退院と決まる。

10日ほど前から、出勤時、良子が外の門（というには小さい出入り口だが）まで見送ってくれるようになった。寒いから中にいろと言うのに出てくる。6時前でまだ暗い。門灯に良子の顔が浮かび、手を振る。

朝夕の食事も作ってくれる。

ふと気付いたのだが、この数日前から、良子が私に色々と指図するようになった。

今朝も台所のタオルで手を拭くと、それは料理をするときのタオルだから、お父さんは使わないで、と言われた。私は不潔だというのだ。私は神経質なほど手だけは度々洗う男であるが、それでも台所用は別だと彼女は言う。

部屋の整理を始めて物を動かしたのだが、横にいてあっちこっちと文句を言う。

以前なら「うるさい！」と言ったのだろうが、今は良子のそうした声が、音楽を聴くように心地よく響く。「お母さん、元気になったねえ！」

24日、大関琴奨菊、日本出身として10年ぶりの優勝。沖縄・宜野湾市市長選挙、佐喜眞淳氏が再選される。

今日（25日）は朝、月が美しかった。満月であったかもしれない。帰りは8時過ぎであったが、このときも月は煌々としていた。空気が澄んでいるのだろう。寒気が日本列島を覆っている。沖縄や奄美で雪が降ったことをNHKニュースが伝えている（陰暦16日であった）。

1月27日（水）
―丸山ワクチン　T先生へのお願い

私は今日は栃木県のA市へ行った。定例である。

丸山ワクチンの供給を得るために必要な医師の署名を、T先生にお願いした。前回、先生には断られていた。自分は治療に関与していないので、状態がまったく分からない。だから署名できない、というのは、当然のお考えである。前回は事情を説明し、病院のデータのみでワクチンを出してもらった。しかし毎回そういう訳にはいかないので、T先生に「お願い」してみた。

なお、T先生は「丸山ワクチン」を余り信用しておられない。

「水みたいなもんだろう」なんて言っている。

私はそれで良いのである。近くで、患者が少なくて待ち時間がほとんどないというのは、大きなメリットである。70の半ばは間違いなく過ぎていると見えるが、飄々として、商売気のないお医者さんである。

T医院
医学博士　T先生

お願い書

平成28年1月27日
横浜市

（本人）

（夫）

丸山ワクチンの注射につきましては格別のご配慮を賜り、厚く御礼申し上げます。先生ご承知の通りこの薬品は現状治験薬につき、日本医科大学付属病院よりクスリを提供してもらうには、都度、「ＳＳＭ臨床成績経過書」の提出を要します。それには医師の署名が必須です。

本件に関しては、Ｔ先生は治療に全く関与しておられず、署名できないとおっしゃるのは当然と存じます。そうであるべきと存じます。

しかしながら受診先の「みなと赤十字病院」で署名を頂くことは諸般の事情で不可能です。

Ｔ先生に伏してお願い申し上げますが、「誓約書」にお書き致しました内容で、何卒ご助力下さいませ。

この「誓約書」は、日本医科大学へも写しを提出致します。先生にご迷惑をお掛けすることは誓ってございません。

何卒、よろしくお願い申し上げます。

（Ｐ．Ｓ．）

当然ながら「費用」はご請求下さいませ。

T医院
医学博士　T先生

誓約書

平成28年1月27日

（本人）

（夫）

治験薬『SSM丸山ワクチン』の受給に必要な「SSM臨床成績経過書」に署名して頂くについて、下のことを確認、誓約申し上げます。

1．T先生は本件、「野村良子の横行結腸がん治療」について、治療に一切関与しておられません。

2．「SSM臨床成績経過書」はすべて野村良子もしくは野村よしが記入し、〃医療データ〃は、「横浜市立みなと赤十字病院」によるものであります。それ以外のものは一切ありません。

3．従って、「野村良子の横行結腸がん治療」における野村良子の「丸山ワクチン」摂取について、いかなる結果を見ようとも、野村良子並びに野村よしの責めに帰すものです。

以上

T先生は署名捺印をして下さった。

昨26日、天皇、皇后、両陛下、フィリピンご訪問。慰霊の旅。

リニア新幹線起工式。２０２７年、品川—名古屋間で開業予定。

私が85歳、良子は82歳。

東京オリンピック&パラリンピック　２０２０年　私78歳、良子75歳
次の午年　２０２６年　私84歳、良子81歳
式年遷宮　２０３３年　私91歳　良子88歳

1月28日（木）

丸山ワクチン、３度目の受領

今日は日本医科大学付属病院へ丸山ワクチンを貰いに行った。３度目である。郵送依頼でなく受け取りに行くと、先生が現状を聞いて下さる。治療そのものへの論評はされないが、訊ねたことは教えて下さる。

例えば血液検査結果について、なぜ点滴を断念したのか、白血球の数値の意味について、教えて頂いた。ただ勿論、点滴の中止が、正しい判断なのかそうでないのか、論評はしない。私も聞かない。

今日は久しぶりに気温が上がった。歩くとコートは邪魔だった。

午後は2時に三田病院へ行った。鼠径ヘルニア・メッシュ貼り手術の麻酔について、麻酔科の先生の確認である。

甘利明経済再生担当相（ＴＰＰ担当）が辞任した。週刊文春に書かれた金銭授受にまつわるスキャンダル故である。嵌められたように思うが、甘すぎると思う。おそらく告発者はネタを材料に甘利側をゆすっていたのだろうが、甘利が応じなかったのだと想像する。

国賓としてフィリピンを訪問された天皇皇后両陛下を迎えての、昨夜の晩餐会におけるアキノ大統領の言葉に、私は感動した。

先の大戦中に我が国が、多くの国に「迷惑をかけた」、ということに、文句を言う人がいる。

フィリピンでは日本人だけで50余万人が死んだという。その60％が餓死であったという。飢えた数十万人の人間が、現地人に「迷惑をかけなかった」とは、どのような想像力で言えるのか。椰子の実を食うなら、来年はまた実をつける。しかし日本の兵隊はその根まで食ったのだ。正に根こそぎである。山本七平氏の文章だったと思うが、捕虜として護送されたときの沿道のフィリピン人の、憎悪の目について語っていた。「米軍により守られた」と氏は書いていたように記憶する。

アキノ大統領のご発言に、私は感動し、感謝する。

そして、両陛下に感謝し、ご健康を祈る。

1月31日（日）

私の入院

10時入院の指示だったたが、9時前には三田病院に着いてしまった。

昨夜は良子とあい子が病院まで送って行くと言った。私は、その必要はない、一人で行くと言って、良子も納得していた。いつもの通り私は5時に朝食をとり（ということは良子も私も4時には起きる）、良子は6時にとる。

良子は朝4時に起き、夜9時に寝る。食事は、6時、12時、18時と、寸分違わず摂取される。量も決まっており、余分な物は食べない。このあたりの、決めたことを実行する意志は見事なもので、私には欠けている資質である。

朝食のあと、トイレに入る。

今朝も変わらなかった。

「出た出た、快調よ」と言いながら出てきた。

「毎日、必ずあるよ。丁度バナナ1本分やね」

晴れ晴れとした表情だ。時刻も量も、形状まで、一定している、と言うのである。

「やっぱり規則正しい生活が、大切なんやね」

そして、
「気持ちがいいから、病院まで送っていく」
と言う。
あい子は寝ているので、そのままにしておいた。昨日も新国立・オペラパレスの『魔笛』に付き合ってくれたのだ。

7時34分のバスに乗った。JRのB駅から田町で降り、病院までタクシーで行った。8時45分に着いてしまった。

部屋の広さは良子のいた「みなと赤十字」のそれと、ほぼ同等であろうか。内装はこっちにやや高級感があるが、洗面台などは「みなと赤十字」の方が大きい。実用的には「みなと赤十字」の方が良いように思う。そして値段は随分違う。横浜港湾と都心の差と言えるだろうし、市立と民間の差とも言えるであろう。

良子はてきぱきと下着類、洗面用具を所定の場所に整理し、10時過ぎには手を振って帰って行った。立場が逆になった。笑ってしまった。

看護師さんが明日の手術の準備として、ヘソの垢を掃除してくれた。

「大きいのが取れましたよ」と見せる。ヘソのゴマである。

私は常時メジャーをポケットに入れている。このようなときは便利である。長径ほぼ10㎜ある。

2月1日（月）
━手術当日

今朝は4時前、髭を剃っているところへ看護師が見回りに来た。そのあとシャワーした。9時に車椅子で迎えがあり、9時10分に手術室に入った。

手術室に入ったとき人が多いのに驚いた。10人くらいいたように思う。麻酔科の医師・スタッフが何名かいたのであろう。

血圧、脈拍、心電図などのチェックを終え、点滴が始まった。

何か説明されたのまでは覚えているが、そこで記憶は途絶える。

「野村さん、分かりますか。手術は無事終わりましたよ」

という声で目覚めたのは、あとから逆算して、11時半頃だったのだろう。部屋に戻りベッドに寝かされたのが11時45分だった。実際の手術の所要時間は分からない。

昼休みにあい子が覗きに来た。会社から自転車で2、3分である。私は3時間の安静を指示されていた。酸素マスクもつけていた。「写真をとっといてくれ」と私はカメラの場所を教えた。「帰りにまた来る」と言って、あい子は帰った。

1時過ぎであっただろうか、尿管が抜かれた。これは痛かった。麻酔が覚めて以降、ずっと痛みを感じていた。相当に濃い血尿が出た。排尿時、かなり痛かった。カテーテル挿入時に傷めたのかもしれない。

しかし普段も小用時に軽い痛みはあった。出も悪かったのであるから、膀胱排尿系統に、何か疾患があるのかもしれない。

14時半頃に、ナースは先生に相談に行った上、「起きてもいいですよ」と言った。ベッドの背が起こされ、私はその位置から足を床につけ、ゆっくり体を起こした。チクチクという注射針を刺される感じの痛みはあったが、大したことはなかった。

良子の最終回復時期が、今の私の状態と思う。苦しかっただろうに、よくがんばってくれたなあと思う。

6時に夕食を取った。「常食」であった。量は少ない。しかし空腹も感じない。普段もこの程度で良いのだろうか。

食事を終えた頃あい子が来た。入院時のシャツ、下着を、持って帰ってもらった。20分ほどいて、帰った。

8時。

まあ、パソコンをいじれる状態である。

今夜はもう寝ることにする。

2月2日（火）

―手術の翌日

夜中に小用に立った。尿道の通過時に傷を引っ掻いていく痛みがあってチビった。真っ赤な尿であった。まあ、いずれ収まるであろうと思い、そのまま寝た。

朝、血尿は少し薄くなっていた。尿通過時の痛みは残っていたが、それも少しは軽くなった。「日柄もの」と思った。体調は良く、手術そのものの痛みはほとんどない。ナースが来る都度、「痛みは10段階でどれくらいですか？」と聞く。10というのがどの程度か分からないが、おそらく良子の癒着剝離手術後はそうだったのであろう。「私は1か2です」と答えた。痛みは、体を動かしたときチクっとするだけだった。じっとしているとゼロだった。痛いのは尿管だけである。

　昼には血尿も消えた。ほっとした。

　テレビは定時ごとにアイオワにおけるアメリカ大統領予備選の状況を伝えていた。民主党は大接戦をしていた。

　昼過ぎになって再び血尿が出た。鮮血と言えた。

　私はT字帯（フンドシ）をそのままつけて、その上からパンツをはいていた。

「小用のとき以外でも血は出ますか？」と先に看護師に尋ねられていた。

　私にはその観点がなかったから、分からないと答えていた。そこで今度は出し切ったあと、トイレット・ペーパーを重ねて先をくるんだ。

　次にトイレへ行ってみると、濡れるほど大量ではないが（実際に出血の感じはまったくなかった）、紙もT字帯もパンツまで、血で汚れていた。小水に関係なく出血があったのだ。

　私は少し不安になり、看護師を呼んだ。

　看護師は特に驚く様子なく、紙オムツ（なのだろう）と、更にパッドを付けて、使い方を教えてくれた。私は初めてそれを装着した。着けてみるとほんわり温かく、しかもさらさらで、快適である。

　水分はどんどん取った。

　次に小便をしてみると、最初は血尿であったが、すぐにうす黄色の通常尿に変わった。

つまり、出血は、出口にごく近いところで生じていると想定された。少し安心した。色がついているのは食後に3種類のクスリを飲んでいるので当然である。夕刻医師の回診時、そのことを告げた。N先生は血尿自体には余り関心を示さず、明日夕刻ハラのチューブを抜きましょう、と言った。つまり予定通りあさっての退院になる。

2月3日（水）
3日目

夜中にトイレに行ってみると、血尿は完全に消えていた。痛みもなかった。

朝は更に調子が良くなった。

病院食は普段食べている量の3分の1くらいで、ペロっと終わるのに、意外に空腹感は生じない。

動いていないせいもあるのだろうが、普段が食い過ぎなのだろう。

午後は「国会中継」を見ていた。

「ないものはない。ないものの証明はできない」と安倍さんが民主党・岡田代表に答弁していた。面白かった。

直近の安倍内閣支持率は軒並み上がっているようである。

清原和博が逮捕されたと報じられている。

私は清原が西武を出るとき、巨人でなく阪神へ移るべきだと思った。巨人では満足な終末は迎えられないと思った。阪神なら、そこが「古里」になれると思った。

巨人へ移籍して、張本をはじめ満足な終わりを見た選手はいない。

金本は今期阪神の監督になった。

西武が巨人をやっつけて日本一になった瞬間、というよりも試合終了の直前、グランドで泣いた清原を鮮烈に覚えている。

策略的に自分を捨て桑田を選んだ巨人へ、未練がましくどうして行ったのか。そのとき私は、「清原は人生を間違っている」と思った。

インターネットを覗いてみると、

〝清原容疑者「巨人に行って歯車狂った」〟

という記事が、「デイリースポーツ」サイトに出ている。

小倉智昭の推測として、

「巨人に行って、生え抜きの選手がいてきつかったんだと思う。だから体作りをして、それが負担になってケガしたりとか……そういう人生の転機で歯車が狂っちゃったのかな」

巨人には巨人のポリシーがあるので、それはそれで良いのである。しかしそういう組織であることを、知る必要がある。江川にしても桑田にしても、策謀によって獲得した（策謀に応じた）者に、巨人軍での地位は与えられなかった。きっちり距離を置いている松井秀喜は、それだけでも怜悧なのである。

清原の場合は、巨人への移籍が確実に悪い結果になると、私は予見できた。悪女に惚れてしまった男、そんな感じに見える。谷や小笠原はそれを見越して割り切っていたと思う。清原が繊細だったとも言えよう。しかしそれは欠陥である。

夕刻5時45分、先生が部屋に来て、あっという間にハラに突っ込まれている管を抜いた。蚊にさされたほどの痛みもなかった。

5㎜ほどの穴で、明日の朝までには完全に塞がるそうである。人間の体というのはオモシロイものだ。

もう体にくっつけられたものはない。

良子に、「おなかのクダが抜けた」と電話した。

「明日退院できるねえ」と良子は即座に応えた。こまかい説明をしなくても分かる。迎えに行こうか、と言われたが、その必要はないと言った。

2月4日（木）

退院

今朝10時に病院の支払いを終え、正午に帰宅した。荷物も自分で提げて帰り、問題はなかった。痛いところはない。結局、一番痛かったのは尿管だった（と言ってもテレビも見ていたしパソコンもいじっていたのだから大したことはなかった）。

尿管も終わってみると、手術前より、通りが良くなった気がする。詰まった水道管を掃除したようなものだろうか。

2月6日（土）

呑み会

今日は「新宿三丁目」新宿伊勢丹7階の、「とんかつ和幸」で呑み会だった。

良子が退院して間もなく、私の鼠径ヘルニア発症前、に決まっていたことである。

先生の指示は、「手術後1週間は禁酒」ということだった。2月6日に呑み会の約束があることを告げた。手術は1日の朝である。丸五日というか、5日半である。

先生は笑って、「まあいいでしょう」、しかし「ほどほどにして下さいよ」と言った。「ほどほどにします」と私は答えた。生ビール中を3杯と日本酒1本でやめた。

新宿三丁目を選ぶ理由が二つある。

何よりも〝便利〟ということである。

仲間は横浜方面と埼玉方面から集まる。

路線でいうと「湘南新宿ライン」「東急各線」「西武各線」につながっており、それらはすべて新宿三丁目に、直接もしくは一度の乗り換えで集結する。

もう一つは音頭取りの私の都合で、私は度々初台の「新国立劇場」へ行く。ダンス以外の、オペラ、バレエ、演劇は、すべて観る。従って毎月2度くらい行っている（但しこの理由はみんなには明かしていない）。

今日はゲストが増えて、総勢8人となった。

この店は1卓で歓談できるのは6人が限度である。

隣接ではあるが2卓に分かれた。しかし十分に楽しく、盛り上がった。3時間弱歓談して別れた。

私とあい子はそれから、新国立劇場・オペラパレスで、バレエ『ラ・シルフィード』を観た。正直少し疲労気味で、うとうとするところがあった。

2月9日（火）

ダニエル・バレンボイム

今日は良子の定期検診の日であった。

良子はどんどん元気になっている。何も知らない人は「がん持ち」とは気付かないだろう。点滴を断念したB先生の判断は、現状においては正しいと言える。飲み薬だけでは、副作用はほとんど表れない。点滴がどの程度がん細胞を攻撃するのか分からないが、100%有効なものではない。そもそも見えぬがん細胞が存在するのかどうか分からないのである。いわばメクラ射ちである。大切な細胞をも殺す覚悟でやるのである。プラスマイナスがどう出るかは、分からない。「丸山ワクチンやってるから、大丈夫よ」と良子は言う。私も、そう願う。

良子の体重が52kgになった。これは手術前より6kg減であるが、計算的には「標準体重」で、実際、外見上も痩せてガリガリには見えない。前を知らなければ、ごく普通である。因みに私は71kgを切っている。瞬間的には69・4kgがあった。最近、71kg超の計測はない。良子のがん発見前は74kg前後だったので、良子の半分、3kgを付き合ったことになる。

今日からサントリーホールで、ダニエル・バレンボイム指揮、ベルリン国立歌劇場管弦楽団の演奏によるブルックナー・ツィクルスが始まった。ブルックナーの九つの交響曲と、モーツァルトのピアノ協奏曲の後期6曲（No．20、22、23、24、26、27）の弾き振りである。この日を、首を長くして待っていた。

私は来日した大抵の著名ピアニストを聴いた。意識して聴きに行かなかったのはホロヴィッツくらいである。ホロヴィッツについては、なぜか、失望を予見した。聴いた吉田秀和氏は、「ひび割れた骨董」と評した。それが正しいかどうか、聴いていない私にいう資格はないが、私の判断もあながち的外れでなかったと思う。

その芳醇において、もっとも記憶に残るのはアルトゥール・ルビンシュタインである。ステージが明るく輝いていた。私は今でもルビンシュタインを最高のピアニストだったと思っている。アンコールに何度も応えて、1曲だけだよ、というように指を1本立て、しかし何度も応じた。最後に両掌を広げて、何もないという表情を笑顔でした。大阪のフェスティバル・ホールだったと記憶するが、外に出たとき、最上級のワインに酔った気分だった。

対照的だったのはマウリツィオ・ポリーニで、笑顔を一切見せない。

何しろ暗かった。こっちの気が滅入った。

その後何度もポリーニは来日し、この4月にも来るようであるが、私は若き日のその一度しか聴いていない。今回も行く気はない。

　バレンボイムのピアノは、レコードではよく聴いている。ジャクリーヌ・デュプレの物語性もあって、若き日から興味は持っていた。しかし生ステージに接することがなかった。タイミングが悪かったのだろうとしか考えようがない。バレンボイムほどのピアニストなら、私は大抵の仕事は後回しにするのであるが、それのできぬ仕事、あるいは個人の事情があったのだろう。また来るだろうと思ったこともあろう。事実何度も来た。しかし私は聴けなかった。

　そのうち年をとって（バレンボイムと私は同い年である）、私は慌て始めた。バレンボイムを聴くためにドイツへ行こうかと思った。しかしピアニストとしてのバレンボイムのチケットを、どう確保すれば良いのか。

　指揮をするバレンボイムを、私はピアニストの余技くらいにしかとらえていなかった。そのうちに私自身の興味が、ピアノや歌曲、交響曲から、オペラに移った。歌舞伎をはじめとする芝居、バレエ、オペラ、つまり「舞台芸術」と呼ばれるものに移ったのである。これは急激な変化だった。

　その中で、オペラの世界におけるダニエル・バレンボイムの存在が、大きなものであることを知った。私はバレンボイムの指揮するオペラを観たいと思った。しかしこれは更に難しさが予測できた。私は、スカラ座の「トスカ」は僥倖から入手できたが、オペラ座

「カルメン」はいかなる席も取れなかった。

バレンボイム指揮となれば、劇場がどこであれ、そして演目いかんによらず、入手は困難であろう。

そこへ今回の「ブルックナー・ツィクルス」の発表があった。しかもピアノの弾き振りがあり、それも半端な選曲でない。発売冒頭、確保した。

以来、今日の日を、待ちに待っていた。

良子の病があり、兄の死があった。私は正直、死期の近い兄が、3月まで長らえてほしいと願っていた。良子の場合は、それがどういう形であろうと受け入れる覚悟をした。しかし幸い、今日の日を迎えることができた。


スタートはモーツァルトのピアノ協奏曲27番。

最初から、結論のような曲である。

この曲は、美しい、という範疇の、外にあると思う。

喜びでも悲しみでもない。嘆きでも求めでもない。どう表現して良いのか、私には分からない。「結論のような曲」というしかない。といって、何の結論なのかも分からない。

私には、私の通夜の席で流してほしい曲がある。このメモにも追って書くつもりであるが、今回のツィクルスにそのうちの2曲が含まれている。奇しくもツィクルス開始の曲、モーツァルトのピアノ協奏曲27番変ロ長調第2楽章、そしてツィクルス締め括り、ブルックナー交響曲9番ニ短調第1楽章、である。

２０１１年3月20日（日）、３・11大震災の直後、ウィーン・フィルが大震災死者への追悼演奏をして下さった映像が、ＮＨＫ夕刻6時台のニュースで、流れた。

ダニエル・バレンボイムの弾き振りであった。

放映された演奏はごく断片で、私の能力では不確かであるが、モーツァルトのピアノ協奏曲27番変ロ長調第2楽章だったと思う。

もし私のその記憶が正しいとすれば、今回のツィクルス冒頭に同じその曲を置いたのは、この曲がバレンボイムにとって、特別な意味を持つものかもしれない。そしてバレンボイムは私がそう確信するように弾いた。私にとって今夜は、ブルックナー1番は付録だった。

2月11日（木）
━ブルックナー　交響曲第3番

今日は建国記念の日、

バレンボイム・ブルックナーツィクルス第3日、昼公演であった。モーツァルトのピアノ協奏曲24番ハ短調、そしてブルックナーの3番ニ短調、〝ワグナー〟と呼ばれている交響曲である。

ピアノ協奏曲をバレンボイムは情熱的に弾いた。しかし音はあくまでまろやかである。その程度の印象記しか私には書けない。私はただ聴くだけの人間で、音楽について、楽器にも楽譜にも、何の知識も見識もない。

昨日2番、おととい1番、バレンボイムは譜面を見ながら振った。

今日は暗譜だった。

そもそも私は指揮者がどのように譜面を見るのか、あれが不思議である。見たい箇所へ瞬間にどうして視線が行きピントが合うのか。ぱっとめくるけど、どうしてめくる場面が分かるのか。本当は譜面があろうとなかろうと、全部アタマに入っているのではないか、そう思うのである。

私の前方の一画、それは1階右前方になるのだが、まとまった空席があった。空いた部分の前、つまり最前列、そして左右の通路側は、埋まっている。その中のアンコの部分が、ぽこっと空いている。決して悪い席ではない。普通に販売されたのであれば、このような空き方はしない。考えられるのは、まとめ買いをした、またそれのできる何者かが、そのチケットを利用しなかったことである。勿体ない話だし不愉快でもある。良い席で聴きたい人はいっぱいいるであろうに。

1番2番は、小澤征爾さんの指揮で1番を聴いたことはあるが、2番は今回が初めてと思う。

3番については、何度か聴いている。

そのうちの一度、小澤征爾さんの思い出について書く。

２００９年12月5日土曜日13時～15時15分に、すみだトリフォニーホールで、小澤征爾さん指揮の同曲公開リハーサルがあった。

リハーサルのあと、小澤さんはマイクを持って聴衆に丁寧に話したが、体が少し折れている感じで、つらそうであった。

翌日12月6日日曜日の新日本フィルハーモニー特別演奏会、ベートーヴェンのピアノ協奏曲1番、そしてブルックナー交響曲3番だった。このとき初めて、上原彩子というピアニストを知った。

小澤さんは情熱的に振り、体の不調を見せなかった。しかし私が小澤征爾という指揮者の音楽を聴いたのは、これが最後である。以後何度か、小澤さんのチケットを買った。しかし私が確保したすべてで、小澤さんの指揮は実現しなかった。

そして私は、小澤さんのチケットを、求めることをやめた。求めて実現しないのも辛いし、実現して十全でない小澤さんを見るのは、更に辛いと思った。

私は、新日本フィルハーモニー交響楽団の、最も古い定期会員である。私より古い定期会員は多くないと思う。私が定期会員になった理由は、「小澤征爾を確実に聴ける」という、それが唯一である。

大分前になるが、小澤さんがテレビの中で語っていた。「自分の表現したい速度で腕が振れない、指が動かない」

座ったまま指揮する指揮者はいる。指揮者にとって、脚よりは手が命なのだと、そのとき私は知った。

2月14日（日）
ブルックナー　交響曲第５番

バレンボイムの指が動き、低弦のピチカートが始まると、私の記憶は50年前に戻った。私の初めてのブルックナー体験であった。何か巨大なものが近づいてくる感じだった。それ以来、ライブでもレコードでも、ブルックナーは度々聴いた。所縁のリンツ、ザンクト・フローリアン修道院へも、２度訪問した。

今夜のバレンボイムの演奏は、第2楽章が特に心に残った。

弦のピチカートに乗って歌われるオーボエが美しかった。バレンボイム氏は腕を下ろし、オーボエ奏者の歌うに任せたように見えた。私にはそのように見えた。

終演後も拍手がやまず、楽団員が引き上げたあとも聴衆は拍手を続けた。これは昨夜も同じであった。そして昨夜と同じようにマエストロはステージに出て来た。昨夜の様子を知っていた私はステージの袖に進出し、マエストロ・バレンボイムと握手することができた。握手と言ってもピアニストの大切な手、握りしめる訳ではない、掌と掌のタッチである。手は、普通の大きさと思った。指が特に長いとも感じなかった。氏は体形そのものがふっくら形であるが、手も肉付きがよく、柔らかかった。美しい音はこの指から出るのであった。

クラシック音楽に触れて60年、もう、思い残すことはないと思った。

1962年4月30日、私はブルックナーの第5交響曲を聴いている。

場所は上野の東京文化会館、

オイゲン・ヨッフム指揮アムステルダム・コンセルトヘボウ管弦楽団（現ロイヤル・コンセルトヘボウ管弦楽団）、

記録によると当日のプログラムは、
モーツァルト　交響曲第38番
ブルックナー　交響曲第5番

この楽団の初来日だった。

東京文化会館でのコンセルトヘボウ・オーケストラの演奏はもう一つ聴いている。同じくヨッフムの指揮であった（というのは、ベルナルト・ハイティンクを聴いた記憶がない。ハイティンクを聴くのは、数十年後である）。それがどの日であったか、思い出すことができない。ブルックナーの5番があまりにも強烈であった。

このときのアムステルダム・コンセルトヘボウ管弦楽団招聘は、朝日新聞によるものだった。当時私の近くにいた女性がどのようなつながりか朝日の文化部幹部を知っていて、そのつてでチケット（招待券）を入手してくれた。一夜は二人で行ったが、もう一夜はエクアドルの駐日大使夫妻も一緒だった。大使からはエクアドルの民族音楽を収録したレコードを頂いた。その女性は私より六つ年上で、短い期間でコオという子供を一人残し、私から去った。

2月20日（土）
ブルックナー　交響曲第9番

ダニエル・バレンボイム&シュターツカペレ・ベルリンによるブルックナー・ツィクルス、今日が最終である。

14時開演、あい子も同行した。

ただ、並びの席ではなかった。ツィクルス全体を購入した者には全期間、同一席が確保される。それなりに良い席である。単発券は少し条件が落ちる。私はあい子に私の席を与え、私は反対側の、ステージに向かって左側に座った。悪い席というのでもなかった。指揮者の出入り口に近く、今日は必ずスタンディングオベーションになるから、何度も出入りするであろうバレンさんを、間近に見ることのできる場所であった。

今日は私たち家族の友だち、Fさんも来ていた。数日前それを知って、終演後出口で会おうと約束していた。素晴らしい男であったF氏の未亡人である。目的はモーツァルトのピアノ・コンツェルトであるらしかった。27番（初日）か23番（最終日）か迷ったが、23番を選んだと言った。

このピアノ・コンツェルトの第2楽章は、美しい。しっとりとした、情感に満ちた旋律である。

カール・ベームであったと思うが、こんなことを語っていたと記憶する。

「モーツァルトにはすべてがある。喜びも悲しみも怒りも、希望も絶望も。ただ一つ、センチメンタリズムを除いて。」

バレンボイムのピアノは天使の憂いを思わせる。しかしモーツァルトにセンチメンタリズムはない。ただひたすら美しい。

そして、ブルックナーの第9番。

私に楽曲の説明はできないが、弦の最弱音の上に管が静かに入り、高揚していく。怒濤のあと、泉のような旋律が滾々と湧き出る。ここのところを、私の通夜で流してほしいのである。ブルックナーという老人の、死を間近にした、何という瑞々しさであろうか。

ブルックナーの第9は、オイゲン・ヨッフム指揮、確か「バイエルン放送交響楽団」の演奏で、〝すり切れるほど〟聴いた。

強い思い出がある。

レナード・バーンスタインの指揮で、ブルックナーの第9を聴けるはずだった。

1990年7月12日、オーチャード・ホールでは、バーンスタイン指揮のブルックナー第9交響曲が予定されていた。それが、ベートーヴェンの7番に変更された。大変な落胆であったが、あとになってブルックナーを演奏する体力が残っていなかったのだと理解できた。レニーの命は、そのあと94日しか残されていなかった。

日本へ来る少し前に、レニーがウィーン・フィルを振ったブルックナー第9の映像が残されている。演奏が終わり勿論聴衆へ挨拶はしたのだけれど、異様だったのは、タクトを丁度笏を持つように胸の前にし、楽員の、ほとんど一人一人へと思えるほどに、丁寧に、そして静かに、頭を下げていったことである。「良い音楽を一緒にできてありがとう。そして、さようなら」、そう告げているように見える。それは『告別』であった。

今日、演奏の終わったあと、長い息詰まる静寂があり、そして爆発した。

聴衆はなかなか帰らなかった。私は間近でバレンボイムという天才を、見ることができた。クラシック音楽に親しんで60年、思い残すことはない。私の聴力も、辛うじて間に合った。満足である。

3月2日（水）

一認知症事故判決

しばらく良子について書かなかったのは、良子の具合が非常に良いからである。ありがたいことに10日余り、ダニエル・バレンボイムに熱中できた。先月21日に、体重が52・6kgになったと喜んだ。一時は51kgを切っていた。それが27日には53・6kgになっている。1週間で1kgの増加である。手術前は59kgあったのでそこまでの復帰はしていないが、むしろ現在の方が標準体重なのだと良子はいう。

今日は丸山ワクチン取得のための「SSM臨床成績経過書」にT先生の署名を頂いた。良子の話はこうである。

「(抗がん剤の）副作用はないですか?」

「ないです」

「抗がん剤が効いていないのかな」

「丸山ワクチンのおかげではないでしょうか。抗がん剤の副作用を抑える効果があるそうですから。証明はできませんが」

T先生は笑ったそうである。この先生は丸山ワクチンを〝水のようなものだ〟と信用していない。しかしこれからの良子を見て、考えを改めるかもしれない。

前回は私が記入した「治験書」にサインを貰っただけであったが、今回は全体を自ら書き入れてくれたそうである。

さて昨日、認知症の老人が起こしたＪＲ事故死について、家族にどこまでの監督責任があるのか、最高裁の判決があった。

愛知県の認知症の男性（当時91歳）が２００７年、家族が目を離した隙に家を出てＪＲの駅構内で列車にはねられ死亡した。ＪＲ東海が振り替え輸送費用の賠償を遺族に求めた。

１審は妻の過失と長男の監督義務を、２審は妻の監督義務をそれぞれ認めた。

今回最高裁は１審、２審を退けた。

私はこの判決を注目していた。

ほっとしている。

これで家族の責任が認定されるなら、老人にとって苛酷なことになっただろう。老人は〝つながれる〟しかない。家族にとって究極、それ以外の手段はない。責任の名において、虐待が起こるだろう。

あるいは、子を思う心優しき老人は（私もその一人と思うけれど）、自分がボケる前に、自裁するしかない。

ボケがいつ来るか分からないので、早めに決断することになるだろう。

私は最高裁判決を支持する。

ただ現実に「被害」は存在する。今回のＪＲのような巨大組織には実質痛痒はないであろうが、被害者の状態によっては、被害が致命傷になり得る。色々なケースについて、想像が可能である。

３月１日19時17分放映のＮＨＫニュース（Ｗｅｂサイト）によれば、「10年後には５人に１人が認知症」とある。

「厚生労働省によりますと、認知症の高齢者は去年の時点で全国で５２０万人と推計され、いわゆる、団塊の世代がすべて75歳以上になる9年後には７００万人に達して高齢者のおよそ５人に１人に上ると見込まれています。」

私が恐れるのは、「足腰が立ってアタマが惚ける」ことである。家族にとって爆弾になる。

私のこれからの最大のテーマだ。

受験→就職→子育て→親の介護→自身のボケ

これが、人生なのか？

3月5日（土）

━イェヌーファ新国立劇場オペラパレス

今日は新国立劇場・オペラパレスで、ヤナーチェク作曲『イェヌーファ』を観た。私が観た限りの、最も暗い話であった。

妊娠したが捨てられ、横恋慕された男には頬を切られ、密かに生んだ子供は世間体を気にする養母に殺される。舞台を観ながら、気持ちはどんどん沈んでいく。

ヤナーチェクの音楽は、濃密である。

2度の休憩を挟んで3時間のオペラであるが、最後の2分に救いが置かれる。2分というのは体感である。5分だったのか、あるいは1分だったか、分からない。この末尾の数分のために、2時間数十分があったのだと思った。第1級の舞台であった。ヤナーチェクの音楽は勿論、演出、舞台装置、指揮、すべてが素晴らしかった。出演者も見事だった。

養母コステルニチカにタイトルロールと同等、あるいはそれ以上の拍手があったが、それはこの聴衆のレベルの高さであると思う。私はオペラ・ファンとして初心者であるが、この役の重要さと、今回の演者ジェニファー・ラーモアさんの素晴らしさは理解できた。

3月7日（月）

―丸山ワクチン

今日は丸山ワクチンを貰いに日本医科大学付属病院へ行った。秋葉原から、茶51の都バスに乗るのが一番便利と分かった。ワクチンは郵送でも可能であるが、私は、私が足を運びたいと思っている。郵送よりもその方が、より「効く」ように思うのである。

私は一番乗りであった。

私ともう一人を除いて、他の8人ほどが「初診者」だった。患者は、ご本人なのか、配偶者なのか、父母なのか、昨年10月、はや5カ月になるのか、私が初めてこの場所へ来たときの自分の顔を思った。

自分の顔を見た訳はない。

そのときの周囲の人が、今、前に見る人と同じ顔をしていた。そしておそらく、私も同じ顔をしていたのである。

今朝の私の顔には余裕があっただろう。

良子は私がいうことは何でも信じる。私と一緒なら地獄へもついて来るだろう。

良子は丸山ワクチンを信じた。

昨日は日曜日、8時半の開店に合わせて、行きつけのスーパーへ行った。商品を見る良子の目は、もう完全に以前に戻った。

本牧通りの白木蓮の並木が一斉に開いて、美しかった。

しかし昨夕から、今日は終日、雨だった。久しぶりの雨である。風はなく、強くも冷たくもなかったが、きちんとした降りだった。昨日の朝が、白木蓮の今年の盛りだったのかもしれない。

3月13日（日）
━五代目中村雀右衛門襲名披露

歌舞伎座の3月は、中村芝雀改め『五代目中村雀右衛門襲名披露』であった。

今日は昼の部を観た。

私が舞台に興味を持ち始めたのは5年ほど前である。勤務先が、劇団四季「春」「秋」「自由劇場」へ歩いて行ける場所にあるので、四季の公演は一通り観た。四季によって私は舞台の楽しさを開眼してもらったと思っている。

別なご縁から、「オペラシアターこんにゃく座」を知り、好きになった。

平成25年4月に新しい歌舞伎座のこけら落とし興行が始まり、それが私の歌舞伎へのめり込むきっかけになった。最初はよく分からなかったが、徐々に、観ることになれていった。

私がこの歳になって分かったのは、歌舞伎は「女方」が幹である、ということである。私は漠然と女方を演る役者を、その気のある人と思っていた。しかし1年もせぬうちに、「女方」という歌舞伎役者の美しさ、凄さを理解した。男が裸婦を描くからといって、その画家を変に思う者はいない。役者は自分の体を筆と絵の具にして、舞台というカンバスに女を描いているのである。

観客はその描かれた女を観る。ただ、絵は残るが、舞台は、幕が下りれば消える。残るのは観た者の記憶の中のみである。

中村芝雀という役者は、私の感覚では「地味」である。

しかし印象としては、私が観た舞台にいつも出ているような気さえする。品良く折り目正しい芸が、信頼されているのだろう。

それは今回の「五代目中村雀右衛門襲名披露興行」に参加する役者たちの名を見ても分かる。歌舞伎界の重鎮は、ほとんどすべてが名を連ねている。オールスター勢揃いである。

「歌舞伎には、その演《だ》し物で主役を務める役者が、周囲の配役を決める習いがある」そうである（長谷部浩『天才と名人』文春新書）。

芝雀さんはそれだけ信頼されている役者なのである。

歌舞伎座発行の「筋書」に、「花競木挽賑（はなくらべこびきのにぎわい）」という、当月出演者の発言集があるが、今月は当然、新雀右衛門への祝辞が載っている。兄の大谷友右衛門は、「色気を身につけてもらえれば」と語っている。吉右衛門は、「ちょっと控えすぎるくらいのところもありますが」

いずれも私が受けた素人感覚が、的外れでないことを言っていると思う。

しかしお父上である先代雀右衛門は、「女方は60を過ぎないと、」云々と語っていたそうであるから、まだまだこれからなのであろう。


五代目中村雀右衛門襲名披露公演開始の直前、尾上菊五郎の休演が発表された。胃潰瘍で静養中とのことであった。夜の「口上」は休み、昼の『鎌倉三代記』の三浦之助義村役は、尾上菊之助が代役を務めるという。私は残念に思ったが、菊之助の三浦之助義村も、魅力だと思った。それよりも「胃潰瘍」というのが気になった。勘三郎や三津五郎のこともあり、悪いことを考えた。

菊五郎は73歳、私と同じ午年のはずである。幸四郎が同年。金正日、胡錦濤、温家宝、小泉純一郎、小沢一郎、これらが同年と思う。

ところが今日、三浦之助は菊五郎が演じた。花道からの、よろけながらの登場に迫力があった。潰瘍をクスリで押さえ込んだのだろうか。昨日12日から舞台に立ったようである。

来月は出番がなさそうだが、5月には「團菊祭」が控えている。そこで元気な姿を確認させてほしい。

3月17日（木）

■お伊勢参り（一）

一昨年は私の干支、午年であった。

伊勢神宮へは何度も参拝しているが、思い立ったびということで時季はまちまちだった。

前年、平成25（2013）年10月に第62回の式年遷宮が斎行されたこともあり、私たちも規則を決めてお参りしようと思った。

それで私の年である午年を1月参拝とし、以後13カ月間隔でお参りすることにした。

つまり去年は2月であり、今年は3月になる。

次の午年は、また1月になる。

その一回りの実現を、まったく疑っていなかった。次の午年２０２６年、私は84、良子は81になる。そして次の式年遷宮は２０３３年、私は91、良子は88。自ら歩ける状態でそれを迎えたい。それが一つの目処であった。

去年の9月、今年3月のお伊勢参りが、切実な希望となった。

「3月に、伊勢に行こうね。伊勢海老と鰻を食べようね」

「うん、行こうね」

何度も何度も話し合った。しかし昨年11月25日深夜、集中治療室で虫の息の良子を見て、私はダメかと思った。ヨシ、何とかがんばってほしい、と祈った。

12月6日に退院し、少しずつ恢復が感ぜられた。

正月も平穏に過ごすことができた。

2月1日の鼠径ヘルニア手術のため1月31日に私が三田病院へ入院したとき、良子は病院までついてきた。考えてみれば、あのあたりがターニングポイントだったのだ。急激に元気になった。

12月21日に化学療法（ＸＥＬＯＸ）を開始したのであるが、その標準である「点滴」を、最初の一度のみで、主治医の判断で打ち切った。最終的な結果がどうであれ、私はこの処置を正しかったと思う。常用していた白い手袋も必要なくなった。副作用はほとんどない。

今回の伊勢神宮参拝の旅を、どれほど待ち望んだことか。旅の前にこんなにワクワクするのは、久しくなかった。今までは2泊3日の行程で、一晩は「むら田」で鰻を食べ、一晩は「大喜」で伊勢海老を食べた。しかし今年は1泊にした。まだまだ、慎重に慎重に、やらなければならない。

到着した夜に鰻を食べ、帰る前の昼に伊勢海老を食べることにした。

3月17日、5時40分に家を出た。雲一つない好天であった。新幹線の窓外、小田原から三島にかけて、富士が美しく、その全貌を見せてくれた。伊勢の空も碧く、一條の飛行機雲が、更にそれを際立たせていた。宇治橋手前の鳥居下で拝礼しつつ、私の心に満ちていたのは感謝だった。4カ月前には、実際にこうして、良子と共にお伊勢参りできるとは、確信がなかった。強い希望だったが、それは実現しない恐れへの裏返しだった。それでも私たち夫婦は、3月には伊勢へ、3月には伊勢へと、語り合い続けてきた。3月に伊勢へ行くことができたら、良子は生き抜くことができる、そう私は思っていた。

そして、伊勢に来ることができた。玉砂利を踏みしめつつ、私たちは歩いた。

それにしても、伊勢神宮を、どういうものと考えれば良いのだろうか。

ここには確かに霊気がある。それは、私の心を鎮める。

30数年前、私はカトリックの洗礼を受けた。

洗礼を受ける更に10年余り前に、つまり私が30歳の頃、私は初めてヴァチカン・サンピエトロ大聖堂を訪ねた。度肝を抜かれた、というのが、今に残る印象である。そこで霊気や敬虔を感じた記憶はない。凄いなあと思った。圧倒された。しかしサンピエトロ寺院が、私を信仰に導いたのではない。

受洗へは、まったく別な機会から、一人の神父によって導かれた。その頃、私の心は渇ききっていたのであり、吉山神父はその私に、正に、水を注いで下さったのである。

多くの素晴らしい神父様方を、私は知っている。

しかし、一部の（あるいは大部分の）司教たちによって、日本のカトリック教会は、政治集団に変わってしまった。

伊勢神宮には、言ってみれば、何もない。サンピエトロとは対極にあるものと思う。絵も彫刻も壮麗な建物もない。しかしサンピエトロにない霊気を、私は伊勢で感じる。これは日本人の「血」なのだろうか。

夜、うなぎ「むら田」へ行った。

今回で3度目である。

一昨年は理由を言って、「来年はだから2月に来るよ」と言った。隣に一人でいた常連客らしい人が、神宮のお守りをくれた。式年遷宮で解体された木材から、切り出されたものだった。私はありがたく頂戴し、来年また、お目にかかれればいいですね、と言って別れた。

昨年、その人との再会はかなわなかった。再会できたとすれば奇跡的な確率であっただろう。店の若主人も、私のことを覚えていなかった。一見客の、他愛ない話と聞き流していたのだろう。しかし少し話すと、「ああ、そういえば確かに、」と思い出してくれた。座敷では小さい子供が本を読んでいた。

そして今年は、「覚えている？　3月になったから、来たよ」と言ったら、若主人は直ちに分かった。まず酒二合徳利、酢のもの、肝焼、卵焼きを頼んだ。そして上鰻丼を二人前頼んでおいた。鰻は焼き上がるのに30分ほどかかるので、酒のあるうちに食事になることはない。6時で、客は私たちだけだった。

「今年は、来られないかと思った」と、私はいきさつを語った。

「来ることができて、本当に嬉しいよ」

「それは良かったですねえ！　おめでとうございます」と若主人は心から祝ってくれた。

店の、おそらくはお母さん、そして奥さんも、おめでとうを言ってくれた。

従業員はこれだけの、小さい店である。私の好みと言える。

若主人は、自分も父親を67（と聞いた）で、膵臓がんで亡くした、と話した。

そういえば最初に来た一昨年、親父さんがいたような記憶がある。

良子が、「私のお父さんも膵臓がんだった」と言った。

「膵臓がんは見つかるのが遅れるのよ。膵臓がんと分かったときは、手遅れやったね」

私は、57歳で死んでしまった坂東三津五郎を思った。

「私はしかし、がんで死ぬのは、悪い死に方ではないと思う」

と良子は、私が言うようなことを言った。私は常々そう思っているが、それは観念的なものである。しかし良子は実際に死に直面したあとの結論である。むら田の主人も、最近に父親を亡くして、その見解にうなずいていた。後ろの（おそらくは）お母さんも、同じだったであろう。

突然死でない故に、逝く方も残る方も、それなりの準備期間がある。意識は確かで、しかも有限である。だらだらしない。ほとんど理想的な仕舞いであると思う。

「ただ」

と私は言った。

「女は何としても、男よりあとまで生きてもらわんと困る」

鰻丼が出来上がって来た。酒二合を追加した。ゆっくり鰻を食べた。おいしかった。良子も、ゆっくりゆっくり、味わいながら、食べた。

3月に伊勢に行って鰻を食う、それが一つの目標だった。実際には、実現するとしても、もっとよれよれの状態と思っていた。こんなに快活に、うなぎ屋で話ができるとは、正に〝望外〟の幸せである。良子は当然ながら全部を食べきれず、残りを私の丼に移した。私はペロリと平らげた。「来年は4月に来るね」と言って、私たちは店を出た。酒は少し多かった。へろへろ状態でホテルに戻った。ホテルまでは5分ほどの距離である。

3月18日（金）

―お伊勢参り（二）

今日はゆっくり起き、ホテルの朝食をとり、9時過ぎにホテルを出た。

JR伊勢市駅ロッカーに手荷物を預け、外宮へ向かった。歩いて5分ほどである。本来は外宮参拝が先で、昨日外宮、今日内宮なのであるが、宿泊場所と電車の関係で、どうしてもこうなる。

外宮参道入り口で、上手そうな人に写真をとってもらった。

昨日ほどの快晴とはいかなかったが、それでも十分な好天で、上着はロッカーに預けてきた。ただ夕刻にかけて、天気は崩れる予報であった。

まず正宮を参拝し、順に沿って「風宮」へ来た。

去年2月に参拝したとき、この宮が、今回の「式年遷宮」の末尾として、造営されていた。2月末に完成したのであろうから、平成25（2013）年10月に始まった式年遷宮行事は、造営について言えば、すべて終えたのは平成27（2015）年2月だった訳である。そして次回式年遷宮のための寄付受付も、いわばシームレスに、始まっている。

外宮を出てすぐ近くに、地ビールを売っている店があった。

店内で呑めそうなので入った。

何種類かあって、一番苦そうなのを選んだ。十分においしかった。

面白かったのはお隣との境で、お隣は「はんぺい」や「かまぼこ」の伊勢湾素材の練製品の店、こちらは酒屋である。間に硝子戸があるが、開け放たれている。そしてその硝子戸に向かって双方にカウンター席がある。向こうとこっちが対面で座る訳だ。向こうの客ははんぺいを肴にこっちの酒を呑める。こっちは酒を呑みながらはんぺいをつまみに注文できるのである。

両店の主人はまったくの他人であるが大の仲良しで、間の壁を抜いてしまったという。私は大変に気に入った。私たちは直後に「大喜」で伊勢海老を食う予定だったので隣に声を掛けなかったが、来年は是非やってみようと思う。とても気持ちの良い発見であった。

大喜では伊勢海老と生牡蠣、鯛のかぶと煮、てこね寿司、酒2本を食した。伊勢海老は赤だしの味噌汁となった。満腹して出たが、予約の電車には1時間余り早かった。とりあえず来た電車に乗った。

伊勢市駅　14時20分発
桑名　15時37分着　　桑名発　15時46分（特急南紀6号）
名古屋着　16時10分　　名古屋発　16時27分
新横浜着　17時52分

予定より1時間余り早い帰りであったが、1時間違えば、随分楽である。
今回の旅は、本当に幸せであった。感謝でいっぱいである。
良子は辛うじて、「間に合った」ようである。

3月24日（木）

―お茶会出席

今日は裏千家東京道場でのお茶会に、早朝、良子は出かけた。

当然着物姿である。

私はお茶のことはまったく分からないが、なんでも「準教授」という資格のようで、茶名は「宗良」という。

私にはただ、良子がお茶会に出かけることが、ありがたい。

また、1kg増えたという。54・6kgである。

「大丈夫か？」と私は逆の心配をした。「55キロで抑えろよな」

抗がん剤の副作用は、手足の若干のむくみ、脱毛のわずかな増加が見られる。しかし苦痛にしている様子はない。その抗がん剤治療も、あとふた月である。

夜、五島から魚の定期便が届いた。

私の帰りが遅かったので、食べるのは明日にした。

入っていた魚は、平目、オナガクロ、カワハギ、真鯵、である。

3月25日（金）

━お茶会出席と魚の捌き

五島からの魚は丸ごとか捌いたものか選択できる。私には捌けないので、良子が倒れて以来、下ごしらえして送ってもらっていた。

それが今月から、もう大丈夫だから丸ごと送ってもらうように、と良子は言った。

目をきらきらさせた素晴らしくきれいな魚が到着した。

良子は手際よく捌き、「大喜以上やわ」と言って、食べた。

実際、おいしかった。

4月1日（金）

━74歳

今日は私の74歳の誕生日である。

昨日大阪で会社業務の夕食会があって、大阪泊まりになった。

今日は移動日になったので、祇園四条の「いづ重」で鯖寿司を食べ、京都御苑の桜を見て帰ろうと思っていた。

ところが生憎雨だった。小降りではあるが昨夜存分に呑んだこともあり、京都へ寄らずそのまま帰った。

あい子の帰りを待って夕食をとったが、私の誕生日故の何もなかった。普段通りである。これは毎年、家族誰に対してもそうで、誕生日を特に祝う習慣がない。毎日がお祝いのような生活をしている。

4月2日（土）

鎌倉、若宮大路「段葛」の桜

今日はあい子と、鎌倉で落ち合う約束をしていた。土曜日だけれど、あい子は会社ビルの、電力点検関係の立ち会いがあった。若宮大路「段葛」の改修が3月末で終わり、ということは4月早々、開放されると思っていた（実際には3月30日、竣工式と「通り初め」が行われた）。

私は早く着いたので（もともとそのつもりで）、雪ノ下教会聖堂で跪いていた。階上で、オルガンがずっと奏されていた。知っている曲はなかったが心を鎮める音楽だった。黙想する人の、サポートを意識した奏楽だったと思う。

かすかに人の入る感じがしたので、あい子かな、と振り返って見ると、後方でずらっと、30人余りの外国人集団が祈っていた。集団が入ってきた感じはまったくなく、静かだった。

私は温かいものに包まれた気がした。

数分してそっと後ろへ向いたとき、もう、その人たちはいなかった。見事な出入りだった。

あい子が来て、彼女が何を祈ったのか分からない。私はただ、「感謝」を神に捧げた。自分が今、人生で最高の、幸福の中にあると感じていた。

私の、そしてあい子にとっても、「雪ノ下」は、母教会である。本籍地である。


「若宮大路」は、若々しく改修されていた。旧い桜は「ソメイヨシノ」だったと思うが、新しい桜並木は別品種と思う。

私に桜の知識がないので想像だが、「オオシマザクラ」の系統のように思う。花と一緒に葉が出ている。「山桜」かなと思ったが、山桜は大木になるので、それにしては樹々の間隔が少ないと感じた。

公道への影響も配慮されているであろう。横に広がらぬタイプのものが選ばれているのだろうと、想像した。

八幡宮の「牡丹園」を見た。

見事に牡丹が盛りであった。ただ、私には牡丹は華美に過ぎる。私が好きなのは「野菊」や「(野) すみれ」の類いである。良子が、そんな女である。

そこへ寄ろうと決めていた「うなぎ屋」へ戻ってくると、正に、「本日の営業は終了しました」の紙を貼るところだった。

観光地の食べ物屋で、そのとき15時45分、この時刻に店じまいされるとはまったくの「想定外」だった。確認してみると、大体11時半に開店し、3時半頃その日のネタがなくなる。それでその日はオワリ、とのことであった。がっかりするとともに、嬉しくなった。鎌倉にはそういう店があるのだと。

近々、必ず来るぞと思った。

若宮大路段葛桜の初年を見た。これからは毎年見ることになるだろう。年々、見事に育っていくだろう、私と逆比例して。来年からは先に「うなぎ」を食おう。

そのことが、喜びである。

4月6日（水）

尾上菊五郎の吐血

尾上菊五郎の「胃潰瘍」は知っていた。
1月に国立劇場で、『小春穏沖津白波』
2月は歌舞伎座で『新書太閤記』他、昼夜に出演、
そして3月は同じ歌舞伎座で「五代目中村雀右衛門襲名披露」、『鎌倉三代記』、三浦之助義村を演じることになっていた。私は3月13日（日）のチケットを確保していた。
3月3日の「スポーツ報知」（Web版　2016年3月3日10時0分）は、次のように報じた。

菊五郎、体調不良で歌舞伎座3月公演休演代役は息子・菊之助

歌舞伎の人間国宝、尾上菊五郎（73）が3日初日の東京・歌舞伎座3月公演「五代目中村雀右衛門襲名披露」を体調不良のため休演することになった。
関係者は「胃潰瘍と聞いています」と説明している。菊五郎は今年に入って国立劇場、

歌舞伎座と休みなく出演していたため、相当な過労もあったと思われる。

なお菊五郎が出演予定だった「鎌倉三代記」の三浦之助義村は、息子の尾上菊之助（38）が代役を務める。

私は残念に思ったが、おそらく清新であろう菊之助の三浦之助にも、大きな期待を持った。

13日に歌舞伎座へ行ってみると、当然に張り出されているはずの、菊五郎の休演と代役菊之助の案内が見えない。どうしたのかな、と思いつつ私は見たのだが、「五代目中村雀右衛門襲名披露　2016・03・13」のページでも記した通り、菊五郎が出たのである。私は驚いたが、よろけながら出てくる手負いの三浦之助義村は、演技なのか本当なのか、凄い迫力があった。新雀右衛門の襲名披露公演ということで、何としても出なければならぬという強い意志があったのだろう。

4月6日の「スポーツ報知」（Web版）で、菊五郎は次のように語っている。

家族も心配するほど病状は深刻だった。「胃に穴開いて。血を一升瓶（1・8リットル）以上吐いた。真っ黒いのが、ドバーッと。もう1回吐いてたら（命が）分からなかった、と医者が言っていた」。菊五郎はショッキングな場面を淡々と振り返った。

大量吐血は2月27日に自宅で起きた。その直後に帰宅した妻で女優の富司純子（70）もびっくりする中、病院に行くことを拒み、自宅に留まった。翌日何とか3月公演の稽古へ向かったが、顔面蒼白の状態。29日に病院に行くと即入院の診断を受け、一時休演を余儀なくされた。

「食あたりで悪い血が全部出たのかと。（29日は）ホットドッグ食べて胃カメラしたから、最初ちゃんと撮れなかったんだ」と反省。療養で胃壁も修復。精密検査でもがん細胞は見つからなかった。医師からは「酒も晩酌程度なら」と忠告されたそうだが「俺の晩酌の量を知らないだろうに。治って銀座に行ったのまだ1回。節制？　全然しない！　それでくたばるなら、役者やめた方がいい」と全快アピール。たばこを吸う余裕も見せた。


2月27日ということは、「歌舞伎座2月大歌舞伎」千穐楽が26日であるから、その翌日である。血を吐くにも、きっちりタイミングを見ているのである。菊五郎は『新書太閤記』通し狂言の木下藤吉郎から羽柴秀吉まで、全幕出突っ張りだった。夜の部の『籠釣瓶花街酔醒』にも顔を出していた。驚くべきパワーである。その前の1月国立劇場は、恒例の菊五郎劇団による『通し狂言　小春穏沖津白浪（こはるなぎおきつしらなみ）―小狐礼三―（こぎつねれいざ）』を、3日から27日まで統率している。主役は息子菊之助であったが、菊五郎は監修者として指揮官であったと思う。私と同年の午年であるが、私は結局、闘志に欠けるのである。

5月の『團菊祭』が楽しみである。

4月23日（土）

―熊本地震

14日夜、熊本県熊本地方において発生した「熊本地震」は、14日夜の震度7を〝前震〟とし、16日1時25分頃には、同じく熊本県熊本地方を震源とする、震度7の〝本震〟を呼んだ。その後揺れる地域は大分、阿蘇に拡大し、「三つの地域で同時に」別な地震が発生したという。同時多発テロの様相を示している。

NHK（23日10時45分の放送）によれば、

今月14日の夜から23日午前10時までに828回に上っています。

1日当たりの回数は、15日から17日までの3日間は、いずれも100回を超え、18日は

79回、19日は81回、20日は74回、21日は48回で、22日は41回、23日は午前10時までに13回と、依然として地震活動が活発な状態が続いています。

また、震度別では、最大震度7が2回、震度6強が2回、震度6弱が3回、震度5強が3回、震度5弱が7回、震度4が76回などとなっています。


3・11のとき、東京で私が味わったのが〝震度5強〟であった。事務所の水槽の水が跳びだした。私が想像できる揺れは、それが限度である。その震度5以上の揺れが、10回、発生している訳である。

阪神淡路のあと、相当に落ち着いてから神戸を歩いた。

4月頃だっただろうか、それでも風景に現実感がなく、映画撮影のセットの中で、自分が役者のような気分だった。

強烈だったのは、家が丸ごと、ぼんと道路側に放り投げられている光景だった。潰れるのは、分かる。そうでなく、家は家の形を保持したまま、道路側に投げられていた。ずれたのではない。一旦、全体が宙に浮き、落ちたときは地面の方が移動していた、そうとしか考えられない。本当にオソロシかった。

震度7は、この阪神淡路の神戸地区に匹敵する。それが2度、襲っているのである。

その恐怖を私は想像することができない。

私にはボランティア活動ができない。邪魔になるだけだろう。できるのは多少の義捐金提供のみである。

人の苦しみは、本人にしか分からないと、良子の「がん」宣告を受けて、よく分かった。去年の11月末から12月にかけては、本当に苦しかった。常に楽天的に考えていたが、今の良子の状況は、希望した最良をはるかに超える。「丸山ワクチンのおかげやねえ」と良子は言う。「お父さんのおかげやね」とも。

関東にも、近々、巨大地震は来るだろう。問題は、それがいつか、だけのことである。そしてそのとき、自分がどこにいるか。

自宅に、みんなと一緒にいられたら、それが最高の幸運であると思う。

私は、自分が失うものの最大値が何であるか、知ったのである。その意味で、コワイものはない。

5月8日（日）

―いのち

今年の連休は葬式で終えた。

私の経験した、もっとも気の重い葬儀であった。

亡くなったのは33歳、三女の父親、夜道で轢き殺された。

私の知人の娘婿である。

若い死といっても、病気なら、心の準備ができたかもしれない。

事故死でも天災ならば、諦めがつくかもしれない。

轢き逃げされての突然の死は、知らされた者の悲痛は想像を絶する。

こんな葬式には、二度と出たくない。遺族に語る言葉がない。


夜、良子と話した。

「私は死ぬと思っていた」

淡々と良子は言った。

「したいことは全部やらせてくれたから、思い残すことはなかった」

元気になった今だからそう言うのでないことを、私は知っている。最悪のときに、良子はそう語っていたのだ。

「良かったねえ！」

と私は言った。

「感謝、だなあ！　ありがたいねえ！」

私は今、人生で最高の、幸福の中にいる。

この今が与えられたことで、続く期間がいかほどか分からないけれど、たとえ短く終わろうとも、私は感謝で受け入れる。良子が残る可能性は大きくなった。私が先に逝っても、良子も満足で受け入れるであろう。


良い人生だった。

5月11日（水）

―小澤征爾

小澤征爾さんの指揮を久しぶりに聴いた。

すみだトリフォニーホールでの新日本フィル特別演奏会である。

小澤さんを最後に聴いたのは２００９年12月６日のブルックナー３番だった。このことについては、２月に書いた。

その後何度か、困難なチケットを入手したが、すべて実際の演奏は行われなかった。

そうして私は、小澤チケットを求めることをやめた。もし演奏が行われても、よれよれの小澤さんだったら、辛いと思った。

それが、ドナルド・キーン先生との対談がテレビであったり、『子供と魔法』がグラミー賞をとったり、随分元気になっておられるようだった。今回私の可能な一番早い日にチケットボックスへアプローチしたが、つながったときは、２階三列目しか取れなかった。

まあしかし、音として悪い場所ではない。

私は新日本フィル（ＮＪＰ）の最も古い定期会員であると思う。

会員の履歴が楽団にあるなら、知りたいものである。

創立が１９７２年だから、おそらく創立とほぼ同時に会員になっているはずである。

理由は、小澤征爾を聴きたい、それだけである。

小澤さんは活動本拠がアメリカへ移ったあとも、随分長い間、ＮＪＰの定期を振られた。

小澤さんと同世代の指揮者に岩城宏之さんがいる。才能の優劣は私には分からない。

どこかで、確か岩城さんご自身が、小澤さんがボストン交響楽団の正指揮者になったときの衝撃を綴っていたように記憶する。ということは小澤さんをライバルと思っていたのであり、更に、ということは、彼我に能力の差を認めていなかったのだろう。そしておそらく、それは正しいと私は思う。

しかし、世間的な価値観では、小澤さんと岩城さんには、差がついてしまった。

私は、原因は一つであったと思っている。

それは、NHKに愛されたか、NHKにきらわれたか、ということである。岩城さんはNHKに寵愛され、小澤さんは排斥された。NHKの小澤排斥が、セイジを世界に押し出した。

今日の演奏会は、初めにバッハの組曲3番「アリア」が、熊本地震犠牲者への追悼として演奏された。美しかった。

カラヤンのときも、小澤さんはバッハのアリアで追悼した（メインはブルックナーの9番だった）。

阪神淡路でも東北3・11でも、小澤さんはこの旋律で祈った。

今日のプログラムは3曲で、最初と最後を小澤さんが振り、真ん中のモーツァルトK・388『ナハトムジーク』は管楽のみ、指揮者なしで演奏された。

楽員の入場と同時に拍手が起こった。すみだトリフォニーにその習慣はないのであれっと思ったら、楽員と一緒に小澤さんが入ってきた。この日小澤さんは、すべてそのようにされた。

指揮台には椅子が設営されていた。

小澤さんは椅子に腰を下ろして、指揮を始めた。

最初のグリーク『ホルベアの時代より』は私の知らぬ曲だった。

静かな曲だったが、それでも盛り上がる場所では、小澤さんは立ち、伸び上がった。

ある場面では片足を上げ踏み込んだ。私の方が驚いた。

曲を終えステージを下がるときも、結構大股ですたすた歩かれた。

最後のベートーヴェン『エグモント』序曲は、短いが激しい曲である。

この指揮を見、聴く限り、小澤さんに病の影は微塵もない。

ただ、おそらく、持続力の問題なのだろう。

お年を考えるとどこまで昔に戻るのか、それはさておき、今日のようなプログラムで十分だから、時々は聴かせて頂きたい。

空席を見出すことはできなかった。

新日本フィルで、これだけの聴衆を集めることができるのは、やはり小澤さんしかいない。みんな、小澤さんが好きなのだ。

私は十分に幸せだった。

5月13日（金）

―寺嶋和史

今日は歌舞伎座夜の部を観た。『團菊祭五月大歌舞伎』である。祝祭劇『勢獅子音羽花籠（きおいじしおとわのはなかご）』で、尾上菊之助の長男・寺嶋和史の初お目見得があった。祖父が菊五郎、吉右衛門である。

菊之助に抱かれて花道から登場してきたのであるが、終始目をこすっていた。泣きべそというやつである。観客は大きな拍手で迎えた。

菊五郎、吉右衛門の孫として生まれたということは、超エリートである。余程のことがなければ菊之助になり菊五郎になっていく。将来が約束されている、ということはこの子には生まれながらにして受験勉強の比でない努力、精進が課せられているのである。受験なら第2志望というものがある。この子には、おそらく、第2の道はない。

一人の役者は否応なく老いていく。しかし人々はこの素晴らしい楽しみ、歌舞伎を見続けたい。親から子へ芸をつないで、そのために努力して下さいという拍手であると思う。人々は自分の楽しみ（あるいはその楽しみの次代への継続）を願って拍手している。少なくとも私はそうである。家柄をうらやむのではなく、ご苦労様です、よろしくお願いします、という思いである。

菊五郎、吉右衛門の本当に嬉しそうな口上があり、手締めとなった。私のところにも手ぬぐいがとんできた。和史君は手を振っていた。それを見ると最初の泣きべそは芝居ではなかったかとふと思った。なかなか堂に入った目のこすりようであった。

大成を、祈る。

この子の「菊之助」を見るには、私の命は足りないだろうけれど。

5月24日（火）

不安

（朝）

ここのところずっと4時前に目が覚める。目が覚めれば、起きてしまうことにしている。

今、3時15分である。

3日ほど前から良子が腰が痛いと言い出し、更に一昨日から背中が痛いと言い出した。

私はぞっとしている。悪い悪い予感がする。

内臓から来ているのではないか！

良子は食事の支度も変わりなくやってくれている。

痛いというよりも、もやもやとした不快だという。

私はくどいほど、お前は「保釈」の身や、「釈放」された訳やないんや、調子に乗るな、絶対無理はするなと言ってきた。すぐ大胆になる女である。植木鉢を持ち上げたりしていた。おいおいと注意していた。しかし本当に楽しそうだったのだ。

筋肉は弱っているであろう。それを使った故の疲労であることを、祈る。

しかしどこかに、このまま何事もなくいくなら、話がうますぎるという思いがある。落とし穴があるような気がする。


（夜）

今日は最後の「抗がん剤」受領の日で、良子はB医師に背中の痛みを伝えたそうである。

2週間後の6月7日が最後の抗がん剤服薬となる。その1週間後6月14日に、造影剤も使った最終点検をする。「そのときにこまかく点検しましょう」ということであったらしい。

お風呂にゆっくりつかったら、随分楽になったという。冷えだったんかなともいう。

しかし、温めれば楽になることは、内臓疾患ではよく聞くことである。

ちょっと良くなったと言ってはどんでん返しが、良子のクセである。

気分が重い。

終章 2016年

5月27日（金）

―オバマ大統領の広島訪問

今朝も3時15分に目が覚めた。しばらく自分の部屋でメールのチェックをして、下に下りてみると良子も起きていた。

表情に生気がない。

「病院へ連れて行く」と言った。出社は午後にしようと思った。

良子もその気になっていたが、間際になって、B先生は今日は手術日で診察がない。外来診察は月火だ、と言う。自分はいつも火曜日に診てもらっているから、火曜日にするという。

私は、「それが今までのお前のクセやないか。早めに手当てせず、苦しみだして救急車呼ぶのか」と声を荒らげた。

横からあい子が、「お父さんがイライラしたら、かえってお母さんの体に悪いじゃないの」と言った。それもそうだと気を取り直した。

私は先日、今年早々1月14日に診察を受けた仙台の耳鼻科医小林先生に手紙を出した。最近の状態を書き、もう一度診て頂きたいという内容だった。昨日、木曜日の午後に電話することを書いておいたので午後3時に電話すると、先生ご本人が出られた。

結論としては、自分にはより良い方法が考えられない、横浜には立派な先生が大勢いるので、近くで診てもらう方が良いのではないでしょうか、ということであった。

まあ、辞退なさった（断られた）訳である。

そこで私は「みなと赤十字病院・耳鼻科」を考えた。

今まで大手病院では、「三田病院」「慈恵医大病院」で長年診てもらった。

専門医院は5軒以上渡り歩いた。

先生方それぞれも言うことが異なる。そしてどれも私が実際に感じている状況に対応していないように思うのである。

だから、諦めきれないのだ。

「みなと赤十字」に期待してみよう。

その際、先生に一切の予断を与えず、今までの診察結果を教えずに、ただ現在、私の体が感じていることを正確に話そう。

そう思って一人で「みなと赤十字」へ行ったら、今日は初診者を受けつけない日だった。初診者は電話予約もできないという。

それならば来週火曜日に、良子と一緒に来ようと、今日は引き上げた。


じっとりとした雨である。

湿度がおそろしく高い。

入梅であろうか。

今日は12時7分のバスで駅に向かい、出勤しようと思う。


今日、オバマ大統領が広島を訪れるそうである。そこでどのようなメッセージが出るのか、被爆者を含め日本人がどのような対応をするのか、世界が注目していると思う。日本人は、見事な、品格ある対応をするだろう。私はそれを信じる。

そしてその日本人の「品」を、最もいやがっているのが韓国・中国だろう。オバマ広島訪問を彼らが批判する本当の理由は、そこにあると思う。

そこで改めて、広島の「原爆死没者慰霊碑」に刻まれた言葉を思い起こす。

『安らかに眠って下さい　過ちは繰返しませぬから』

この碑文には多くの批判がある。

しかし今日、オバマ大統領がこの原爆死没者慰霊碑に献花し碑文の前で祈るなら、この慰霊碑文に込められた意味は、その全貌を見せるであろう。

日本語の素晴らしさ、

日本人の素晴らしさを、思う。

（夜11時）

10時半にすみだトリフォニーホールから帰った。

驚いたことに良子はテレビを見ていた。いつも9時には寝ているのである。

見ているのは、テニス・全仏オープン男子シングルス3回戦、日本の錦織圭対スペインのフェルナンド・ベルダスコ、ライブ放送であった。

「大丈夫か？」と言ったら、

「気を紛らわせている」

との返事だった。

気を紛らわせるとは、背中・腰に違和感があるので、そこから気を紛らわせているということだろう。テレビが見られる状態なら、それはそれで良いのであるが、表情に元気がなかった。私は自分の部屋に入り、オバマ大統領広島訪問のニュース録画を見た。

酒を片手に、であった。

私が信じた通り、日本人（被爆者）は見事な応対をした。被爆者とアメリカ大統領の対面の姿は世界に流れ、日本人にすれば自然な姿であるが、世界では驚かれたかもしれない。日本人の感性と考え方が、世界を平安に導く大きなキーなのではないか。「許す」ということ＝水に流す、お互いに。

互いに、言いたいことはあるのだ。しかし、「水に流して」未来を見る。そのことを日本人は知っているのである。

広島・長崎に投下された原爆は非道な犯罪であった。東京・大阪をはじめとする都市への無差別爆撃は、ヒロシマ・ナガサキに劣らぬ〝人道上の〟犯罪である。

しかしアメリカは「硫黄島」を経験し、沖縄を知った。日本本土では、〝敵来たらば、「一億特攻」で蹴落とさう〟と、叫んでいた。

「一たび敵が本土に上陸せば、武器となし得るものすべてを武器とし、敵兵を突き刺さねばならないのである。」（朝日新聞　昭和20年6月14日）

私はアメリカの言い分を非道理と思わない。実際にアメリカ軍が本土上陸していたら、日本全体が硫黄島・沖縄になっていたであろう。餓死者、集団自決が頻発し、酸鼻を極めた「豊葦原の瑞穂の国」になっていただろう。

『安らかに眠って下さい　過ちは繰返しませぬから』

オバマ大統領が心の中でそう祈ったかどうかは分からない。分からなくて良いのである。ただこの碑文に向かって献花し目を閉じたことで。日本人はそれ以上の確認をしない。しても詮ないことだと知っているオトナの国民なのである。最も大切なことは「謝罪」でなく、世界のどこであれ、二度と原爆を炸裂させないことである。

5月28日（土）
━救急外来へ

全仏オープン、錦織・ベルダスコ戦の勝負はついていなかったが、午前零時になって、良子は寝たようである。

私はオバマ大統領広島訪問のテレビ録画を見ていた。米軍岩国基地を出発してから、その動きを実況放送した、その録画ビデオである。さすがこのような放送は、民営商業テレビではできない。

酒を呑みながらビデオを見ていたら、ついうとうとした。

あい子が入ってきて、「お母さんの様子がおかしいから、病院へ行ってくる」という。

私は驚いて部屋へ行ってみると、特に苦しんでいる様子はなかったが、体を折り曲げている。

この姿は胆管結石のときも、今回の腸閉塞・大腸がんもよく見た、恐ろしい姿勢である。

「お父さんは来なくていいよ。状況は電話するから」

私はその言葉に甘えた。相当に酔いは回っていた。

タクシーはすぐ来た。病院まで10分足らずである。零時半頃だったと思う。

2時1分に電話があって、「特に異常は見当たらない。腸閉塞も起こっていない、との診断」という。更に点検があったのだろうが、3時50分に戻って来た。あい子も良子も、すぐに寝た。私も寝た。

28日、私は6時15分に起き、自分で用意し、食事をした。

あい子が作ってくれている野菜たっぷりの味噌汁に、きしめん1個を放り込む。それだけのことである。7時になって良子も起きてきた。特に苦しそうではない。天気で言えば、曇りの感じである。雨ではないがどんよりしている。

「腸閉塞は起こっていないようで、良かったなあ。余り神経質にならず、出るのを待つんだな」

それから1時間ほどして、「出た」と良子が報告に来た。

「出たか！」

「出た！」

3日目の「うんこ様」だ。私はバンザイをした。

あい子の部屋の前でも大声で、バンザイ！と言った。あい子は目をこすりながら出て来た。

「出たぞ！」

「ふう……っ」

あい子もほっとした顔をした。

良子はちょっと元気になった。

まだまだ油断はならないが、抗がん剤服用も最終段階を迎えて、体の方も疲れている、そういう状態ではないかと考えた。

副作用は心配したほど強く出なかった。

しかし抗がん剤は本質的に体内細胞のすべてを攻撃するので、体細胞は緊張の中にいる訳である。これ以上やれば体に悪影響を及ぼすという限度期間が、投与期間になっているのではないだろうか。だとすれば最終段階を迎えて、良子の体そのものが、疲労のピークを迎えていると想像できる。

従ってそれは、6月6日に最後の服薬を終えれば、急速に快方に向かうはずである。そうであってほしい！

5月31日（火）

―夫婦通院

良子と一緒に「みなと赤十字病院」へ行った。良子は消化器外科、私は耳鼻科である。私は初診だったので時間がかかると思ったが、意外に早く呼び込みがあった。先生の話を聞くと三田病院にも勤めたことがあるそうで、どこかですれ違っていたかもしれない。

まず「聴覚検査」と鼓膜の動きの検査をしましょうと言われた。これは耳鼻科の定番である。

その順番が来るのには時間がかかった。

すぐ近くなので良子の「消化器外科」を覗いてみると、椅子に腰掛け、体を折り曲げている。

にぶい痛みが、続いているようである。

私がそこで何を話したか、まったく記憶がない。私は動揺し、心が萎えていた。

良子の元気さを見て、このままいけば話がうますぎると思っていた。どこかにどんでん返しがあると思っていた。

案の定……、私の気持ちは暗かった。


自分の呼び出しがいつあるか分からないので、私は耳鼻科に戻った。

聴力検査の結果を見ての先生の診断は、異常はないとのことであった。

聴力は年相応に衰えてはいるが普通の範囲であり、鼓膜の動きにも異常はない。

先に内視鏡で診た（私も一緒にモニターを見たが）口から鼻への管にも、異常は認められなかった。仙塩利府病院の小林先生の見解と同じである。

異常がないことに私はがっかりした。異常がないということは、改善の余地がないということである。しかし間違いなく異常はあるのだ。

「ＭＲＩで脳の方を見てみますか?」、そこまでする必要はないと思うけれど、と言外ににおわせつつ先生は言った。

「やって下さい」と私は応じた。明後日、6月2日の午前10時30分に決まった。

耳鼻科を出て良子の方へ行ってみると、丁度B先生の診察室に呼ばれたところであった。良子は私も一緒に来るようにと言った。

B先生の説明は、私にはよく聞き取れなかった。聴力の減退が残念である。

ただ血液検査データの1カ所をマークした。T―Bilとあり、黄疸の値とメモしてくれた。それが2・4になっている。標準値は0・2―1・0である。最大値から見ても2倍半である。

肝臓に障害が出ているのだろうか?

B先生は、「今、消化器内科の先生に連絡しましたから、そちらで内科的な所見を聞いて下さい」と言った。私たちは裏側の消化器内科へ行くと、すぐ呼び出された。

「腰の痛みがどこから来ているのか、MRIで調べてみましょう」と先生は言った。

明後日なら丁度私と一緒に来られるのでそう言ったら、明後日は既に満杯であった。明日なら取れる、という。早いに越したことはないので、明日の検査に決めた。

6月3日（金）

―アミラーゼ

一昨日、6月1日、良子は腹部のMRI検査を受けた。

昨日2日、私は脳のMRI撮影を受けた。強烈な音のするもので、私には初めての経験だった。このような音は記憶にない。

午前中に終わったが、会社へは行かなかった。

良子は相変わらず辛そうだった。

2時頃、これから行ってもよいかと病院へ電話した。

明日の9時半に来るようにとの病院側の話だった。撮影されたMRI画像も、点検しておきましょう、とのことだった。

今日私は出社し、良子は病院へ行った。

私はB先生がマークした〝T―Bil〟、その何行か前にある〝AMY〟というのが気になった。

5月31日の検査結果ではこの数値が549で、下限50上限170（U／L）の範囲から大きく上にはみ出している。上限の3倍半である。

その前5月24日の検査では279である。

その前の4月12日は159で、これは正常の範囲にある。

3月22日は169、3月1日は162である。

つまりそれまでは正常に保たれていたのが、5月24日では跳ね上がり、31日では更に上昇している。良子が腰痛を訴え始めたのは5月20日頃であったから、20日そのものの検査結果はないが、その頃から上昇したのだろうと推測できる。

下のような変化になる。

	AMY（アミラーゼ）	T-Bil（総ビリルビン）
3月1日	162	1・3
3月22日	169	1・8
4月12日	159	1・8
5月24日	279	1・9
5月31日	549	2・4

これで見ると注目すべきはむしろ〝AMY〟ではないか。

〝AMY〟とは何であろう。

「この消化酵素を調べることで、膵炎や膵臓がん、膵管閉塞などの兆候を摑む」とある。私はこれに違いないと思うとともに、暗澹となった。


アミラーゼは消化を行う酵素の一種で、デンプンなどの糖分を分解する働きがあり、以前はジアスターゼと呼ばれていました。主に膵臓と唾液腺から分泌され、膵臓の病気などを発見したり、経過を観察するための指標として用いられています。

膵炎や膵臓がんの早期発見に有用です。

膵管閉塞が起こると、アミラーゼの流れが阻害されるため血中アミラーゼの上昇、遅れて血中濃度も増加します。その他、膵炎や膵臓がんなど膵臓の病気でも変化が起こります。そこで血液と尿のアミラーゼを測定することで、それらの兆候を読み取ろうというのがこの検査の目的です。


夜、良子に診察結果を聞いた。

その前に上のことを話したら、良子は大筋は理解していた。アミラーゼも知っていた。

5月28日未明救急科へ行ったとき、三つのポイントを言われたそうである。

（1）腎臓：尿検査の結果、これは大丈夫だろう。
（2）肝臓：胆管結石、調べる必要がある。
（3）膵臓：膵管の障害、この場合、アミラーゼ値は〝桁違い〟に上昇する（今回はそうではない）。

当然、ＡＭＹ値はチェックしている訳である。

ただ、救急科では24日時点の値を見ており、159→279と、〝桁違い〟ではない。しかし救急科の先生は、31日の549を見ていない。これは桁違いではないが、3・5倍である。

ＭＲＩ検査の結果は、膵臓の主膵管に、きちっと見えない部分があった。急遽、ＣＴ検査を受けたそうである。その結果は京都から帰ったあとの6月10日に設定したという。

最初の入院のとき、売店にあった『サライ』を買った。付録に「和食は京都にあり」という冊子があり、そこに京の名店が紹介されていた。

「おいしそうやねえ」

と、良子はか細い声でいい、これ食べてみたい、これも食べてみたい、と指さした。

「早く食べられるようになってくれ。どんな高価な店でも連れて行くよ。みんなで行こう」

快気祝いは京都でするると、そのときに決めた。そう言いながら、その日が来る確信はなかった。良子も、自分は死ぬと思っていた、という。

幸い、驚くほどの回復を見せた。

前より元気になったと思えるほどだった。そこに一抹の不安があった。

やはり、最終段階になって、そううまくはいかないよ、という声がする。

良子の細胞のがんばりも、力が尽きようとしているのだろうか。

行けるの？という あい子の問いに対して、

「京都へは（無理をしても）行きたい」

と良子は言った。

あい子も、それ以上は聞かなかった。

私も、（多少の無理をしても）、良子を京都へ連れて行くつもりだった。

これが最後かもしれない。

行かなければ、もう、行くことができないかもしれない。

6月4日（土）
―痛み止め

6月4日というと、私はやはり1989年、「天安門事件」を思い出す。

1989年の当日、私はたまたま共産主義国家東ドイツ・東ベルリンにいた。以前にモスクワで、ごく一部であるが、ブレジネフ時代のソヴィエト連邦に触れていた。ヨーロッパからの帰り、確かロンドンからであったと思う。トランジットとしてモスクワに下りたJAL機が、積雪で飛び立てなくなった。機外に出て待合室に移った。そのときのものものしい検査と警備に驚いた。ソヴィエト時代、「民間」というものはなく、空港もまた（というより空港はより強く）国家・軍の所轄であった。検査はすべて軍人が行った。狭い間隔で軽機を肩に掛けた軍服が立っていた。ものものしい雰囲気で、圧迫された。これが共産主義国家なのかと思った。ブレジネフの顔が氾濫していた。

数時間待ったが、途中の情報は一切なかった。ソ連を知る人が、待つしかないよ、この国には「説明」などない、と言った。

4時間ほど経過したであろうか、他の飛行場へ移り、そこを中継する他の飛行機に乗り換える、ということであった。私たちはバスに乗った。バスと言っても、まるで護送車だった。窓には金網が入っていたと思う。

移動する道は、広かったが真っ暗だった。道路灯などなかった。

深い闇の中を車は走った。二人の軍人がこちら向きの座席に座っていた。一人は女で、これはそのまま映画のワンシーンと思えるほど美人だった。

ネオンなど一切なかった。この国は「宣伝」の不要な国であった。宣伝のできるのは、国、すなわち共産党のみであった。

途中に雪があった記憶がない。これは明らかに矛盾であるが、実際はどういうことであったのか、分かりようがない。

随分長い距離を走った。2時間以上だったと思うが、記憶から消えている。というよりも記憶する何も見えなかった。誰かが、方向はレニングラードだと言ったが、真偽は確かめようがない。

着いた空港は〝ローカル〟の感じであった。そこでも2、3時間待機したと思うが、モスクワよりは楽しかった記憶がある。いずれにせよ無事帰国した。

私はこのような〝異変〟を、どっちかと言えば好む。面白かった。

ということで、共産主義国家の感じに触れた経験があったが、実際に街を歩いたのは東ドイツが初めてであり、そして結局、唯一の経験となった。

東ベルリンは特に魅力的だった。鳥肌が立つ、というか、強い磁場があった。半年後に体制が打ち砕かれるとは、想像できなかった。

「天安門事件」は東ベルリンで知った。ホーネッカー政権は、中国共産党の自国民虐殺を全面的に支持した。

しかし結局、ホーネッカーには「ベルリン事件」は起こせなかった。

今朝、良子の声が良かった。
痛みがとれて、楽だという。昨日貰った「痛み止め」薬が効いているのだ。
ぐっすり寝られたという。
散歩してくる、と出て行き、15分ほどして戻ってきた。気持ちよかったと言った。
9時に、丸山ワクチンを射ってもらいにT医院へ行った。
快晴で湿度が低く、気持ちよかった。
帰りにスーパーへ寄った。スイカ、ステーキ、マグロを買った。
まだ少し腰を曲げていたが、表情は穏やかであった。
夜、私とあい子はステーキを食べ、良子はマグロで鉄火丼を作った。
おいしそうに食べた。
「痛みがなくなると食欲が出るわね」と言った。
単なる筋肉痛であってほしい。しかしアミラーゼの急激な上昇は、その希望を挫く。
「もし転移していたら」と良子は言った。

「もう手術はできないね。切る場所がないもん。もうイヤやわ」

「おれをおいて行かないでくれ」

「寿命やからねえ。……」

そして、

「私が先に死んだら、寝室の壁抜いて、廊下と一緒にしたらええよ。そしたらトイレも室内になり、冬、暖かいから」

54・5kgにまで回復していた体重が、53・2kgに減っているという。

肉の落ちているのは見ても分かる。

背中と腰をさすってやると、気持ちよさそうである。

良子、私をおいて、死なないでくれ。

6月5日（日）

━モハメド・アリ

今日は国立劇場で「社会人のための歌舞伎鑑賞教室」があり、演《だ》し物は橋之助演ずる

『魚屋宗五郎』だった。11時の開演だったが、サントリーホール・チケットボックスに用があり9時前に出かけた。玄関で良子が正座で見送ってくれた。良子が私を見上げる形になった。私は良子が、自分は死ぬと思っているのだと感じた。私を見上げる顔が、優しかった。

今日は魚屋宗五郎のあとサントリーホールのはしごで、クァルテット・エクセルシオのベートーヴェンがあった。私もあい子も、疲労が強かった。前半を終えたところで、帰った。

夕食時、52 kgになってしまった、と良子は言った。

「膵臓にがんができていたら、どうするんだろうね」と良子は言った。

「重粒子線だろう」

この前良子が病院の待合室においてあるパンフレットを持って帰っていた。神奈川県立がんセンターで、「重粒子線治療がスタート」と書いてある。

「私は満足やからね。思い残すことないわ」

「勝手なこと言うな」と私は言った。

今夜の良子は結構食欲があった。〝お通じ〟もあったと言った。

モハメド・アリの死が報じられている（アメリカ時間6月3日、日本時間4日）。私と同い年、1942年生まれだったのだ。カシアス・クレイの華麗な時代から、ジョージ・フォアマンとのキンシャサの死闘まで、私はずっとファンだった。

ウィキペディアによれば、

キンシャサの奇跡は、1974年10月30日、ザイール共和国（現在のコンゴ民主共和国）の首都キンシャサの当時のナショナルスタジアムである「5月20日スタジアム」で行われたWBA・WBC世界統一ヘビー級王座のジョージ・フォアマンにモハメド・アリが挑んだボクシングのタイトルマッチのことを指す。下馬評を覆し、モハメド・アリが勝利したことからこの名で呼ばれるようになった。

とある。テレビ放映で見たこの試合を、私は鮮明に覚えている。打っても打っても倒れないアリに対して、途方に暮れたようなフォアマンの表情が今も目に浮かぶ。そしてただ一度抜いたアリの剣尖がきらめき、フォアマンは倒れた。

ノーマン・メイラーの見事な観戦記がある。

アリの引退後、私はボクシングに興味を失った。

唯一感動したのはジョージ・フォアマンの復活だった。

ボクシングが「殴り合い」になり、優美なものが消えた。

6月8日（水）

━京都

昨日（7日）、南禅寺「八千代」に集合した。

私は6日、神戸・六甲で、K氏たちの「宗教を語る会」にレポーターとして呼ばれ、1時間余り報告し、そのあとみんなで話し合った。13時半から16時過ぎまで、3時間弱の会合だった。集まったのは私を除いて10名、そのうち8名が会食を設定して下さって、阪急六甲駅近くの「山麓カフェ」で歓談した。本来は定休日だったらしいが、特別に開けてくれたそうである。結果として貸し切りになった。

さすが「六甲」と思える、小さいが品の良い店であった。料理もワインも、おいしかった。

大阪で泊まり、8時には本社に入った。

朝、お得意先へ挨拶、午後は司法書士と打ち合わせて、15時少し前に姉と一緒に京都南禅寺「八千代」に入った。既に良子とコオ、あい子は到着していた。

朝から細雨だったが、その頃はほぼ上がっていた。

姉が良子にお祝いとして10万円くれた。入院のときはお見舞いとして10万円くれたのだった。今回の京都行きを、私は逡巡した。しかし「京都へ行きたい。お姉さんにお礼を言いたい」と言う良子の言葉で、最終決断した。「お別れ」に行く、その心が、良子にはあったと思う。

良子がそれなりに元気だったので、ほっとした。

来て、良かったと思った。

夜は「鱧づくし」を予約してあった。ハモの旬は7月からのようであるが、結構おいしかった。鱧を一度に、これだけの量食べるのは、初めてだった。

酒もたっぷり呑んだ。

姉がいつもの通り一人でしゃべった。私は先に部屋に戻り、寝てしまった。

部屋は和室と洋間があって、洋間にはダブルベッドが二つあった。

ベッドは姉とコオが使い、私と良子、あい子の三人は、和室の布団で寝た。

2時半に小用に起き、そのまま寝られなかった。

4時半に良子が起きた。

二人で硝子窓から外を見た。降ってはいなかったが、雲が厚かった。

5時半になって、外に出た。

その頃は雲が薄くなった。今日、雨はなさそうだった。

南禅寺の方へ歩いた。15分余り、南禅寺三門近くまで歩いて、良子は疲れたようであった。私は境内を回って帰ると言い、良子はゆっくり引き返していった。帰りは下り坂であった。

私は良子の後ろ姿を見ていた。

いつものように道端の名の知れぬ草花を点検しながら歩いている。

私はこうした良子を見ると、いつも、昭和天皇がおっしゃったという「雑草という草はないんだよ」という言葉を思い浮かべる。美しい言葉である。

腰が曲がり、すっかり痩せてしまった。

膵臓に、業病が宿ってしまったのだろうか。

この宿では朝食を設定していなかった。

宿のWebページでは、京都には「朝粥」や「モーニング」など京都らしい朝食の場所があると、暗にそれを薦めていた。実際に今回の「鱧づくし」コースに、朝食は含まれていなかった。私は散歩がてらに立ち寄る京都らしい朝食の店が宿の周辺に点在しているものと思っていた。

ところがそれらしき店は見当たらない。

宿に戻って主人に訊ねてみると、どうも要領を得ない。渡された近所の地図も、何度もコピーを繰り返したもので不鮮明である。

結局のところ〝歩いて10分ほど〟という場所で、ローム劇場の中にあるという喫茶店を教わった。変だなとは思ったが、地場の旅館の主人が、変なところを教えるはずはないと思い、みんなを案内した。しかし実際には10分という距離でなく、途中で諦めた。ローム劇場内というのもおかしいなとは思っていたが、どうもスターバックスであるらしい。京都へ来て、スターバックスで朝食をとるというのか。私たちは商人宿に泊まったつもりはない。

あとで、瓢亭がすぐ近くにあったことを知った。

まったく不適切な案内だった。

私たちは「いづう」の鯖寿司で早い昼食とする予定だったので、コンビニでおにぎりを少量買って帰った。三人はタクシーで、コオと私は徒歩で帰った。

10時15分にタクシーで祇園四条へ向かった。「いづう」は11時の開店で、時間があったので付近を歩いた。11時ちょっと過ぎに行ってみると、ほとんど満席だった。開店を表で待って席に着く人がいる訳である。私たちが座って、丁度満席になった。「いづう」は初めてであった。30年以上、「いづ重」へ通っている。「いづう」は「いづ重」の本家筋のようである。今回知って、行ってみることにしたのである。

良子はそれなりによく食べた。鯖姿寿司、焼穴子寿司、京ちらし寿司、それぞれを少量ずつであるが食べた。残りは私が食べた。

鱧姿寿司は、7月からとのことだった。

祇園四条で私たち4人はタクシーに乗った。姉は京阪電車で淀屋橋まで1本である。姉は私たちを見送った。

6月10日（金）

アミラーゼ（AMY）値

今朝は1時半に目が覚め、そのまま寝られないので、起きてしまった。

今日の血液検査の結果を考えると、目が冴えた。

上野から6時48分発の宇都宮線で、石橋経由A市へ行った。

15時過ぎに良子に電話した。

声そのものは元気だった。

ＡＭＹ値は４７６で、前回の５４９よりは下がっているが、標準下限の約10倍、上限の3倍と、やはり高値を継続している。

「先生は何と言った？」

「詳細はＢ先生から聞いて下さい、って」

Ｂ先生との予約は28日であった。

Ｂ先生が主治医で、今日の先生はＢ先生の求めでサポートして下さっている内科医である。

「のんびりしてるなあ」

「緊急と思ってないいんやないの？」

「Ｂ先生には通じているんやろなあ」

「そら通じてるやろう」

のんびりしているのは緊急でないからだと楽天的にとった。

夜、あい子と二人で、国立劇場「社会人のための歌舞伎鑑賞教室『魚屋宗五郎』」を観た。宗五郎は橋之助、女房おはま中村梅枝。

6月12日（日）

聖歌隊

今日は鎌倉のカトリック雪ノ下教会で、「湘南地区聖歌隊交歓会60周年」「横浜地区聖歌のつどい25周年」記念の〝合同ミサ〟があった。横浜教区長・梅村昌弘司教、雪ノ下教会の主任司祭・古川勉神父、助任司祭・内藤聡神父の司式であった。

ミサ曲はモーツァルトのK・192へ長調、

250人近い大合唱で、随分良くまとまっていたと思う。

私は3年ほど前に、主に耳の疾患から聖歌隊を引いた。更に公言できぬ理由は、「典礼聖歌」に情熱を失ったからである。私がそんなことを感じるのは小癪なことである。私は音程も不確かできちんと歌えたことはなく、そんなことを思う資格はない。また、指揮者をはじめ隊員皆様の真摯な努力を知っているから、私の思いはそぶりも見せられない。「典礼聖歌」にも何編かの名曲と思えるものはある。そして「典礼聖歌」をミサの基準として使うことに異存はない。しかしより高みにある「教会の遺産」、宝物がいっぱいあるのに、どうしてそれらを棄てようとするのだろうか。カトリック教会の「典礼憲章」第6章「教会音楽」は、次のように定めている。（抜粋）

112　普遍教会の音楽の伝統は、諸芸術の他の優れた表現の中でも、はかり知れない価値をもつ宝庫をなしている。

114　教会音楽の宝は細心の注意を払って保存し、促進しなければならない。

116　教会は、グレゴリオ聖歌をローマ典礼に固有な歌として認める。従って、他の同等のものがある場合も、これは典礼行為において首位を占めるべきである。

このような教会の「憲章」は、日本のカトリック教会においては完全に無視されていると思う。教会音楽は教会では歌われず、一般の合唱団の重要なレパートリーとなっている。皮肉なことに一般の（世俗）合唱団が、教会聖堂をコンサートホールとして「教会音楽」を演奏することがある。

それはさておき、湘南地区の「60年」は素晴らしい。そして横浜地区の25年も、それなりの歴史であると思う。この〝つどい〟の発足に、いわば発起人の一人として携われたことは、私の人生にとっても大切な歴史である。20周年までは事務局の運営に携わった。

今回の催しにはまったく関与していず、私は参加するつもりはなかったが（参加しても歌えないので、それは居心地の悪いことである）、私にプログラムでの「ひとこと」を書けとの要請があった。拝辞したがどうしてもとの求めがあり、短文を寄せた。プログラムに言葉を載せた人間が欠席では礼儀に外れるので出席を伝えると、合同ミサ後の懇親会で、ひと言挨拶をしろという。それも固辞したのだがどうしてもということなので、挨拶の言葉を述べた。

懇親会のあと山手聖歌隊仲間で〝二次会〟があった。鎌倉の店はどこも満席で、大船へ出て場所がとれた。

隣に座った作曲家のSさんが、「イェヌーファを観ましたか？」と声を掛けてきた。

私が〝オペラ〟に興味を持っていることは知っておられた。

「観ました。素晴らしい作品と思いました。95％が、暗いという以上の陰惨な話で、それが最後の一瞬に救いがある、光が差す、そんな作品と思いました。最後の一瞬のために、ヤナーチェクはこれを作ったように思いました」

するとSさんは熱狂的に『イェヌーファ』について語った。

「しかしあれは、ハッピーエンドの話なのでしょうか？　あの先に、更に地獄があるような気がする」と私は言った。

するとS氏は、更に熱を込めて語った。

私には素養と聴力が不足で、それ以上の対応はできなかった。

6月13日（月）

━良子という女

終日雨。午前中は特に強かった。

日本医科大学付属病院にて「丸山ワクチン」受領。

アドバイスの先生の話。

「アミラーゼはいろんな要因で上下する。担当医がのんびりしているのなら、緊急性はないのではないか。骨は相当に弱っているので、骨の変形によって神経が刺激されているとも考えられる。想像ですが」

とのことであった。良子にそれを伝えると、上下するのではなく上がりっぱなしよ、と言った。

私は良子を見つめた。

良子は、私のことだけを考えてきた女だった。

他の者は眼中になかった。私の不誠実にも、良子は耐えた。

私に唯一見所があったとすれば、そういう良子であることを分かり、感謝することのできる人間であったことである。随分遅い覚醒であったが。

良子が、体重50・6㎏と告げた。

あい子が、京都へなど行かなければ良かったのではないか、と私を非難した。

「行かなければ、もう二度と行けないかもしれない。そう思っての決断だった」

その言葉の意味をあい子は直ちに理解し、黙った。

Mご夫妻、F様、Y様

野村です。

7月10日の「お茶会」のことです。


退院後、良子の具合はどんどん良くなり、このままでは話がうますぎると思っていました。

庭仕事もするほどで、「調子に乗るな」と注意するほどでした。

50kgを切っていた体重も55kgまで回復していました。

それが先月（5月）20日頃、背中と腰に痛みを訴えました。

救急車を呼ぶことはありませんでしたが、タクシーで、みなと赤十字病院の救急窓口に飛び込みました。

それが24日です。

その後、何度か通院し、血液検査、MRI、CT等の検査を受けています。

最初は黄疸症状と〝アミラーゼ〟値の上昇がありました。

黄疸はその後収束し現在は正常値に戻りましたが、アミラーゼは更に上がり、6月10日の検査では少し下がりましたものの、それでも標準上限値の3倍あります。

体重もこの20日間で4kg減り、51kgを切るほどになりました。

アミラーゼは膵臓に関するもので、そこに障害が宿ってしまったのか、それとも抗がん剤による「疲労」が、体全体を襲っており、抗がん剤服用は終了したので、これから徐々に回復していくのか。

私は後者であることを祈っております。


寝込むほどではなく、7～8日も、京都へ行ってきました。

しかし長く歩くことはできませんでした。

来週の二見浦・賢島は、キャンセルしました。

28日に主治医の所見があります。

ある意味のんびりしているので良子本人は、「緊急事態ではないのだろう」と楽観しています。

そのような状態なので、7月10日のお茶会は、とりあえず取りやめさせて下さい。

本人も楽しみにしていたのに残念です。

涼しくなって、9月下旬か10月早々にできますことを、皆様も、お祈り下さいませ。

6月14日（火）

─宣告

今日はからりと晴れ上がった。

良子と二人で横浜市立みなと赤十字病院へ行った。

私は耳鼻科、良子は昨日、主治医のB先生に28日の予約を早めてもらった。

私は9時の予約でほぼ時刻通り診療を終えたが、良子は10時半の予約が1時間遅れた。病院に着いたのが8時20分頃であったから、3時間ほど待ったことになる。後知恵であるが、私の診療を済ませて、良子を家へ迎えに行ってもよかったのである。

Ｂ先生は淡々と、がんが膵臓のリンパ節を冒していることを告げた。
「手術はできません」と言った。
「そのままで平均9カ月、抗がん剤が効けば3年」
最悪の結論であったが、良子も私も想定していた。
抗がん剤の注入方法の説明があった。
抗がん剤が効く保証はなかった。効いたとしても3年というのである。
来週、21日に予約を取った。そのときに結論を出さなければならない。
私自身は抗がん剤に気は進まないが、本人とあい子の判断である。
いずれにせよセカンド・オピニオンは受けてみようと思う。
会計を待ちながら良子の言った最初の言葉が、
「仕方ないね」
だった。
あい子に、できるだけ早く帰るように、とのメールを入れた。
帰ったあい子に対して、良子は両腕で大きく、×のしるしをした。
あい子は瞬時に理解し、突っ立っていた。
「70まで生きたんやから」

と良子は言った。

「京都へ行ってよかった。お姉さんにお礼を言いたかったし。そのつもりだったし」

そのつもりとは、それが「お別れ」ということである。良子は分かっていたし、私も分かっていたのだ。


『方円』という句誌がある。

最新6月号に、良子の句が掲載されている。

麻酔覚め命つながる菊日和
古稀となり足ることを知る返り花
点滴の一滴づつに冬の日矢
手術痕に涙にじます冬灯
手術痕押さへ咳き込む星あかり
百歩ほど歩き息つく冬木の芽

6月15日（水）
―がんよ、この俺に来てくれ

降りそうで降らない一日だった。

4時に台所へ下りた。

あい子の作った野菜たっぷりの汁に、きしめんを一つ入れて、定番の朝食だった。

いつもは起きてくる良子が、今朝は来なかった。

台所の灯りが点けっぱなしであり、食べかけのスイカがあった。深夜に良子が食べたのであろうと、嬉しかった（実際にはすべて吐いてしまったことをあとで知った）。

家を出ようと寝室を覗くと、良子は横たわったまま手を振った。

50年近い結婚生活で、初めてのことだった。良子は必ず、門の外まで私を送った。

6時7分発京浜東北線に乗った。これだと丁度7時に事務所に入る。

私は幹部にメールを入れた。

［私の勤務時間］
本日以降

出勤：7時30分（大抵は7時〜7時15分）
退社：15時
（1）業務上必要あらば当然上記時間外でも対応する
（2）携帯電話、メールは、常時通じる
（3）水曜日のA市行は継続する

10時過ぎに、電話が入った。あい子が取ったが、それが良子からのものであることは直ちに分かった。

「具合が悪いので、どちらかが帰ってほしいと言っている」とあい子は言った。

そんなことは初めてだった。良子はおそろしく辛抱強い女である。

「お父さんが、すぐ帰る」と私は言った。

私は15分ほどで作業の区切りを付け、帰宅した。

良子は2階の寝室でベッドに横たわっていた。静かな表情で、七転八倒というのではなかった。3時に起きてスイカを食べた。（私が出たあと）痛み止めを飲んだら、すべて戻してしまった。スイカも全部出て来た。

病院へ電話を入れたが、なかなかつながらない。

ようやくつながって、良子は、現状を説明した。

今日のいきなりの入院はなだめられたし、もともと不可能であった。

電話での会話は、私には聴き取れぬ部分が多かったが、食事がとれないことによる体力の衰退、昨日B先生提案の抗がん剤治療はしたくないこと、「緩和ケア」で診てもらいたい、ことなどを話していた。

今日は病院へ行かず、様子を見ることにした。


昨日OKで買った宍道湖の「しじみ」、2パックを投入した濃厚なしじみ汁で、雑炊を作ってやった。少量であったが、「おいしい」と良子は食べた。

15時にT医院で丸山ワクチンを注射してもらった。

鎖骨の脇から注入する抗がん剤治療について、「結構痛いよ」と言われたそうである。

その前に良子は、その治療を受ける気をなくしていた。

帰り、「もう、T先生のところへも一人で来られなくなった」と言った。バスと徒歩で、来ることが、もうできないというのである。「歩けない」と。

私は驚いた。自分の鈍感にあきれた。

この数日で、そんなにも急激に衰えていたのだ。

家の中でも、膝に腕を伸ばして上体を支えなければ、階段を上れなくなっていた。

100メートル余りの駐車場まで、朝は散歩していたのに、ここ数日は私が回す車を、待つようになった。

時々は玄関に座ったまま私を見上げ、私を見送るようになった。

帰りにＯＫに寄ったが、良子は車から下りなかった。これも初めてのことだった。

「今晩のおかずを、お父さんが考えて、買って」

そして家にあるものと切れたものを告げた。

夕刻、バナナにヨーグルトをかけて少し食べた。

「お父さん、迷惑をかけるね」

「何が迷惑なものか。迷惑なんかであるか」

私は良子の顔を抱え、頬に頬を合わせた。涙が噴き出した。良子も泣いた。

願わくはがんよ、
この俺に、余命１年で来てくれ
俺は喜んでお前を受け入れる
一切の治療を受けず、良子にときを合わせる

6月16日（木）

─髪を剪る

私は3時半に起きた。良子は眠っていたので、静かに動いた。ところがその前に良子は起き、台所へ行っていたようであった。台所の灯りが点いたままになっていた。

私はお茶を入れて、自分の部屋に上がった。パソコンが2台、本が積み上がった乱雑な部屋である。1時間ほどメールとニュースのチェックをし、台所に下りた。

昨日に比べ表情が柔らかかった。

「痛み止めが効いている」と言った。

8時半に消化器外科へ電話した。11時までに来て下さいとのことであった。

良子は髪を剪りたいと言った。

「美容院へ寄ろうか？」

「病院に美容室がある」

「ああ、その方がいいね」

病院のインターネット・サイトを覗いてみたが、美容室の情報はなかった。

病院へ連絡してみると9時半開店とのことで、9時半に改めて電話することにした。
昨日と同じように、しじみ汁で雑炊を作ってやった。卵を入れて、と良子は言った。
あい子が作ってあった野菜汁の、ジャガイモと人参を、ほんの少し足した。おいしい、
と良子は言った。残しはしたが、昨日よりは多く食べた。
昨日は、やはり衝撃があったのだろう。
一昨日の夜、私が熟睡する横で、泣いていたのかもしれない。
髪を剪ることで、心を断ち切るのだ。
「剪った髪を、俺に残してくれ」
形見とは言わなかった。言わなくても分かることである。

良子の髪を写真に撮った。
染めたことのない髪である。ほとんど白髪になっているが、豊かで、美しい。品の良い
髪姿である。

9時半に病院へ電話し、美容室へつないでもらった。
14時に予約した。消化器外科が11時なので、時間が余れば一旦家に帰ればよかった。
どのように整髪するかと聞かれたので、良子に替わった。「病気が病気だから」という

ようなことを、良子は言った。「剪った髪は残してくれるように」とも言った。

消化器外科は主治医のB先生でなく、痛み止めについての説明と指導であった。

2種類処方されているクスリは、定時間隔に服用するものと、痛み発生時に服用するものとがある。頻繁に痛みが発生するようであれば、定時間隔のもの（ベース）のレベルを上げることになる、との説明だったように思う。

12時少し過ぎに会計も終え、家に戻った。

病院のファミリーマートで野菜サンドを買い、二切れある一切れを良子は食べた。

「朝、サンドイッチを作るといいねえ。お父さんはお昼に持っていけばいいし、私はお昼に食べるし」

「そうしよう」と私は言った。

良子はゆっくりではあるがおいしそうに食べた。


私は会社でずっと営業畑にいた。昼間会社にいることはほとんどなかったので、昼食は外食だった。それが1988年頃より内勤が増えた。その頃から良子が弁当を作ってくれるようになった。

あい子がドイツから帰ったのは1994年か5年である。それからはあい子が二人分、弁当を持ってきた。25年以上、弁当を作ってくれたことになる。私が肥満にならず健康でいられるのは、良子の弁当のおかげと思っている。朝食さえ作らない細君がいる中で、良子は4時前に起き、朝食を整え弁当を作ってくれた。いつもおいしかった。私は弁当を開け、頂きますと言って箸をつけた。食べ終わると、ごちそうさまと言った。いつも良子を前に食べているつもりだった。20年、ほとんど欠かすことなく静かに、弁当を作り続けてくれたのだ。

13時半に家を出て、病院の美容室に向かった。行ってみると実際は美容室でなく理容室であった。

思ったより若い理容師であった。スポーツマンのように日焼けして精悍だったが、如才なかった。客は大半が病人なのだろう。心得た対応だった。「浮世床といいますから」とか言い、軽い雑談から入りながら、髪の長さ、イメージを確認した。良子はにこやかに希望を述べた。理容師は私が撮影するのをいやがらなかった。察しているのだろう。剪り落とした髪束を、房にして私に渡してくれた。

途中14時12分、テレビ画面が北海道での地震を報じた。

函館で震度6弱。

「6弱というと大きいですねえ。熊本の第1発と同じだ」

「端から端へとんで、いよいよ真ん中へ来るかもね」

と良子が言った。

「3・11は東京で味わったが、そのときの東京が5強だった。6弱というのは相当にスゴイね」

と私が言った。3・11のとき、良子は大森の東邦大学病院で、胆嚢摘出後の入院中だった。点滴のポールが動くので摑まえたと聞いた。私たちは数日、良子を見舞えなかった。もっとも良子が、いちばん楽な場所にいた。

手術の最中ということもあり得た。実際多くの人が施術中、3・11に遭遇したのであろう。

理容師はこの病院建築の堅固さについて語った。

「この病院が倒れるときは、ランドマーク・タワーも倒れるでしょう」

そしてこの病院、ランドマーク・タワーの基礎について語った。よく知っている。

15時前に整髪は終わった。良子は随分気持ちよさそうであった。

OKマーケットには寄らず、そのまま帰った。

朝と同じ位置で、髪を短くしたあとの良子を撮影した。

柔和な表情だった。

良子をひと言で言えば、穏やかさ、である。いつも、どのような場面でも、穏やかであった。きつさのまったくない女だった。

しかし自分のやりたいことは、頑固にやり通した。お茶、花、俳句。

弱音を吐いたことはない。

逆上や動顚を（一度を除いて）見たことはない。

良子は常に、静かに、私を見ていた。

良子51・1kg、私70・3kg

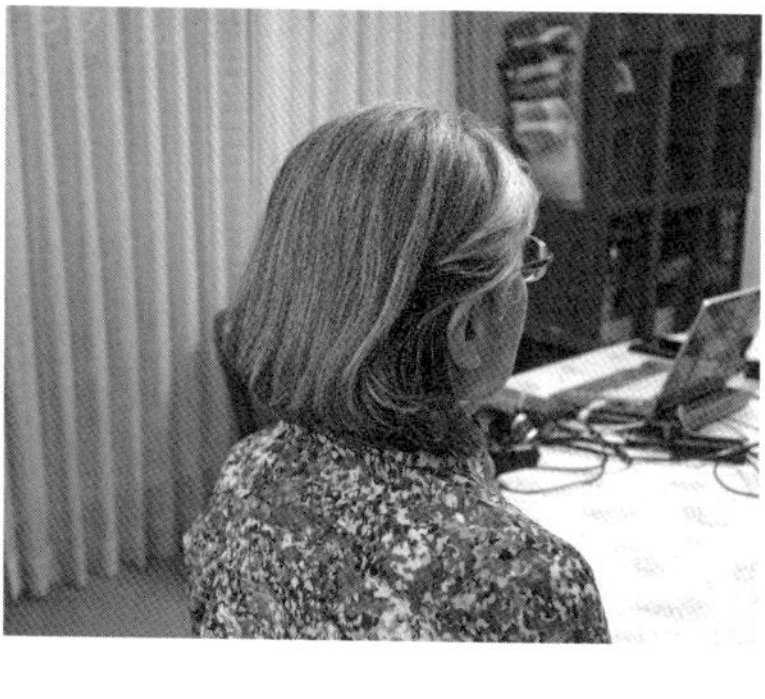

6月17日（金）

定年退職社員の送別会

今日はT医院へ丸山ワクチンを射ってもらいに行き、早めの昼食をとってから栃木へ向かった。ふた月違いの定年退職社員がいて、本人たちの希望で送別会を一緒にした。一人は勤続37年、一人は24年である。

私が出席せぬことは礼儀に反した。

彼らがいて私があった。

会社に着いてから、オーナーである姉に電話した。

1時間余りつながらなかった。

長電話はよくあることなのでそうかなと思ったが、念のため社員に確認を頼んだ。

受話器が外れていたのである。

姉が出て、私は良子の現状を伝えた。姉は驚いた。

姪たちには伝えてあったが、姉には直接言っていなかった。あい子のところへ病状を気遣う電話があったと聞いていたので、知っていると思っていた。

「(京都で)なぜひと言、耳打ちしなかった」

私を叱った。

「あんなに歩かせて」

と言った。

「まだ先生から結論は聞いていなかった。最悪の可能性を知ってはいたが、それを認めたくなかった。あのときは、まだ希望を持っていた。だから姉ちゃんに言いたくなかった。言えば、そうなるような気がした。これが最後になるかもしれないことは、二人とも分かっていた。だから無理して行った。姉さんにお礼を言わなくては、と良子は言っていた。お別れに行ったんや。歩かせたのは予定外だったけれど、あれが原因ではない」

「なんちゅうこっちゃ」と姉は叫ぶように言った。「言葉もないわ」

「手術もできん、医者は言うとる。どうしようもないんや。何を言うても、どうにもならんのや」

多くの後悔はあった。別な道があったのではないか。誤ったのではないか。

しかしその検証は、やりようがない。人は、一つのことしかできないのだ。並行して二つのことはできない。そして、元へ戻ることもできない。人生は、唯一で一方通行なのだ。もう、どうしようもないのだ。

送別会の途中で引き上げるつもりだったが、結局、そういう訳にもいかなかった。みんなは私の状況を知らない。

帰宅したのは11時近かった。それでも横浜・宇都宮間は、「湘南新宿ライン」「上野東京ライン」によって、随分便利になった。

良子は寝ていた。ほっとした。

6月18日（土）

━お父さん、可哀想やね

1時半に目が覚めた。良子の痛みの声を聴いたように思った。しかし薄明かりの中の良子に、その表情はなかった。私は小用に立ち改めて寝た。

また、良子の声が聞こえたように思った。ヒィーッという冬風のような、細い痛み声である。

しかし、良子のベッドを見たら空だった。3時半だった。台所へ下りてみると、良子が食事をしていた。あい子の作った野菜汁を、おいしかったと言った。クスリが効いているのか、表情は柔和であった。

私の顔を見上げ、

「お父さん、疲れているようやね。可哀想に」

と良子は言った。

私は2時間余りしか寝ていなかった。

今日はあい子と出かける予定だった。

新国立劇場・中劇場の、『あわれ彼女は娼婦』

昨夜あい子と相談し、行かないことにした。

　この日は観劇の前に良子を含め、三人で明治神宮・御苑の花菖蒲を見に行くことにしていた。

『あわれ彼女は娼婦』は13時開演なので、朝7時オープンの新国立劇場駐車場に車を置いて、明治神宮を訪ねる計画だった。御苑の開園は9時である。

三人で花菖蒲を見、早めの昼食をして、良子は電車で帰る、という段取りをしていた。

ふた月も前に決めて、楽しみにしていたことである。

それがもう、できない体になってしまった。

もう二度と、御苑の花菖蒲を、一緒に見ることはできないのだ。

「今日は、（劇場へ）行かないの？」

「やめた」

「ごめんね」と良子は言った。

大阪の姉が、来ると言っていることを告げた。

「来んでもええ言うといたけど、あの人は、来るいうたら来るやろう」

「部屋を片付けなきゃね」

そして自分のものは、もう自分では整理できないので、あい子にやってもらうと言った。

「お前のメモ（料理のレシピ、俳句の推敲）は、全部残しておいてくれ。俺の棺桶に入れて、一緒に焼いてもらう」

良子は微笑んだ。

午後、良子が病院へクスリを取りに行くようにと言った。

「トンプク薬」が切れて、痛みが来ているようだった。次回主治医の診療は来週火曜日21日であり、主治医のB先生は1日2回の計算で投薬してくれていたのであるが、良子はその間隔ではもたなかった。今日クスリが切れてしまい、痛みが来た。救急外来へクスリを求めた。

私とあい子が取りに行った。

帰ってみると、良子は辛そうだった。

早速台所に下りて一服を呑んだ。

すぐ、横になると言って、上の寝室へ行った。

私が覗くと、「スイカが食べたい」と言った。私は台所のあい子にそれを伝え、自分の部屋で本を読んでいた。

しばらくして良子が、ほとんど這うような姿勢でやって来て、「まだ?」と言った。

「え?　上へ持ってくるのか。気付かなかった、ごめん」

私は良子が、台所へ下りるものと思っていた。

あい子が枕元へ差し出した皿の上のスイカを良子は手でとって、食べた。体力が急速に衰えているようである。おいしそうではあったが、弱々しかった。

それから良子はあい子と私に色々と話した。

山形の和銑茶釜の素晴らしさについて語った。「割らないで、大切に使ってね」と言った。

柳海剛（初代）の薄手高麗茶碗を、「好きだった」と言った。これはソウルの京都社で、600万ウォンで購入したものである。

13代中里太郎右衛門の井戸茶碗も、良いお茶碗や、と言った。

これは何かの節目のとき、記念としてオーナーである姉が、買ってくれたものである。

お茶碗を、それなりに持っているが、確かにこの二つの茶碗を、良子は好んで使った。

私に入れてくれるのも、夏は海剛、それ以外は太郎右衛門の場合が多かった。

「残しておくお茶碗を選んでおくね」と言った。

それから茶筅のことを話した。

私はこれらのこと、また良子の料理のことを、録音して残しておきたいと思った。しかしICレコーダーは会社に置いたままだった。

私は自分の部屋でごろ寝していた。

あい子が足を突っついた。「お母さんが痛がっている。クスリが効かなくなったみたい。救急へ連れて行く」

時計を見ると7時半であった。

タクシーが来る間、良子は玄関でうずくまっていた。

そのうちに、「クスリが効いてきたみたい」、痛みが薄れてきたようであった。

「お通じもないというし、とりあえず行ってくる」

タクシーが来て、二人は出かけた。

帰ったのは9時だった。

何の処置もしなかったようである。

「もう少し様子をみて下さい、とのことだった」

良子は落ち着いており、ベッドに行き、本人がすぐに灯りを消した。

痛み恐怖症というか、怯えているのだろう。それだけ辛いのだろう。

どうして良子のような女に、こんな苦しみが与えられるのか。

6月20日（月）

━イズミールの案内犬

良子の最後の日々を、可能な限り記録したい。


2時に目が覚めた。

良子は静かに寝ていた。痛み止めが効いているようであった。

小用をすませベッドに戻ったが、ふと屋上ベランダ出入り口のドアを開け放してあったように思った。このドアは自然通風装置である。開放すれば階段を風が流れる。ここに洗濯物を干すと、気温と風の作用で急速に乾く。

案の定閉めるのを忘れていた。小雨で、少し雨が入っていた。

ドアを閉め、ベッドに戻った。

良子をのぞき込んだ。

良子は目をあけていた。

「クスリが効いている」と良子は言った。

「お通じのないのが苦しい」

オキノームの副作用に「便秘」が記載されている。痛みを殺す成分は、腸の活動も抑えるのであろう。

墓のことについて語った。
故郷の徳島・黒津地に、「野村家の墓」はある。
先日京都で、姉とその話をしたそうである。
野村家は六人兄弟で、男女それぞれ三人だった。
三女は幼児で病死し、長男は戦死した。
残された四人は、去年次兄が亡くなるまで、全員元気に過ごした。
姉二人は当然ながら他家に嫁いだ。
次兄には三人の子供がいたが、すべて女だった。三人とも嫁に行った。
ということで、今、野村の男性は私と、コオの二人である。
「野村のお墓は、お前が継ぐのが当然や。良子ちゃんもそこに入りなさい」
そしてその後はコオが継いで、コオに子が授からなければそこで終わるのである。
姉の意志は、私たちの間では絶対である。兄嫁もいやとは言わないであろう。
姉が良子の病状を知って、その話をしたのではない。
私も、京都では希望を持っていた。

しかし自分の体を知る良子は、自分が終末であることを、分かっていたのだろう。

お墓の話は、良子が出したと思う。

「お墓も決まって、安心やわ」

と良子は言った。

「窓を開けて」

雨はやんでいるようであるが、雲が厚い。凄い湿気である。

「小鳥が可愛いね」

私には聞こえない。

「お墓には、ここの庭の花を植えて。紫蘭がええね。白の紫蘭。白は珍しいし、紫蘭は強いから」

それから、トルコへ旅行したときの、「イズミールの案内犬」について話した。

「アルバム、持ってきて」

私は冊子にしたトルコ旅行の写真を、良子に渡した。

「利口な犬やったね」

イズミールのホテルで朝の散歩に出た。港に向かって歩いた。

ホテルの前にいた首輪のない犬が、ある間隔を保って付いてきた。犬は、私でなく明らかに良子を意識していた。じゃれるようなことは一切せず、毅然と、良子を守るように歩いた。

港まで15分くらいだっただろうか。

港を散策する間も、犬は側にいた。

帰路も同じ姿勢を保ち、私たちがホテルに入るのを見届けて、私たちから視線を外した。

「可愛い犬やったね。何を思うて私について来たんやろう。ホテルにはいっぱいお客がいるだろうに、何で私を選んだんやろうね」

良子は目を閉じた。微笑んでいた。私にとってこの上なく美しい表情である。

「お菓子も、おいしかったね」

写真を見ながら、良子は言った。

「寿命は神様が決めたもの。しようがないのよ」

淡々と良子は言った。

「ぼけなくて、話ができて、よかった」

良子の笑みを私は宝石のように見た。

「9カ月も、もつんだろうか?」

そして、

「マグロの刺身が食べたい。一切れでいい」

「病院の帰りに買おう」

と私は言った。

8時55分に良子をT医院へ送り、丸山ワクチンの注射をして帰った。

10時7分発のバスでB駅へ向かい、出社した。

6月21日(火)

―夏至

熟睡していた私は、唸り声で目が覚めた。

横にあい子がいる。私には聞こえなかったのだ。

23時45分であった。

クスリを飲んだばかりで、まだ効いていないようであった。

「吐き気がするけど、戻したらクスリが出てしまう」

良子は唸り続けた。

40分ほどで、クスリが効き始めたのか呼吸が穏やかになった。

頓服オキノームの効力が4時間しか持たなくなっているらしい。

「クスリがあと一つしかない」

ということは4時半頃に頓服の残り一包が尽きる。

「次が来たら病院へ行く」

定時服用分は7時に飲むことになっている。

それを飲んだ時点で、救急窓口へ行く、と良子は言った。

つまり、4時半頃最後の頓服を飲んで、その効力のあるうちに定時分を7時に飲む。そして病院救急窓口へ行くということである。


良子が落ち着いたのであい子は台所に下りた。中途になっている料理があった。仕上げて火にかけてしまわなければ危ない季節だった。

「お母さんの声が聞こえたの？」

「お母さんが下りてきて呼んだ」

とあい子は言った。

私にはまったく分からなかったのだ。

私はあい子に私のベッドで寝てもらい、私は自分の部屋に布団を敷いた。


5時15分に台所に下りてみると、良子とあい子がいた。

良子はメロンを食べ、ヤクルトを飲んでいた。

けろっとした感じだった。

クスリの副作用が色々記されているが、副作用を心配する時期は過ぎているのであろう。

何よりも痛みを和らげること、それが優先すると思う。命が縮んでも。

6月21日（火）

夏至（続）

6時にみなと赤十字病院・救急外来へ電話した。

11時半に外来で主治医の予約をとってあるのだが、痛み止めが切れて、それまで持ちそうにない。2回分でいいから、クスリを出してもらえないか。

答えは、特殊なクスリなので外科の先生の処方がなければ出せない、18日は外科の先生が救急にいたが今朝はいない、だから今は出せない、というものであった。

しかし現実に痛みが来ればどうするのか、とあい子は言った。

そして結論として、緊急外来へ行き、そこで待機する（現実に苦しみが来れば対応する）、8時半の外科外来受付時間まで持てば、最優先で先生に診てもらう、ということにした。

7時半にみなと赤十字病院・救急外来へ入った。

良子は長椅子に横たわった。

いざとなれば病院内なので、放っておかれはしないだろう。

8時15分に病院の受付をし、8時30分（実際には8時20分くらい）に外科外来へ行った。状況を説明した。「看護師が来しだい行かせますから、そのまま救急外来にいて下さい」

私が手洗いへ行っている間に外科の看護師が来て、外科外来へ連れて行かれたようであった。あい子が私を待っていた。外科外来の待合の椅子に良子は腰掛けていたが、すぐに看護師が来て、「治療室」へ案内された。診察室の並びである。カーテンで仕切られ、簡易ベッドが3列あった。私たちの他に誰もいない。看護師は良子をベッドに寝かせ、血圧、脈拍、体温を調べた。B先生がもうすぐ来ます、と言った。そして良子にクスリ（オキノーム散）を一服飲ませた。これで一安心である。

9時にB先生が見えた。

良子が状況を話した。「クスリの設定が少なかったですね」とB先生は詫びた。

そして、「痛み止めを飲むとクセになり段々効かなくなるという誤解がありますが、それは逆です。痛みを我慢する方がむしろクスリを効かなくしていきます。だから、痛くなると感じたら、早め早めに飲んだ方がいいのです」

これは私もまったくの誤解をしていた。痛み止めは遠慮なく飲む方が良いという。

良子は、（昨夜半は）クスリの残り量（2服）と11時半の治療を受けるまでの間隔を考え飲むのを逡巡するうちに痛みがきた、と言った。

それから、今後を話した。

抗がん剤の注入を始めるかどうかである。

注入口の手術そのものは簡単で、痛いものではないとB先生は言った。

「ただ抗がん剤には、それなりの体へのダメージはあります」

良子は積極的にやってくれとは言わなかった。

「緩和ケアの方がいいんやないかなと思っています。どう手続きすればいいんでしょうか？」

「申し込みに二つの方法があります。空きができたら入る、というのと、ぎりぎりまで家にいてその時が来たら外科に入院し、そこで緩和ケア病室の空きを待つ、という方法です。前者は、まだ自宅にいられるのに入らなければならぬ場合と、いざというときに空きがない場合があります。私はあとの方をお勧めしています」

「そりゃ、ぎりぎりまで家にいられる方がいいです」と私は言った。「外科に入院できる安心もありますし」

「抗がん剤使用は、今日決めなければならぬことではありません。ご本人、ご家族、よく話し合って下さい」

私は言った。

「私は、自分がそうしてほしいと思うことしか言えないですが、不自由な体で命だけが続くことを望みません。生きる時間と苦しみを掛けて、少ない方を望みます」

あい子を振り返ると、あい子もうなずいていた。

B先生は一旦診察室に帰り、しばらくして戻ってきた。

「23日に緩和ケアの痛み専門の外来、28日に緩和ケアの入院相談外来を、予約しておきました。28日はそのあと、私のところへも来て下さい」

「ありがとうございます」と私は言い、「膵臓がんなんですか?」と訊ねた。

「膵臓がんではありません。大腸がんの再発です。痛みは大腸がんが膵臓を圧迫しているところから来ています」

大腸がんの再発というなら、手術で取り逃した場所があったのだろうか。

立ち話なので、28日に、再度詳しく絵で描いてもらって、説明を受けようと思った。

薬局に寄った。

薬剤師と話し合う良子の後ろ姿から時々笑顔の歯が見えた。

「この程度の状態が続くなら、10年でも20年でも生きてほしい」と私はあい子に囁いた。


ＯＫマートでマグロの中トロ、その他を買った。

良子の塩梅した寿司酢で酢飯を作り、鉄火丼にした。

良子は久しぶりに、小さいお茶碗であるがほぼ一杯食べた。

味噌汁も少量ずつではあるがおかわりした。

「おいしいわね。お味噌汁もおいしい」

せめてこんな状態で良い。

ずっと、続いてほしい……。


がんの「再発」「転移」について調べてみた。

国立がん研究センターがん対策情報センターのページがある。

「再発」とは、治療がうまくいったように見えても、手術で取りきれていなかった目に見えない小さながんが残っていて再び現れたり、薬物療法（抗がん剤治療）や放射線治療で一旦縮小したがんが再び大きくなったり、別の場所に同じがんが出現することをいいます。治療した場所の近くで再発を指摘されるだけでなく、別の場所に「転移」としてがんが見つかることも含めて再発といいます。「転移」とは、がん細胞が最初に発生した場所から、血管やリンパに入り込み、血液やリンパの流れに乗って別の臓器や器官に移動し、そこでふえることをいいます。リンパの流れが集まる場所であるリンパ節に転移したり、肺や肝臓、脳、骨など血液の流れが豊富な場所に転移することが多いです。「播種」とは、がんのできた臓器からがん細胞がはがれ落ち、近接する体内の空間（胸腔や腹腔）に散らばるように広がることをいいます。

この状態なのだろう。

夜の食卓で、京都のことを良子は言った。

「おにいちゃん、よく食べたね。鱧、おいしかったみたい。スープもいっぱい飲んだ」

あい子を語ると同じようにコオについて語った。差別はまったくなかった。

「瓢亭の朝粥を食べられなかったのが心残りやわ。あんな近くとは思わなかった」

これは私も痛恨である。

「ツリガネニンジンが元気やね」

「どこだったかな？」

「伊良湖」

そうだ、伊良湖の海岸べり崖下で、ちょっと採集してきたものである。

「満足な人生やった」

と良子は言った。

「やりたいことは全部やらせてもらえた。ありがとう、お父さん、思い残すことはないわ」

何度も聞いた言葉を、良子は自然に繰り返した。

術後の、万全と思える管理下で、しかも抗がん剤治療中の「再発」とは、どういうことであろう。病根が残されていたということではないか。

色々と強い悔やみが残る。

第一は東邦大学病院で良子が、検査を断って帰ったことだろう。あれが最大のチャンスだったのだ。東邦大学なら直ちに手術し、「間に合った」かもしれない。取り返せない後悔である。なまじ半端に痛みが取れなければ良かった。東邦大学へ行ったのは昨年9月8日であった。実際の手術まで2カ月以上の間隔があった。大腸がんの切除手術後7カ月で、残された根が膵臓を圧迫するまでに育つなら、2カ月はあまりにも大きなロスであった。

しかし良子は、繰り言は一切口にしない。

「私に与えられた寿命やから」

という。それを静かに、微笑みながら言う。何という強い人だろう。


今日は「夏至」

昨夜から2泊で、二見浦へ行く予定だった。

夏至を挟んだ数日、夫婦岩の間から旭日が見えるという。その場所が「天岩戸」だという。

それを見ることが私たち夫婦の「快気祝い」の予定だった。

もう永久に、「快気祝い」はやって来ない！

6月22日（水）

━決心

良子の呻き声がしたように思えて目を覚ました。

それは空耳で、良子は静かだった。しかし起きていた。

空耳でなく実際に良子は苦しんだのかもしれない。

「このクスリ、合わないみたい。体全体が何か、動かない。吐き気もする」

昨夜19時から飲み始めた痛み止めのことである。オキノーム散、2・5mgが5mgに上がっている。

「割って、飲むのを半分にしたら？」

「先生に相談しないで、勝手にそんなことはできないよ」

しばらくしているうちに落ち着いてきたようであった。

「クスリを変えるといつもこうなんやわ。そのうち慣れると思う」

抗がん剤治療について、話し合った。

良子は両手両足を見せた。

「ようやく爪の色も元にかえってきた。掌や足の裏の荒れも引いた」

そして、

「もうイヤや」

と首を振った。

「大切なことは、どれだけの時間生きられるかでなく、どれだけの時間、幸せと思える時間を持てるかだ。ボクは自分がしてもらいたいように人にも言う、それしかしようがないよね。自分がヨシの立場なら、もう抗がん剤は選ばないよ」

「延命治療」はするな、と私は常に、良子にも子供たちにも言ってきた。「それはお父さんを苦しめることだ」

「オリンピックは8月に始まるんやね。そしたら、お父さんの部屋で（横になって）テレビを見させて」

テレビは台所と私の部屋にあるが、台所では横になれない。椅子では、今の良子は長時間耐えられないのである。

「見やすいようにセットするね」

細雨だったが、外が明るくなった。

良子を窓際に立たせ、写真を撮った。

9時少し前にT医院へ送り、丸山ワクチンを射ってもらった。

帰宅して良子に「新レシカルボン座剤」を入れてやった。看護師から「10分から15分は辛抱するように」言われていた。

私は9時27分のバスで出社した。寝過ごして東京駅まで行ってしまった。東京駅で駅弁「柿の葉寿司」をあい子の分と二つ買った。

1時にコオが会社に来た。良子の状態は既にあい子から聞いていたが、状況を話すと涙ぐんだ。優しい義母であった。

14時半頃に良子から電話が入り、「マグロの赤身を買ってきてほしい」という。私は嬉しく引き受けた。声の調子から座薬が効いてウンコが出たなと思った。

あい子は歯医者の予約があった。

良子の食事時刻は決まっているので、早めに私は帰った。

飯は保温状態で炊飯器の中にある。

良子が作りおいた寿司酢で酢飯を作った。それにマグロを乗せた。

「こんなに食べられるかな？」と言いながら、全部食べた。野菜スープもおいしそうに飲んだ。

しかし、ウンコは出ていなかったのだ。

「15分待って行ったけど、何かちいちゃいものがポロッと出ただけだった」

そこで私は初めて、15分を良子が勘違いしていることに気付いた。

「15分というのはクスリを入れてから15分やないよ。出そうになってもすぐに行かず、10分から15分は我慢しなさいちゅうことや」

「そういうことか」と良子は笑った。

痛み止めを飲んだあと、改めて座薬を入れてやった。

自分で簡単にできることであるが、良子はやったことがないというし、私は今は完治したが痔疾に苦しんだ時期があった。座薬は手慣れていた。

そして私は寝てしまった。

6月23日（木）

初めての車椅子

2時半に目が覚めた。
良子はわずかに体を動かしたが、起きているのかどうか、分からなかった。
小用をすませ、そのまま寝た。
随分長く寝たように思ったが、次に目が覚めたのは3時半であった。
ベッドに良子はいなく、台所へ下りてみるとお茶をすすっていた。
私を見て笑った。この人はどうしてこんなにきれいな笑顔を見せるのだろう。
「ウンコ、出た？」と私は訊ねた。
「出た」と良子は言った。
「何時頃？」

「1時間ほどしてから」

「結構かかるんだ」

「我慢して失敗してはいけないので、トイレの中で我慢してた」

あい子が付き添ったそうである。私はまったく気付かなかった。

「やっぱり軽くなって、気持ちいいね」

「良かったな」と私は言った。


雨だった。

8時半に家を出て病院に向かった。あい子も同行した。

今日初めて、院内通行に車椅子を使った。良子はもう、歩くのが辛くなったのだ。

行ったのは「緩和ケア専門外科」というところで、特に痛みについての専門の先生らしかった。詳しく状況を聞かれ、良子が答えた。今までとは違う痛み止め薬を処方して下さったようである。

更に「入院相談外来」の看護師さんの説明を受けた。全部で25部屋あり、13室が保険適用、12室が差額ベッドである。公平を期すため最初はみんな差額ベッドに入り、全額保険適用の部屋へは空きが出しだい、希望者が順番に移る、と説明された。部屋は差額ベッドの方が広いが、景色は全額保険の部屋が良い。ということで空き部屋を見学させて頂いたが、差額ベッドだけしか見ることができなかった。

24時間面会自由、家族の宿泊も可、本人の外出も可、ということで、私は毎日来られるし、良子を家に連れて帰ることもできる。距離も近い、ということで、理想的に思える。

ぎりぎりまで家にいて、限界が来たとき緩和ケア施設に空きがなければ外科病棟に入院、空きを待つという、B先生の勧めに従おうと思う。


午後、雨は上がり暑くなった。

裏千家から「ゼミナー別科7月例会」の案内ハガキが来ていた。

7月22日9時から午後3時である。良子はおそらく皆勤していたと思う。前日多摩川に泊まり、着物で出かけた。良子は裏千家の「準教授」という資格である。

ハガキを読んで、

「行けないわね」

と言った。「行きたい」と言わなかった。未練は一切見せなかった。


夕刻、部屋を覗くと良子が手招きした。

耳を近づけた。

ここ2、3カ月で、私の聴力は急激に落ちたようだ。

何とかしたいと思ったが、もう、どうでも良くなった。良子が死んでしまうのだ。耳なんか、どうでもいい。

「マイ・フェア・レディのDVD、ある？」

「確か、多摩川にあるよ」

多摩川というのは私たちの別荘のような、小さいマンションである。

「サウンド・オブ・ミュージックは？」

「ある」

「ローマの休日」

「ある」

「風と共に去りぬ」

「ある」

「見たいなあ」

「近々持って帰るよ。そしてマッサージ・チェアを買おう、水平にまで倒れるやつ。それをボクの部屋において、映画とオリンピックを見ればいい」

良子はもう短い時間しか椅子で背を起こして腰掛けていることができない。

夜、あい子がトマト料理の作り方を聞いた。

徳島の姉から自家製の完熟トマトが大量に送られていた。良子の病状を知らせる前に発送されたものである。

良子はB5サイズで3cmほど厚みのあるファイルを取り出した。私は初めて見た。

今までにも見ていたのだろうが、目に留まっていなかったのだ。

雑誌や新聞の切り抜き、それに良子のメモがびっしりと付けられている。

ああこの人は、私たちのためにこんなに努力し、おいしいものを食べさせてくれたのだ。

6月24日（金）

━疲れるのが早くなっていく

横の動きで目が覚めた。

良子がかすかに唸り、あい子が体をかぶせている。痛み止めが切れた症状である。

「間隔が短くなった。1時間しか持たない」と良子は言った。

時計を見ると零時半であった。

……間もなく良子は静かになり、私も眠った。

私がベッドから落ちた。ベッドの良子側に寄りすぎて、間に落ちたのだ。良子の動きが分かるように、ぎりぎりまで良子側に寄っていた。
良子が何か言ったと思うが、覚えていない。ベッドに上り、すぐ寝入った。
良子が動いたように思った。しかし静かだった。私は小用に立った。
2時半であった。
戻ると、良子が「スイカ食べたい」と言った。
私は台所へ下り、良子もついてきた。
スイカを切ろうとすると、
「もういらない。吐きそう」
良子はよろよろとトイレへ歩いた。私も続いた。
良子は吐いた。
「夜食べたトマトも、全部出てしまった」
良子の記録では、吐いたのは2時50分となっている。
良子が落ち着いてからベッドに戻った。
「クスリが変わると最初は必ず吐くね」と良子は言った。
(良子の記録によれば「トラマール」を零時30分に飲んでいる)
良子が静かになったので私は眠った。

4時半に起きた。

良子は眠っているようなのでそっとベッドを出、自分の部屋へ行った。

5時に良子を覗くと、良子は「窓を開けて」と言った。

窓を開けた。今日もどんよりとしている。

「緩和ケアに入るのは、早くなるかもね」

そして、「疲れるのが、どんどん早くなっていく」と良子は言った。

「お粥、作って」と良子は言った。

私は台所へ下りた。


朝食定刻の6時に合うように、私はお粥を作った。十分なお湯にご飯を少し入れたのであるが、良子はもう少し水分が欲しいという。私はお湯を足した。

その頃、あい子が起きてきた。

朝夕定刻に飲む痛み止めタペンタを7時に飲んだ。2度目である。

飲んで、一分ほどで吐いてしまった、という。

良子の記録では「吐く　7時5分」となっている。

私がちょっと自分の部屋へ行っている間のことだった。

「カプセルは出なかった」

良子はクスリの吐き出しによる疼痛の発生を恐れていた。これは苦しく辛いものであろう。さほどの痛みを経験したことのない私には、実感として分からないのである。

「カプセルはすぐ溶けると思えないから、胃の下へ落ちたんじゃないの？」

重ねて飲む危険は私にも分かった。

「痛みが来なければクスリは体に入ったのだし、痛みが来れば頓服（トラマール）を飲んだら？」

それでも良子は不安そうだった。当然だろう。痛みにまさる苦しみはなかろうから。

良子はあい子に、緩和ケアへ電話して、と言った。8時半からつながるはずである。私は電話で正確な会話ができない。

9時過ぎにあい子より電話があった。状況は看護師さんに説明した。先生が来れば直接電話を下さるから待っていて、ということだった。

12時半になって先生から電話があった。おそらく午前の外来が終わったのであろう。

電話は私が取り、良子と変わった。

良子は元気な声で、笑顔で話している。この人はどうしていつもこう笑顔なのだろう。

先生の指示は私の素人判断とほぼ同じであった。タペンタは次の夕刻定時（7時）まで飲まない。痛みが来ればトラマールを飲んで下さい、というものであった。良子は随分安心した顔になった。

私は車で出発した。川崎の行きつけの豆腐屋さんで良子指示のおぼろ豆腐と木綿、揚げ、生揚げを買い込み、クーラーに入れた。

ガス橋を渡って〝多摩川〟の部屋に入り、『ローマの休日』『マイ・フェア・レディ』『風と共に去りぬ』『サウンド・オブ・ミュージック』を取った。良子の好きな〝ポアロ〟ものがあったので、それも袋に入れた。

それから会社に行き、パソコンから必要データを取り出した。関係書類を小箱に入れ、在宅勤務が可能な段取りをした。

あい子と一緒に帰った。

良子は食事をほぼ終えていたが、買って帰った「おぼろ豆腐」を少し食べた。おいしいと言った。

タペンタは飲んでいないが、痛みはこなかった、ということで、気分は良さそうであった。「持って帰ったよ」と私は袋をあけた。「ポアロも持ってきた」

「ありがとう」と良子は言った。しかし今夜見る気力はなさそうだった。

それから話題は、イギリスのＥＵ離脱に移った。

イギリスの国民投票で、ＥＵ離脱派が勝った。

日本の株は暴落した。前日比１２８６円33銭の下落（△７・92％）である。

株が暴落しようと大地震が来て我が家が真っ二つになろうと、もう私は怖くない。

どうなろうと、かまわない。

6月25日（土）

―十分に生きた

何度か目覚めたが、良子は熟睡しているかに見えた。動きがなかった。

痛み止めが効いているなら良いのだが、まったく静かなことに私は不安を感じつつ寝入った。５時半に台所へ下りてみると良子がいた。寝足りたにしては腫れぼったい顔だった。私は良子にそれを言わなかった。余計な不安を与えてはならなかった。

私は長く散髪をしていなかった。

行きつけは会社近くの床屋である。勤務時間の合間、あるいは終業後にやってもらっている。時刻を予約できるので便利である。しかし最近は床屋へ行く余裕がなかった。

今日の9時からを予約していた。

その足で、歌舞伎座『義経千本桜』一部二部を観た。「碇知盛《いかりとももり》」と「いがみの権太」である。良子もあい子も当然のように「いいよ」と言った。

あい子と二人分のチケットを確保していたのであるが、あい子の分は無駄にした。

猿之助が凄い演技をしていることは、分かった。しかし感情移入ができない。上の空、であった。

明日の三部「狐忠信」のチケットも二人分あるのだが、これは2枚とも無駄にしよう。

そして7月の昼夜も、使うことはないだろう。聴力の不備も進行し、私が歌舞伎を観るのは、今日が最終になるのかもしれない。


18時半に帰宅した。

「お母さんは？」とあい子に訊ねると、食事を終えてベッドへ行ったという。

覗くと、良子は手を上げた。

良子の記録によると朝7時に定刻のタペンタを飲んで、7時25分に吐いている（私が7時14分のバスで出発したあとだった）。

そして8時35分に吐き気止めを飲んでいる。

夕刻は18時57分に予め吐き気止めを飲み、直後の19時にタペンタを飲んでいた。

「病院へ行かなければいけないかも」と、沈んだ声で良子は言った。

「十分に生きた。もういいわ」

強い口調だった。

下腹を押さえ、体を折り曲げながら良子はベッドに行った。

私は酒を飲まなかった。もう、酒は飲めないだろう。


20時20分に、「お母さんを病院へ連れて行く」

とあい子が言った。

あい子が病院へ電話した。

私は裏の駐車場から車を出してきた。病院の救急受付へは21時10分に着いた。

「救命救急」という通路もあって、空のストレッチャーが出て来た。明らかに人を運び、下ろしたのであった。救急隊員らしい二人が、待合の一人に挨拶し、待合の夫人は深く頭を下げた。病気なのか事故なのか、分からない。

救急外来待合室の長椅子に良子は横たわった。

診てくれたのは若い研修医であった。

どのような会話があったのか、私の耳は正確に捉えることができない。

問題の要点は、「痛み止めトラマールを飲むと吐く」ということであった。

良子はトラマールを「舐めて」唾で溶かして飲む、と理解し、そう実行していた。私の理解は、「水なしで、舐める方法でも良い」ということで、舐めて飲みなさいという指示ではなかった。私はそれを言った。

あい子が薬袋を見たが、飲み方の指示はなかった。

「水で飲んでみて、30分ほど様子を見ましょう」ということになった。

22時20分に、トラマールを水で飲み、良子は長椅子に横たわった。

30分ほどして良子は、「(クスリが効いてきて)少し具合が良くなったみたい」と言った。私はほっとした。

トイレへ行くと良子は言い、あい子が付き添った。

そのとき先生から呼び出しがあり、私はトイレへ行っている旨を先生に伝えた。

だが、良子は吐いていたのである。良子の記録によれば、「吐く　22：50」とある。しかし30分経過しているのでクスリそのものは相当量吸収されたと判断された。

「横になっているといいのに、立つと吐き気が起こる」と良子は言った。

私は、これはクスリのせいでなく、もっと重大なことが起こっているのではないかと思った。

痛みは引いたようなので帰宅することにした。23時40分頃だったと思う。

良子の記録によれば、23時50分に吐き気止めを飲み、0時にトラマールを飲んでいる。

あい子に私のベッドで寝てもらい、私は自分の部屋に布団を敷いた。

1時半に覗いたが、良子もあい子も寝入っていた。

私も寝た。

6月26日（日）

━落とし穴

良子が気持ちよくテレビを見るように、私は自分の部屋を片付けた。

机の位置をずらし、テレビの向きを少し変えた。これで横になって見やすいであろう。

良子が希望した、『ローマの休日』『マイ・フェア・レディ』『風と共に去りぬ』『サウンド・オブ・ミュージック』、そして『ポアロ』は一昨日持ち帰ってここにある。しかし良子は見たいと言わない。見るにしても、一作を何度にも分けなければならないであろう。

良子は恨み辛みをひと言も言わないが、私は言いたい。

あまりに残酷な仕打ちではないか。

手術は〝成功〟し退院。ほっとしたのに、5日後に合併症「イレウス」発症、再入院。

イレウスが治癒されたと判断され退院する喜びのその前日に「癒着」発覚、開腹手術。術後の痛みを、幻覚を視るほどの鎮痛剤によって耐え、ようやく退院したのだ。抗がん剤の副作用はあったが体調は驚くほど回復した。良子は庭の花を手入れし、この上なくおいしい料理をし、私にお茶を点てた。それが6カ月の抗がん剤治療を終えた時、待ち受けていたのは「余命9カ月」の宣告だ。

この5カ月は、私たち夫婦にとって至福の時間だった。

これを与えられたことで、すべてを納得せよというのか。

すべてを納得するに値する、至福の時間だった。

予め、5カ月だけの命を知らされていても、良子は、そして私も、それを受け入れたであろう。貞子さんのようにひと言も発することなく無意識の世界に引きずり込まれる。私たちはたとえ5カ月にせよ、本当に幸せそのものの、浮き浮きした日々を与えられた。

それが、せめて3年、あるいは5年、続くものと思っていた。

しかし確かに、話がうますぎるとも感じていたのだ。

落とし穴は、あったのだ。

それにしても、抗がん剤治療を終え希望に満ちた日に、どうしてこのような最終通告がなされるのか。

手術に、取り残しはなかったのか。抗がん剤は無効だったのか。

病院の監視の下で、どうして？

暗転。どんでん返し。

良子は、それらしきことをひと言も言わない。そぶりにも見せない。何という素晴らしい女性だろう。凄い人だろう。

私も最後は、このようでありたい。

「お父さん、元気で生きてね」

「元気で生きるけど、早く迎えに来てよね。余り待たさないでね」

良子は黙った。

6月27日（月）

―もう、終わりね

朝、T医院で丸山ワクチンを射ってもらった。

その足で参院選期日前投票のため区民センターへ行った。しかしここでは7月2日からで、今日はまだ始まっていなかった。区役所まで行くには、良子の体力がなかった。

朝は卵うどんを少し食べたのであるが、お昼は、スイカを食べただけだった。

少し痛みが来ている、と言った。「もうすぐクスリが効いてくると思うけど」

14時に、スイカが食べたいというので、こまかく切りタネを抜いて、持って行った。

おいしそうに食べた。

痛みは消えているようなので私は自分の部屋へ行った。

3時に枕元へ行くと私を見上げて、「お父さん、痩せたね」と言った。

「疲れているでしょう？」

「そんなこと、ないよ」

「もう、終わりね」

と良子は言い、私の手を取り、腕を抱いた。唇を震わせた。

「食事ができなくなった、もう終わりだわ」

そして、

「良くしてくれたから、思い残すことは何もない」

「ぼくの方こそ！」

「お茶もお花も人に教えたし、旅行もいっぱいしたし、俳句もできたし、満足やわ」

若いときの着物はあい子が使えるものがある、と言った。

「お茶道具の、良いものと我楽多を分けなければ」

　と言った。

「教授になる準備をしていて、お披露目の道具は自分のものでなければ恥ずかしいから少しずつ集めていたの。お茶碗やお釜は、お父さんが分かるでしょう？」

　茶碗と茶釜は、ほとんど私が立ち会って買った。しかしこまかい茶道具は、私には分からなかった。

「痛み止めが段々効かなくなって、モルヒネになったら、痛みはなくなるけど意識は朦朧となるのよね。分からなくなるんだわ、何もかも、お父さんも！」

「どういう形で帰ってくるのだろう」と良子は言った。「丸ごとなのかな？」

　それはそのままでか、灰になってからか、という意味であった。

「そのまま帰る。お茶室でお通夜をする」

　これは私は決心していた。できればまだ意識のあるときに、庭を見せ、お茶室で最後を迎えさせるつもりである。

　4時にまた、スイカを求められた。

「庭にカリガネソウがはびこっている。可愛いけれど臭いの」

「どこから持ってきたの？」

「勝手に生えたのよ」

T医院へ行くわずかの間に、庭を見ているのであった。

「思い出のある花だけ残して、庭をきれいにしてね」

旅先の道端に、雑草のように生えている小さな花を、私たちは愛した。決して稀少品種でなく、多くは庭に植えると旺盛な繁殖力を示した。特に野菊の類いがそうである。佐賀の鏡山で採取したものは「鏡山」、薩摩の開聞岳麓で採取したものは「開聞」と名付けている。

「萩はよく育つわねえ。切っても切っても」

秋には根元近くから伐り取る。それでももう去年と同じ枝を伸ばし、更に育っていくのである。良子がそうであれば！

良子が起き上がってお茶室へ下りていった。

夏用冬用の障子の入れ替えを、場所を間違えぬように、しるしの見方を私に教えた。

「きれいにしておかなければ」

自分が永眠する巣作りだった。私はあい子がいるときに指図して整理させるように言った。あい子にとってもそれは母親の遺言の一つになるはずだった。

6時に良子は夕食をとった。

うどんを少量と、ムツの煮魚のほんの少しを、それでもおいしそうに食べた。

食べ終えると歯を磨いてすぐ良子は、寝室へ上がった。

6時半にあい子は帰った。

食事を終え、良子のベッドへ行って戻らなかった。

私は良子に何か起こったのかと心配になり、上に上がった。

良子が、自分が死んだあとの部屋の改造を説明していた。階段を上がり右へ行くと2部屋あり、右が私の、左があい子の部屋である。私たちの寝室は階段の左突き当たりにある。寝室の手前左側廊下の、左がトイレット、右が洗面台である。当然のことながら三つの部屋から自由に、トイレット・洗面台が使える。寝室側から見ると、押し入れがあってその向こうが洗面台、廊下を挟んでトイレとなっている。つまり押し入れをなくし、洗面台の向きを変えれば、トイレは廊下ごと部屋の中になる。目的は冬の寒さを避けることである。不自由するのはあい子であるが、トイレット・洗面台は1階に同じものがある。

何回かベッドから落ちた私を知る良子は、床は畳にしなさい、と言った。ベッドをやめてマットレスだけにしなさい、とも言った。

「年寄りの骨は弱くなっているのよ」

「そうする」と私は言った。

私はこのとき、良子は私にとって母親になったのだと思った。

6月28日（火）
━不整脈

昨晩、良子は落ち着いていたので私は自分の部屋に入り、あい子は台所で明日の支度をしていた。寝ようと思い寝室に入るとかすかな唸り声が聞こえた。

私は台所のあい子を呼んだ。

「体全体がどうしようもなくだるい」

と良子は言った。

あい子は背後から良子の腰をさすった。

「唸ってもいいんだよ」とあい子は言った。

それは良子が、唸り声を漏らすことを私に気遣っているからだった。

唸ってもいいかい？と了解を求めたのだろう。私には聞こえなかったのだ。

良子は私を起こすまいと、ぎりぎりまで耐えていたのだ。

唸ってもいいんだ。悲鳴を上げてもいいんだ、良子。

良子は左手を後ろに回し、あい子の手を握った。そして右手が、前にいる私を求めた。

私は両手でその手を包んだ。

良子は握る手に力を入れた。

「オシッコも出にくくなった」

とつぶやくように言った。

「段々近づいて来るね」

私はただ良子の手の甲をさすった。

しばらくしてクスリが効いてきたのか呼吸が静かになった。

「お父さんは自分の部屋で寝なさい。私がここで寝る」とあい子が言った。私はそれに従った。私の耳は、良子の苦しみを捉える感度を失っていた。


3時半頃だっただろうか、覗いてみると、良子もあい子も、静かに寝ていた。良子は、起きていたかもしれないが動かず、あい子は熟睡していた。

私は下に下り、朝食の準備をした。

いつもは6時に起きてくるあい子が、下りて来なかった。

私は起こさなかった。


朝食を終え上に上がると、あい子は「今日は会社へ行かない」と言った。

今日は14時30分にB先生の予約があって、そこでより詳しいことを聞くつもりだった。あい子にも同行を頼んでいた。あい子は、午前中は会社へ行ってくる、と言っていた。

あい子が良子にスイカを持って行った。

「落ち着いて来たから、午前中は二人ともよく休んで」と良子は言った。

私は自分の部屋に行き、役員たちへのメールを書いた。

しばらく栃木へも大阪へも行けないこと、私本人が病に倒れたと思ってほしい、と告げた。私自身が関与しなければならぬ3点ほどのことを書き、それ以外の「実営業」はすべて専務・常務の判断に任せる、と書いた。

8時半頃だっただろうか、ただならぬ気配がし、

「お父さん、救急車が来るから下へ行って！」

あい子が言った。

私はびっくりして飛び出すと、廊下で良子が胸を押さえうずくまっている。激しい呼吸である。

「不整脈！」とあい子が言った。


救急外来へ到着したのは9時過ぎだった。

待つことなく「リカバリールーム」へ入れられた。

私たちは外で待った。

30分ほどで一度中へ入れられた。良子は点滴されていたが、目を開き、普通に話した。

何度か経験のある不整脈が来たのだった。

循環器の先生も、緊急性はないとの判断だったそうである。

11時15分頃、良子は治療室から出て来、11時半に会計も終えて、帰宅した。

雨だった。

「きれいに咲いたわね」

バラのブルームーンであった。ブルームーンの意味を知り、その名のバラのあることを知って入手した。バラにしては沈んだ感じの花である。


午後、再度病院へ行った。

「お父さん、耳鼻科を忘れないで」と良子が言った。

私は忘れていた。

先日耳鼻科で検査した脳のCT資料を、先生に求めていた。インプラントをしたH先生に、関連で、耳鼻科以外の先生の紹介を頼んでいた。そのための資料である。できているから取りに来てくれと電話があったのを、ベッドで良子は聞いていた。そのことである。

14時30分の予約だったが、B先生は随分遅れた。1時間近く待って受付に聞いたら、「内視鏡の検査が長引いている」ということだった。良子はこういう場合も落ち着いて、「お父さん、バタバタしないで」と笑顔で言った。あい子は居眠りをしていた。

B先生と良子は、痛み止めの状況などを話していた。

それから「緩和ケア」の話になった。

私は、「ぎりぎりまで家で過ごさせたい」と話した。

B先生は入院のタイミングについて、

「痛みが家で、コントロールできなくなったとき」

「食事ができなくなったとき」

の2点を挙げた。

ぎりぎりまでおうちにいたい患者さん・家族は、当然いる。

「時期が来ないうちに（痛みを抑えられ、食事のできる状態で）おうちで亡くなる方もいらっしゃいます。朝が来たら亡くなっていたと」

「それがいいなあ！」

「それがいいわね！」と良子は笑いながら相づちを打った。

「現状を、絵で説明して下さい」

B先生はモニターで説明しながら絵を描いてくれた。

大腸がんが「再発」し、膵臓を圧迫、リンパ節にがん細胞が蔓延していた。

手術で取れなかったのか、抗がん剤は効かなかったのか、良子も私も聞かなかった。聞けばそれなりの説明はしてくれたであろうが、今さら「詮ない」ことである。「これが私に与えられた寿命」なのであった。

6月29日（水）
―平安、しかし弱りゆく一日

小雨、曇り、冷涼。

今日は良子は安定していた。

ただ食事がとれない。食欲がない訳ではないが、喉を通らないようである。スイカとメロンだけを食べている。お昼に私が作ったお粥も、結局食べなかった。

カロリーメイトは半分だけ飲んだ。

「死んだら、何を着たらええんやろ」

経験がないから分からない、と良子は言った。私にもない。カトリック教徒は私たちだけであるし、今までに葬儀の経験がなかった。

「調べて」と良子は言った。

インターネットで調べて見ると、生前本人が愛用していたものを着せてあげれば良い、とある。

「一番好きな着物を出しておくから、それを着せて」

「そうするよ」と私は言った。

良子48・6kg、私69・8kg（カメラを持って69・9kg）

6月30日（木）
―最終入院

昨晩、29日夜、良子は静かに眠っているようだった。私は自分の部屋で本を読んでいた。10時頃、良子が廊下を這って来、

「こんなに呼んでも分からないの！」

「聞こえないんだ。聞こえなかったんだ。ごめん！」

その声は階段を通して下の台所にも聞こえ、あい子が飛び上がってきた。

勿論、上も下もすべての部屋、ドアは開け放してある。

「聞こえないんだ。聞こえなくなったんだ」

良子が泣いた。

発病以来、良子が見せた、ただ一度の苛立ちだった。しかしすぐに冷静な良子に戻った。

「スイカ、食べたい」と言った。

私は台所に下り、少量のスイカを2cm角ほどに切り、丁寧にタネを除いた。

「おいしい」と良子は言ったが、しかしその少量の、全部を食べきれなかった。

私はベッドに入り、あい子は良子のベッドの端に腰掛けた。

「防犯ベルを買おう。子供がカバンに吊しているやつ。どうして気付かなかったのだろう」

今までに幾夜も、苦しむ良子を知らず、私は熟睡していたに違いない。良子はまたそういう私に気遣いし、苦しみを漏らすまいと耐えていたのだ。

良子が落ち着いたようなので、私は寝入ってしまった。


午前2時頃、あい子が良子の腰をさすっていた。

あい子が来るには大きな声を出したのだろう。開け放してあるとは言え、廊下と階段を隔てている。それでも私は気付かなかった。あるいは私が眠っていたのかもしれない。

「もう、入院した方がええんやないかしら。ここにいれば、花も見えるけれど」

私が剪って花瓶に挿した芙蓉と水引を見ながら言った。

痛みへの不安、私たちへの思い遣り、花や私たちとの生活、良子の心は葛藤しているに違いなかった。

「ぼくたちへの気遣いはまったく必要ないんだよ。ぼくは良子にいてほしい。どんなことでもする。しかし痛いのは、ぼくにはどうしてやることもできない」

真実、いてほしい。

良子のいなくなった「家」は、何もない。もぬけの殻。空間。

良子が家にいるから、芝居を観ても音楽を聴いても、楽しいのだ。

しかしそれは、良子に犠牲を強いるものであってはならない。

私の自己満足であってはならない。

そのときが近づいているように思った。


今日30日午後、ゴミ収集業者が来て、温室に堆積したゴミと、洋間のテレビラックをトラックに積んだ。手際の良い作業で感心した。洋間のテレビラックを出すとき当然私に立ち会いをさせるものと思っていたが、私が訊ねたときはもう作業は終わっていた。洋間には貴重品がいっぱいあった。ラック以外に手を付けられた気配はなかったが、気持ち悪いものが私の中に残った。良子はそのことで私を叱った。

「壺一つ、持って行かれても分からない。お父さんは人を簡単に信用するねえ」

私は業者が私に立ち会いを求めると思っていた。

トラックの積荷点検を要求する気も回らなかった。

また盗っ人なら、点検して足を出すへまをするはずはなかった。
一見の業者を使ってはならないと思った。
このことが良子の体調に打撃を与えたのだろうか。
しかし日程は、まだまだ良子の元気なときに、決まっていたのである。
私はきれいになったベランダ（温室）を良子に見せたかった。
このように急激な良子の悪化を、予測していなかった。

私はＯＫで買い物し、その足であい子を駅で拾った。6時だった。
あい子が良子に帰宅の挨拶をしに行った。
そして慌ただしく私を呼んだ。
「熱が出ている！」
私は階段を駆け上がった。
体温は38度6分、顔が赤く、額を付けると熱かった。
あい子は救急外来へ電話し、これから行くことの了承を得た。
入院したいとの希望をあい子は病院へ伝えていた。
入院に備えて簡単な準備をし、私は車を出した。
事前の脈拍や体温検査があって少し待たされたが、7時半頃、良子はリカバリールームに入った。途中で部屋に入ることを私たちは許された。良子は落ち着いていた。

レントゲン撮影などがあったようで、処置を終えたのは11時過ぎであった。そして、「入院が可能だから、今部屋の準備をしています」と告げられた。

病室は7階、ナースセンターの正面だった。救急患者はこの場所に入れられることは、昨年9月の経験から、そのようになっているのだろうと思った。

「不整脈」と「熱発」が続いた。

共に重大なものではなかった。

しかしこれは良子の心と体が、病院で安心したいと求めているのだと思った。私が決心しなければならなかった。

午前1時に、病院を辞した。

帰宅し、あい子と缶ビールを半分ずつ飲んだ。夕食はとっていなかったが食欲はなかった。

2時に寝た。

7月1日（金）

━私の動揺

今朝は朝からドタバタした。一番動揺しているのが私かもしれなかった。

私はあい子に出社を遅らせ、9時2分発に乗るよう、昨晩話してあった。

二つ手前駅始発で、ラッシュアワーも過ぎ、この電車には確実に座れることを私は知っていた。

ところが出発間際になって、車のキーが見当たらない。

あい子を駅まで送る約束だったのだが、歩いて間に合う時間を確保するよう告げた。

20分ほど探し、駐車場の車まで点検に行った。

結局それは食卓に積み上げた新聞の間から出て来た。辛うじて9時2分に間に合った。

その足で良子を訪ねた。10分弱の距離である。

良子はそれなりに落ち着いていた。

朝食は、ほとんど何も食べていなかった。「味噌汁を少しすすっただけ」と言った。

歯ブラシに歯磨粉を付けるよう、言われた。立つ時間が長く保てない。ベッドで磨いて、すすぎのみ洗面台へ行くのである。

「つけすぎよ」と叱られた。

10時頃になって、「スイカが食べたい。メロンも」と言った。

「帰って、昼めし食って、スイカとメロンを持ってくる」と私は言った。

私は帰宅し、そこで家の鍵を、家の中に置き忘れていることに気付いた。あい子が施錠し、私は車の中であい子を待ったのである。

私は良子が持っていると思い、病院へ引き返した。

良子は持っていなかった。救急外来へ駆け込む際、家の鍵にまで気は回らないのが当然だった。あい子に電話したが、あい子は動きようがない。私が東京まで取りに行こうかと思った。

そのとき良子が、

「セコムに電話したら？」と言った。

なるほど、どうしてそれに気付かないのか。私はどこへ連絡すれば良いか分からないので、あい子に、調べて連絡を取るように頼んだ。

11時に自宅前でセコムと落ち合った。

本人確認のあと解錠してくれた。

セコム持参の合い鍵には私のサインした封印があって、それを破かなければ使えないようになっている。

使ったあとは改めて私がサインしたシールで封印した。

「よくあるケースです」と言われた。

自分の昼食をすませ、スイカとメロンを小さく切り、種を取り除いて、それぞれ2カップ作った。良子はスイカを二きれ食べたが、あとは「冷蔵庫へ入れておいて」と言った。

昼食も、汁以外はまったく食べていなかった。

「関係した先生が全部巡回してくれた。総動員やわ」と笑った。

レントゲン写真で、肺に曇りがあるようだった。内視鏡検査を言われたが（医者は一応言うであろう）断ったと良子は言った。真っ平だという顔をした。

「色々しなくていい、痛みさえ止めてくれれば」と良子は言った。

良子がうとうととした。

体がぴくっぴくっと頻繁に動く。軽い痙攣である。

「電車の夢を見た」と良子は言った。

「電車に乗っている夢？」

首を振り、

「電車が入ってくる夢」

痙攣については、「クスリを強めたからだと思う」と言った。

「オシッコの出が悪いし、終わったあとが痛い」

私は良子の体を丁寧に拭いた。

腹の真ん中を立てに引き裂いた傷跡が、私の心を抉る。

しかし私はこの人に、この人の心に、これ以上の刃を入れたことを知っている。がんの痛み以上の痛みを、与えたことを知っている。

そのときこの人は、「あなたが何をしてもかまわない。でも私は、あなたと絶対に別れない」、決然と言った。そうだ、あのとき、私は目が覚めたのだ。我に返ったのだ。真人間に近づいたのだ。

今、なぜ、私が苦しまずこの人が苦しむのか。

「ヨシが死んだら、通知を出す人を教えておいてね」と言った。

良子は勘違いして、首を振った。

「お葬式に来て下さいという通知じゃないんだ。全部終え一段落して、それからのお知らせだよ。礼儀でしょう？　裏千家や草月も。俳句も」

良子はうなずいた。


15時に良子の部屋を出、T医院へ寄った。

挨拶をしておかなければならなかった。

昨夜熱発があり緊急入院したことを、T先生に伝えた。

緩和ケアの空きを待つ状態です、と言った。

先生は、

「緩和ケアを手配したとは聞いていました」

と言った。それが私には、

「棺桶屋を手配した」

と聞こえた。

「緩和ケアは治療をするところではありませんよ。治療はしませんよ」

「それは分かっています。承知しております」

先生とのそのあとの会話がどのようなものであったか、私は思い出せない。

夕方6時にあい子を駅に迎え、良子のところへ行った。

良子は少し苦しそうな顔をしていた。

「湿布をしたいんだけど」、クスリは全部、再点検のため持って行かれた、と言った。

湿布は家にいるとき、貼ると効果があった。意外だが事実である。良子が看護師を呼んだ。

私は湿布薬を返してくれるようにと言った。

看護師は、「先生が点検中ですから」と言った。

「何時間かかるんだ、朝からだろう。湿布は飲み薬でない。それにB先生の処方したものだろう。それがオカシイというのか」

良子は懸命に私を押さえる表情をした。

看護師は、「もう一度調べてきます」と出て行き、間もなく湿布薬を持って帰ってきた。それを貼ると、良子は落ち着いた。


「お通じがあった」と良子は言った。

座薬は一度使ったきりで、その後は使っていない。その点は、緩和ケア先生の処方は、功を奏しているようである。

あい子は今晩作る予定の料理について、母親のこまかい指導を受けた。

良子はあい子を手招きし、何か囁いた。にこにこしながら話している。

「大丈夫よ。間もなくお父さんの日本生命の満期が来るから」

ねえ？と相づちを求める顔をあい子はした。この方面の管理はあい子に任せてある。

「何を言ったの？」とあい子に訊ねた。

「緩和ケアの費用」とあい子は答えた。「あんなにきれいな部屋だと、１日５万円くらいするんじゃないかと」

「心配するな」と私は良子に言った。

「家を売ってもいいんだ」

但し、良子の表情はまったく心配していなかった。

私も、5万円もするとは思わなかった。しかし、いくらかかるのか知らなかった。どうでもよかった。

7月2日（土）

■良子百合

裏の傾斜地に山百合の咲いているのが見えた。

昨年秋に良子の全快を祈って、2球植えた（10月18日に日本花卉より球根2球が届いている。良子の最初の入院は10月30日だった）。

一つは元気に育っていたが、もう一つは虫に食われたように弱々しかった。行ってみると、1本は見事な花をつけていたが、1本は消えていた。

私は撮影し、それをUSBメモリに保存した。

プリントしようとしたが手持ち用紙が薄く、インクジェット・プリンターのフルカラーの水分が紙の腰を折り、中で詰まってしまった。印刷は後日会社のレーザー・プリンターで行うこととし、今日はモバイル・パソコンを持って行こうと思った。

良子は喜んで画像を見た。

「ヨシの全快を祈って植えたんだ」と私は言った。「この山百合の名は〝良子〟とするね。良子百合」

良子は微笑んだ。

「これ、私が植えた枇杷やね」

枇杷の葉が百合の手前に広がっていた。今年初めて、小さい実を二つ、つけたのだった。あい子は寝かしておいたことを私は話した。「あの子には睡眠が必要だ」

良子はうなずいた。

「今日は悪いけどコンサートに行かせてもらうね」

良子は家の大きなカレンダーに書き入れた、私の予定を知っていた。

「行ってらっしゃい」

「本当は諦めていたんだけどね。ヨシが入院したから。……」

看護師が来て身長と体重の測定を告げた。

私が車椅子を押して、デイルームの端にある測定器の側へ行った。

身長157cm、体重48・1kg、因みに私の今朝の体重は69・1kgだった。

今日のすみだトリフォニーホールのマチネは、新日本フィル（NJP）、指揮ダニエル・

ハーディングの定期公演で、これはNJPミュージック・パートナーとしてのハーディングの、すみだでの最後の公演だった。（最終は4日のサントリーホール）

曲はマーラーの〝8番〟

D・ハーディングは平成23（2011）年3月11日金曜日、余震の続くすみだで、マーラーの5番を振り抜いた。聴衆はほぼ100人だったという。私は土曜日の定期なので、そのことは後で知った。「お客様が一人でもいればコンサートは開く」という楽団の決断と、振れといわれればどのような状態の中でも振る、という指揮者・楽団員の気合いに驚いた。

余震がどれほど頻繁に起こったか、帰ることができず東京の事務所で寝た私は、よく知っている。

翌日土曜日の定期は、さすが休演だった。交通機関が麻痺していた。

6時前、あい子と一緒に良子を訪ねた。

良子はクスリを飲んだ時刻を記録していた。するべきことはする、絶対にいい加減なことはしない。

横になり句誌『方円』に投稿する句を口述筆記させた。投稿は七句の決まりだそうである。

良子は割とすらすらと七句詠んで、「メモを置いといて。もう少し考えるから」と言った。

あい子は、今夜の料理について教えてもらった。

良子は横たわったまま、手振りで教えた。

7月3日（日）

━夕鶴

昨日裏千家機関誌『淡交タイムス』が届いていたので、持って行った。

あい子も一緒だった。良子が『淡交』を見るのは辛いかなと思ったが、いつ何が届くかをきっちり記憶している人なので、隠すのは悪いと思った。良子は仰向けでそれを読んだ。

「今の道場通いが終わったら、教授の資格が頂けるはずだった」

と静かに良子は言った。

「お披露目のためのお道具も、少しずつ準備していた」

教授になりたかったとも、残念だとも言わなかった。事実を述べただけである。

昨夜に続いて俳句の推敲をした。

「伊勢を歩いたとき道端に白い小さな花があったでしょう。何て花なんだろうね。あの花の名を入れたら、一句できるんやけど」

「ヨシがきれいと言った花なら、ぼくは必ず写真に撮っている。今夜調べて持ってくる」


今日、オペラ『夕鶴』を見に行くことを、良子は知っていた。

チケットは1年以上前に入手しているのである。

しかし観に行くことは諦めていた。良子を置いて行けなかった。置いて行って、楽しめるはずもなかった。

しかし、良子の入院が突然やって来た。

良子が病院の管理下に入ったので、私は観に行きたくなった。あい子も同じである。ここ数年の、東京での『夕鶴』公演は、私たちはおそらくすべて観ている。

10時から12時まで2時間、良子の側にいた。

病院のすぐ裏の高速に乗ったら、1時間弱で新国立劇場に着いた。

時間に余裕があったので明治神宮の位置を調べようと思った。それは驚くほど近くであった。新国立劇場へ戻ろうとカーナビをセットしたらとんでもない道を教えられ隘路に入り、バックしようとして後部右側側面を電柱でこすった。がっかりした。気をつけなければならない。やはり私の神経は、正常でないのだ。

しかしこの事故も、私の人生に今まで数えきれぬほどあった「神の警告」かもしれない。大事故を防いでくれたのだ。

今日の『夕鶴』は、私が今まで観た中で、一番良かったと思う。

あい子も、涙を拭く気配があった。

私は良子を「つう」に重ねた。

私の鶴は、間もなく、飛んでいこうとしている。

私のために、自らの羽をむしった人だった。


夕刻5時半に家に着き、パソコンに保管してある今年3月の伊勢の旅から花の写真を選び、USBメモリにコピーした。モバイル・パソコンは良子の病室に置いてある。ただ、「道端の小さい花」に該当するものはなさそうだった。

私は病室のパソコンで画像を出した。

10枚余りの中の一つに、良子は、「これやわ」と言った。あって、私は嬉しかった。

それは道端の花でなく、神宮内宮の道脇にあった低木だった。小さい可愛い花が鈴のように並んでいる。その小ささを示すために後ろに良子の手の平を添えて、

私は撮影している。花だけでは、形は分かっても大きさは分からない。

「何ていう花だろうね」

「今晩、調べてみよう」

20時20分になって、投薬に来た看護師から「20時が面会時間の終了です」と告げられた。私たちは「明日またね」と言って辞した。良子は微笑んで手を振った。

夕食のあとインターネットで調べた。「花　小　低木　神社」というような検索語を入れたと思う。そして、これに間違いないと思えるものを発見した。それは「ヒサカキ」であった。伊勢神宮にそれがあったのは、当然と言えば当然だった。

7月4日（月）

━ヒサカキ

「ヒサカキ」を少しでも早く教えたいため、今朝は8時半に良子を訪ねた。

昨晩、またまた「不整脈」が発生し、苦しかったという。

「やはり入院していて良かったのかもね」

自宅で起こっていればパニックになっていただろう。

私はヒサカキについてのインターネットで収集した画像と解説文を、良子に見せた。

「よく分かったね！」と良子は喜んだ。

「ヨシの手を、一緒に写しておいて良かったんだ。そうでなければ見当がつかなかったよ」

今朝の良子は、気分が良さそうであった。

「いつも今のような状態ならいいんだけど」と良子は言った。「そうはいかない」

そして、「病気やからね」と言った。

私が詠んだ俳句の情景を、写真に撮ってほしい、と言った。

それは、

「夕映えの水面」

「真っ平らな水面、そこに浮かぶ水鳥」

その場所がどこであるか、私は分かる。冬、手術のあと、歩けるようになって、良子が度々佇んだ病院裏、港湾の入り江である。凪いだとき、水面は平らになり、すうっと跡を引いて水鳥が動いていた。「日柄もの」と度々良子は言い、私の心は希望に満ちていた。

「サンマリノもヴェッキオ橋もアドリア海も詠んでいる。探してね」

膨大な良子のメモを、私は宝にするだろう。それらは私の棺桶に同梱してもらうのだ。

「布団一式、白いシーツで、和室に用意しておいて。私がいつでも帰れるように。もう2階には上がれないだろうから」

〝緩和ケア〟に移り、調子の良いときは帰宅できるという。

そしてそこがお通夜の場所になる。

自分がいなくなったあとの、私たちの寝室について良子は語った。

廊下の一部を部屋に取り込み、そのことによってトイレと洗面台を部屋の中にすることができる。冬の夜中の、必ず一度は立つ小用時の寒気を、防ぐことができる。畳を敷き、高いベッドはやめなさい。

「そうするよ」と私は言った。

私が知らない花の、所在場所を話した。松の下の左側に「甘野老（あまどころ）」、台所の裏に「宝鐸草（ほうちゃくそう）」、一輪草、半夏生、ひとりしずか、ふたりしずか。「鶯神楽（うぐいすかぐら）」は（と食事メニューの裏に裏の崖の場所を図示し）「リボンを付けてある」と言った。貝母はキンカンとスダチの間くらい。奥多摩小紫陽花、夏萩、裏の階段の「切らないで」と言った場所に「炉開き用の花」がある（これは再度花の名を聞かなければ）……。

15時半から16時まで、良子がシャワーをするというので私はデイルームに行った。部屋に戻ってみると、良子は気持ちよさそうであった。

しかし随分痩せてしまった。17時頃、良子は眠った。

いつ見ても平和な顔である。安心しきった顔である。

私が良子の側にいることが、この人に対する私の、せめてもの恩返しであろう。つうは助けられた恩返しに与ひょうのところへ来た。私の鶴は私に何の負債もなく、一方的に私に与え、与え尽くし、飛んでいくのだ。

17時40分過ぎから強烈な雷雨が来た。

あい子が丁度車中のはずで、電車が止まるのではないかと思った。

しかし15分ほどでからりと上がった。

典型的な夕立で、梅雨は明けたのかもしれない。

あい子は桜木町からバスでやってきた。

帰りの車中であい子と話した。

「お母さんにおいしいものを買って帰ることもできないね」とあい子が言った。

「段々食べられなくなって、いわば栄養失調で、衰えていく。しかし本人には、それが一番楽らしい。緩和ケアはおそらく、点滴による栄養補給はしないと思うよ」

7月5日（火）

━墓

8時55分羽田発のＡＮＡ機で徳島へ行った。

目的は「墓」で、大阪の姉も集合してくれる予定であった。

定刻10時10分に飛行機は到着し、迎えてくれた姪の車で、羽ノ浦へ向かった。

兄が11月に亡くなって、はや8カ月になる。あのときは良子の再入院と重なって大変だった。


嫂はいつものように優しく迎えてくれた。

良子の叔母になる。この人がいて、私と良子がつながった。

良子が幼児の頃、よくオンブしたと話していた。

昨晩、良子ちゃんから電話を貰った、と話した。

「幸せだった、満足な人生だったと言っていた」と話し、「ありがとう、よくしてやってくれて。母親に代わってお礼をいいます」と、私に頭を下げた。

「ありがとう」と私も言った。この人たちはみんな、どうしてこう優しいのだろう。嫂は三人の娘を産み、今は5人の孫がいるが、結婚生活の大半は「介護」であった。私の母、私の父、そして私の兄、それぞれに長かった。私の息子まで一時お世話になった。より深く頭を下げなければならないのは、私の方である。

大阪の姉も、徳島の姉夫婦も、来ていた。

徳島の姉夫婦は息子（私の甥）が会社を休んで、車で連れてきていた。

姉は元気ではあるが車椅子生活である。


昼食をとりながら大阪の姉が話した。

野村家には兄が亡くなって、男は私とコオの二人だけになった。

「兄さんが亡くなって、野村家の当主はお前や」

姉の言うことは絶対である。

「従って野村の墓も、お前が継ぐのがスジや。お前がいやでなければ」

「京都でその話を聞いて、良子はとっても安心し、喜んでる」と私は言った。

墓も決まって良かったと言った。私は実は、墓などどうでもいいと思っていた。事実良子は、にいくとはまったく思っていなかったので、骨は隠岐の島に散骨し、一部を粉末にしてウィーンの、私が好きで好きでたまらないメガネをかけた男の、墓の横の土を削って、そこへ振ってくれと言った。胡椒を振るように。そして土で覆ってくれ、と。

しかしそれは良子が納得したものではなかったのだ。私は良子の心を、まったく知らなかった。知っていたのは、むしろ大阪の姉だった。私は自分のことしか考えない、勝手な男だった。

嫂も二人の姪も、同意した。

黒津地の墓地へ行った。

野村の墓は、母が苦労して作り上げたものだった。

父の出身地は遠く（今では車で数十分であるが）、戦死した兄のためにも、近くへ移設する必要があった。

真ん中に戦死した長兄の墓石が立ち、右に「五輪塔」、左に父母、そして昨年亡くなった次兄が入っている。「五輪塔」は古いものである。その後方路面に、更に古い墓石が2基置かれている。

姉は、「順番ならここに」と左を示し、「入るのが当たり前やけど、お前は宗旨が違う。別に作りたいなら、この木をとって、ここへ作りなさい。どっちでもええ」

3基並んだ墓石の前左右に、小さい木が植えられている。その右側のもの、つまり「五輪塔」の前方に、木をとれば小さな墓を作ることはできそうだった、それで十分だと私は思った。

「良子の希望を聞いてみる」と私は答えた。

姉は墓の向きを気にしたが、私はまったく関係ないと答えた。あえて言えばエルサレム・聖墳墓教会の方向へ向けば良いのだが。

暑かった。

途中の喫茶店で1時間ほどを過ごし、長姉と私は姪の車に乗った。

長姉は眉山のホテルで泊まり、私は空港まで送ってもらって、18時50分発のANA機で帰った。

7月6日（水）

―墓の決定

朝9時に行くと、「待っていた」と良子は言った。

洗面台へ歯を磨きに行けなくなっていた。

昨日までも歯ブラシに歯磨粉をつけてベッドまで持って行ってやってはいた。しかし磨いたあとは自分で立ち、洗面所で口をすすぎ、ベッドへ戻っていたのだ。

今朝は、体は起こしたが、歩くのに私の支えを求めた。

抱きかかえるほどではなかったが、手と肘を持った。急激に衰えているのだ。

墓のことを報告した。

「うちだけの1個がいいね。お父さんやお母さん、お兄さんも横にいるんやし、おばさんもそうだしね」

「そうしよう」

と私は言った。

「小さい墓でいいね。回りは、良子が育てた白の紫蘭を移植しよう」

良子は微笑んだ。

私は良子の話すのを、何度も聞き返した。

「私の耳を、置いていってあげたいねえ」と良子は言った。

墓のことを、大阪の姉に電話した。

別な1基を作ると言った。

「私もそれがええと思う」と姉は言った。

良子と代わった。

「京都でいっぱい話ができて、嬉しかったです」と良子は言っていた。

昼食と片付けのため、一旦帰ると私は良子に言った。

「さみしくはないかい？」

良子は黙っていた。寂しいに違いなかった。

良子の目は、私がずっといることを求めていたが、「大丈夫よ」と言った。

今日の良子の作句
トマト真っ赤　ふるさとの日に育ちたる
街路樹の　枝打ち終えて港の灯
扁額は　右から読ます萩の風
門角に　在釜とありぬ　新松子《しんちぢり》

7月7日（木）
─緩和ケアセンター─

緩和ケアセンターへの移動は11時と聞いていた。

参院選期日前投票、地区センターでの受付は9時半からであった。あい子と二人で投票した。

2日に良子と来たときはこの場所ではまだ始まっていなかった。

あのときが良子の、最後のチャンスだった。良子が投票することは、もう、ない。

10時前に良子のところへ着いた。

元気がなかった。階段を、もう一歩上るのだ。最後の階段だった。

部屋には来客用のソファもあり、廊下も静かだった。

「もう、治療は、しないのよ」

私を見上げて、良子は言った。


あい子が良子の弟、ゆうじ君に電話した。車中で電話を貰っていたのだ。

良子に代わった。良子は冷静に話していた。しかし弟の方が泣き声になったのかもしれない。良子の目が赤くなった。しかし涙は出さなかった。弟は姉を慕っていた。

外科病棟の部屋は、忘れ物がないよう入念に点検したつもりであったが、枕の下に1000円札を何枚かビニール袋に入れていた。それを外科の看護師が届けてくれた。

正午にあい子は出勤した。私が駅まで送った。

「治療方針の説明書」を渡され、署名して返した。

病名：横行結腸がん局所再発・腸管狭窄

病状：腹痛、背部痛、嘔気・嘔吐、食思不振
（1）慢性的基礎疾患（横行結腸がん局所再発・腸管狭窄）の根本的改善を望めません。

治療方針：
（1）人工呼吸管理は行いません。
（2）血液透析は行いません。
（3）心肺蘇生術は行いません。
（4）その他（昇圧剤も使いません）。

以上記載事項以外は、通常の治療を行います。
今後、担当診療科を変更したり退院される際は、この治療方針は原則無効となります。
また、いつでも治療方針の撤回や変更が可能です。

「私は、上記説明を十分理解して、この治療方針に同意します。」

平成28年7月7日、夫の立場で私は署名した。

S夫妻が突然見舞いに来てくれた。7日以降はいつでも良いと伝えてあった。1時間ほど話して、帰った。


「オシッコするのが、苦しい」と良子は言った。

「余命、何て言うた?」

「9カ月」

「9カ月って言ったよねえ。そんなに生きられるかなあ。苦しくなってきた」


夕刻、18時15分にあい子は来た。

早速締切が来ている俳句の推敲を始めた。

30分ほどあい子に口述筆記させ、最終稿が決まると、体を起こして清書し始めた。

私はてっきり清書もあい子にやらせるものと思っていた。

今の良子は食事をするにも一口食べては横になる。体を起こしていることが一分もできない。それが机にもたれながらも起き、清書を始めた。約20分間、投稿先の封書も書き上げた。表情は引き締まり目は鋭く、私はこのような良子を知らなかった。ああ、この人はこんなに真剣に、ものごとに取り組んでいたのだ。良子への敬意が、私を粛然とさせた。

「これから出しに行って」と良子は私に命じた。

「港郵便局へ行くよ」と私は答えた。日本大通の横浜港郵便局は、深夜まで営業していた。

踊子草　さざ波走る用水路
故郷の　真澄の空や　夏鶯
ひさかきや　伊勢の道々　夕焼くる
あぢさゐの紫紺深めて雨の庭
眼科医への　標となりて立葵
代田いま　千の朝日を鏤《ちりば》むる
打水や　飛石に艶現るる
白萩の小言の如く零るるよ
色変へぬ　松　泉水の淵の黙
茶会終ふ　秋残照の　圓通寺
お茶会の　手順をさらふ　沙羅の花
乱れなく　草履並べぬ　秋真昼
朝の日や　無人の店に　青唐辛子
案内板　朽ちかけてをり　雨蛙
村と村を　結ぶ土橋や　秋の虹

7月8日（金）

―嘔吐

良子を訪ねて間もなく、O先生が入ってきた。

昨日帰る間際にあい子は、「もし不整脈が発生しても緩和ケアセンターでは治療できません。循環器の方へ移って頂くことになります」と告げられていた。

私自身は、不整脈で良子が死ぬことはない、と思っていた。

先日の救急外来で循環器関係の調査をしたが、異常は見つからなかった。今までもそうである。激しい動悸はいつも数分で収まり、あとはけろっとしている。

いずれにせよ何が起こっても、良子の場合、死につながるのである。

腸閉塞も、尿排出困難による腎臓の衰えも、「治療」はなされないのである。

O先生は私に、良子がクスリを吐いたと告げた。

それはクスリが替わったためではなく、食物が通っていかないからと考えられる。

良子には立ち上がってレントゲン撮影に行く体力がなかった。移動式の撮影装置が持ち込まれ、私は外に出された。

部屋に戻っていると画像を持ってO先生が現れ、腸の閉塞を私に示した。

私には画像の読解力がなかったが、そうなのだろう。

痛み止めは経口をやめて点滴にすると言われた。吐いてしまうのではクスリは効かず、痛みが襲ってくる。これに異存はなかった。しかし食事を止めての点滴は、もう少し様子を見て下さい、と言った。「そうしましょう」と先生は答えた。基本的に患者親族の意向に従うようであった。

点滴は、ほぼ水分で、栄養補給ではないと聞いていた。

栄養補給して命だけ長らえても、本人の苦しみが長くなるだけだった。

栄養補給しないのだから、自分の体を食って、いわば餓死する。

しかしそれが本人にとっては最も苦しみの少ない臨終であると、私自身のために調べたとき、本で読んだ記憶がある。まさか良子が先になるとは、思ってもみなかった。

F夫人から頂いた「夕張メロン」は、これだけはよく食べた。

私たちは一口も食べず良子のために保管したが、既に四分の三は食べてしまった。

さすが「夕張メロン」と、正直驚いた。

そして同時に8年前にご主人を亡くしたFさんの悲痛と、その経験による良子への心配りを思った。

夕刻、駅にあい子を迎えた。

病院への車中で、食事から点滴への移行の話をした。どうするか。

話をしながら、もし腸が詰まっているなら、食事を続けることは良子の命を縮めるのではないかと思った。

夕食の量は減らされていた。

味噌汁は全部飲んであった。魚もほんの少しついてあった。しかし重湯はほとんど減っていなかった。

1時間余りいて、私たちは帰った。

駐車場から家へは、家の裏道を通り迂回して玄関に回る。裏にも出入り口はあるのだが急坂で、夜は危ない。道路沿いに山茶花で垣根を作ってある。それに良子が「カラスウリ」を這わせていた。その花が咲いていた。夜咲いて、夜明けとともにしぼむ。白い産毛のような、幻想的な花である。夜陰の中でぼんやりと浮かび上がっている。良子が喜ぶだろうと思い、私は撮影した。

7月9日（土）

―久しぶりの出社

今日は久しぶりに会社へ行った。月曜日からは月水金の午前中勤務にしようと思っている。7時から12時までの5時間である。火木は朝から病院と、日中は家の片付けをしよう。

私がどうしても処理せねばならぬ作業は、午前中に終えた。

私はぼんやりと考えた。

突然、面白いと思えるものが何もなくなったのだ。

仕事への情熱も、ほぼ完全に消えた。


私は私があまりに幸せなので、このままでは話がうますぎる、どこかで辻褄を合わせる苦しみが私を襲うに違いないと思っていた。それは私の病気であり、事故だった。

その辻褄を合わせる苦しみを、私に代わって、良子が引き受けてくれたに違いない。私のために良子は苦しんでいるのだ。

イエス・キリストの苦しみと死は、より強烈なものであったのだろうが、弟子たちが感じたものに、今の私は近いのかもしれない。

私の受洗について、なぜ?と問われることがある。

私のような男に良子のような妻が与えられるなら、神は存在するに違いない、そう思ったのだ。

教会へ通う私を見て良子は、

「お父さんが段々良くなっていく」

教会はいいところに違いない、だから「私も連れて行って」と言った。私の1年後に良子は受洗した。私は良子を見、良子は私を見た。

その良子に、神はなぜ、このような苦しみを与えるのか。

罪故に苦しまなければならないのなら、罪を犯し、苦しむべきは私だった。大きな罪である。それは三つあり、その二つを良子は知っていた。一つ一つが、良子が自ら命を絶つか、私を刺し殺すか、どちらであっても不思議のない大罪だった。良子はそれに耐えた。私は冷酷な男だった。私は3度、良子を殺した。なぜ私が苦しまず平然とここに立っているのか。良子は、私が苦しむべき苦しみを苦しんでいるのだ。

良子の料理は本当においしかった。

名の通ったどのような店も、私は、良子の作るもの以上においしいと思ったことがない。いつかそのことを話したとき、良子は当たり前のように、「私はお父さん一人のために作っている」と言った。誰もがおいしいものでなく、あなた一人がおいしいと思うもの、そう良子は言った。ピンポイントで射貫いているのだ。他は眼中になかった。
良子は私一人にとって、至高の女だった。ただそれに気付くのが遅かった。しかし、
……辛うじて、間に合ったかもしれない。

夕刻、あい子を駅に迎え、緩和ケアセンターへ行った。

昨夕撮った「カラスウリの花」の画像を、パソコンで見せた。

良子は非常に喜んだ。

「一句、作ってよ」

と私は言った。


「和室は大分片付いたよ」

実際は和室にあった大半を洋間に放り込んだだけである。

これから洋間をきれいにしなければならない。

「布団も手配する」

布団屋の場所も良子に指示されていた。

「帰って、私が死んだあとの寝室の改造も、どうするか指図する」

「指図してくれ。ヨシの言う通りにする」

良子の言う通りにしようと私は思った。しかし本当に帰れるのだろうか。

「お茶室に良いものがあるから、きっちりより分けておくね」

それはあい子が継ぎ、あい子が年取ったときは、この店で処分しなさいと、『淡交』に出ている店を示した。

「着て行く着物は、どれにしようかな。一番いいのにしようか、どうでもいいのにしようか」

一番いいのを着せて、送ってやりたい。しかしそれは私にとっても良子そのものである。残してほしい。娘と相談するようにと私は逃げた。

7月10日（日）

━お茶会

今日は、我が家で「お茶会」の予定であった。

教会のごく親しい仲間を呼んで、良子の手前でお茶を飲み、あと当然の如く「呑み会」になった。Mご夫妻、Yさん、Kさんの4名で、年に一度恒例となっている。

良子は酒を一滴も飲めなかったが、良子の作る料理は絶品だった。五島から直送された鮮魚を、出刃と刺身包丁で捌いた。
今年、7月10日に決めたのは、メールの記録で見ると、

2016／04／14（木）9：08
お茶会のこと

皆様
お返事、ありがとうございます。
それでは7月10日（日）、ミサのあと、と決定いたしましょう。
楽しみにしております。
もう既に暑くなっているでしょうから、軽装でいらっしゃって下さい。

その頃、良子の体調はどんどん良くなっていた。
私たちは幸福の絶頂にあったのだ。
このような逆転があるとは、思っていなかった。
2時過ぎにM夫人、Yさん、Kさんの三人が見えた。
M氏が同行されないのは、私でもそうするであろう。女性の病床を訪れることは姉か、

せいぜい余程親しい姪までであろう。

因みに私の場合、男女を問わず、見舞いには来るなと言ってある。

棺桶の死に顔を見せることも禁止だ。

元気なときの私を、記憶に留めてほしい。

しかし良子は、来訪を、素直に、本当に喜んだ。

きれいな笑顔を見せ、よく話した。

みんな、慰めの言葉は、ひと言も言わなかった。

1時間20分ほど歓談した。良子の特に笑顔を、できるだけ残したいと私は写真を撮る。

それが時間の経過の記録にもなっている。


みんなが帰ったあと私たちは更に2時間ほどいた。ＯＫで買い物をし、帰った。

帰るね、と良子の手を握ったとき、指と腕の、肉の細っていく速さが分かった。

一人のとき、
本当に一人になったとき、
夜、目覚めて、薄明かりに浮かぶ天井、
それを見上げて、良子は、

どのような表情をしているのだろうか。

ラヴェルの〝ボレロ〟のように、私の良子への思いは、ゆっくりと続くクレッシェンドの連なりであった。良子の本質が、徐々に分かっていった。年を経るごとに、愛おしさは加算されていった。

その頂点で、最強音でボレロが打ち切られるように、私も打ち切られるのだ。あとの静寂を、私は耐えていかなければならない。

良子は毅然と死を迎える。私が女々しくしてはならない。そして私にその時が来ても、良子のように立派でなければと思う。良子は私に、最後の迎え方を教えているのである。

7月11日（月）

━整理

今朝は7時に出社し、夕方5時まで会社にいた。

あい子が午前中は良子のそばにいた。

良子が持っているANAマイレージのポイントをすべて商品に替え、残をなくした。個人の金庫にある保険関係の証書も点検した。良子が被保険者であるものはなく、私が被保険者で、受取人良子が半分、四分の一ずつがコオとあい子になっている。私が残ると想定したことがなかったのだ。良子は十分に裕福な晩年を、過ごせるはずであった。

机の上に2年ダイアリーがある。

5月以降、放り出してある。

今年の旅行情報は今年の旅には遅いので、来年の同時期にマークしておく。行きたいところ、見たいものが、ほとんど無限にあった。それを話し合うことの、何という幸せであったことか！

しかしもう、永遠に失われてしまった。

一人で行って、何が面白かろう。面白いと思えるものは、もう私からはなくなったのだ。

夕刻、あい子と二人で良子を訪ねた。

テレビは昨日投票の参議院選挙結果を報じていた。良子は投票できなかったが、私たちが書こうとしていた候補者は、選挙区も比例区も、共に当選した。選挙結果はごく常識的なものと思う。

良子が私を見つめて言った。

「お父さんも疲れたでしょう」

「疲れてなんかいないよ」

「見たら、わ、か、る」

と良子は言った。

7月12日（火）
弟の見舞い

今日は午後、弟が見舞いに来ることになっていた。

私は東京に用があったのと、姉弟二人だけで話したいこともあると思い、あえて同席しなかった。

弟は画家で、長野県辰野の山間に大きな旧家を買って住んでいる。山に囲まれた中に小川がある、美しい景観の場所である。冬はおそろしく寒い。イノシシや鹿が出る。熊もいるかもしれない。

私は弟の絵を我が家に保管しきれないほど持っている。個人としては最大の収集家であると思う。弟の描くのは「売れる絵」ではないが、その色彩感覚を、私は高く評価している。若いときイタリア政府の奨学生としてフィレンツェで2年間修行した。そのときの水彩画を私は10枚以上持っているが、素晴らしいものである。

良子はいつもフィレンツェへ行きたがっていた。イタリアへは何度か行ったが、フィレンツェ行きは昨年、ようやく実現した。これは素晴らしい旅だった。ヴェネツィア→サンマリノ→アッシジ→フィレンツェ→ヴェネツィア、良子との最後の海外旅行になった。

弟のつれあいは保健師で、このこともこの地では歓迎されたようである。移り住んで30年以上になると思うが、すっかり地の人となり、幸福に暮らしているようである。東京にいた頃は我が家へよく来たが、辰野へ行ってからは稀になった。この距離は会おうと思えばいつでも会える場所であり、かと言って相当に不便な位置で、意外に直接会う機会は少ないのである。

良子のお父さんはもう40年も前に亡くなった。膵臓がんであった。

弟は二人いて、上の弟は母と一緒に暮らしている。

姑（つまり私の嫂の姉）は90を過ぎているが健在である。と言っても車椅子生活で、かつ右脚に不都合があり、義弟が姑の介護につきっきりのようである。

舅は、頻繁に横浜に良子を訪ねてきた。良子を溺愛していた。

姑と良子は、どこか疎遠であった。

父の死後、良子は余り実家へ帰りたがらなかった。

私の嫂と姑の間も、行き交いが絶えていた。たった二人だけの姉妹なのに、である。

嫂と良子は親密で、いつも電話をし合っていた。

先日も嫂は私の良子との生活について、「母親に代わってお礼をいいます。良子ちゃんによくしてやってくれて、ありがとう」と頭を下げた。

誰も私には言わないが、ふと誰かの言葉の切れ端を耳にしたことがある。それは私と良子の結婚に、母が強く反対した、ということである。母と良子の疎遠について、私にはそれしかないと思えるほど納得のいく理由であった。そして母の反対を、反対するのが当然であったと私は思う。愛しい生娘を、子持ち男に嫁がせる必要は、まったくなかったのだ。

母と良子の関係について、私は良子に訊ねることはなかった。

母と嫂の姉妹の絶縁も、娘を私に結びつけた妹への、姉の怒りと考えれば納得できる。良子は、ある覚悟をもって、私のところへ来てくれたのだった。そのありがたさに気付くのに、私は長い年月を要したのだ。

それにしても修復の機会はなかったのだろうか。

父が健在の頃は良子に付いて私も共に度々実家を訪ねていた。父も横浜までよく来た。しかし母が来たことはなかった。名古屋時代、あい子が生まれたとき世話に来てくれたのが、義母の唯一の我が家への来訪だった。下のゆうじ君はよく来たが、兄のきみちゃんが来たこともない。私が原因だろうか。あるいはそれ以外にも理由があったのだろうか。私は聞かなかった。良子が話すはずもなかった。私は深入りしなかった。

「きみちゃんも」と良子は弟を呼んだ。「見舞いに来たい言うてるみたいやけど、自分が大変やからね。可哀想に、あのこ一人に苦労かけて」

母の右脚がほとんど感覚を失っており、切断しなければならないかもしれないようだと話した。きみちゃんから連絡があったら、優しく対応してやってほしいと言った。

「お母さんは、まだまだ生きたいみたい」とかすかに笑いながら良子は言った。溜め息交じりだった。

「もういいんやないの、なんて言っちゃダメよ。私なら言いかねないけど」

「ぼくがそんなこと言うわけないやないか」

良子には言う権利があると思った。

そして母の命を、せめて10年、いや5年でも3年でも良い、1年でもいい、良子にやってほしいと思った。

ゆうじ君の絵は美しいものであった。

「ヨシの写真の対面に、この絵を飾ることにするよ」

「そうして」と良子は言った。

7月13日（水）
奇跡は起こらないだろう、しかし「誤診」はないのか？

朝、良子に電話をした。良子の声が暗かった。

帰りの京浜東北線、横浜駅で一人の青年と、介添えらしい中年の男性が私の対面に座った。

青年は股を絶え間なく開閉している。

自分の意志でなく、筋肉が勝手に動き、制御できないのである。

私は良子の発病まで、病者に対して余り優しい感情を持たなかった。すべて「ひとごと」だった。

病院へ通うようになって、実に多様な病があることを知り、それらの人々を見た。そして「ひとごと」でなくなった。救急車のサイレンも、今の私には前とは異なって聞こえる。その車の中に苦しんでいる人がいる。老人か子供か分からない。命にかかわるのか、カゼによる発熱程度なのか、いずれにせよそこには「苦しみ」があり、その苦しみの片鱗を、私は感じる。人の苦しみへの共感を優しさというなら、私は良子によって、優しさを与えられたのだ。

良子を訪ねてみると、電話で受けた印象と異なり意外に元気である。

ただ私が何か話すと、しきりに人差し指と親指でつまむ動作をする。声をもっと小さくせよと指示しているのである。クシャミをしたら、クシャミの出るのが分からないのか、もっと小さい音でできないのかと、顔をしかめて怒った。

音に対して良子が、非常に敏感になっているのが分かった。

朝の電話の声が暗かったのは、良子が声を抑えて話したからだった。

「手紙、届いていなかった？」と訊ねた。

「今日は何も来ていなかったよ」と私は答えた。

「体を起こしていられる時間が長くなった」と良子は言った。

食膳を見ると、食べた量も少しであるが増えている。

「明日にでも家に帰れそうよ」

「ちょっと良くなるとすぐ大胆になる」

「大丈夫よ」と良子は明るい声で言った。

「ふとんを早く買わなければね」

商店街のふとん屋さんは閉まるのは早いと思うよ、と私は言った。既に7時を過ぎていた。

点滴にしなくて良かった、と私は思った。

点滴にしていれば、もう、戻ることはできなかったはずである。

このまま食欲も増えていけば、体力は回復するのではないか。

「奇跡」は、起こらないのか。

奇跡は起こらないだろう。しかし「誤診」は、ごく普通にある。

「誤診」であってほしい。思ったが口にはしなかった。良子の心を、乱してはならなかった。

ふとん屋の前へ行ったが、やはり店は閉まっていた。

帰ってみると良子宛の封書があった。俳句の先生からのものであった。

7月14日（木）

━帰宅計画

今日は車を車検に出さなければならなかった。期限が限界に来ていた。

朝、金水引が咲いていたので数本剪って、持って行った。

水引も、良子の好みの花である。

昨夜届いていた手紙を持って行った。

病室にハサミがないので、私は開封して持って行った。

それを良子は怒った。

「私より先に開けるとは失礼よ」と良子は言った。

「中身は見ていない。封を切っただけだ」

というような嘘を、良子が信じる訳はなかったが、それ以上追及しなかった。

車を車検に出すため短時間で病室を出、ディーラーへ向かった。蒲田にある。今日中の引き渡しの約束だった。

日中会社で作業し、夕刻6時前に、あい子と一緒に車を取りに行った。

帰路、7時前後と思うが、新子安からみなとみらいのあたりまで、強烈な雨になった。

ワイパーを最高速にしても前が見づらかった。

およそ20分ほどであったか、病院へ着いたときは、ほぼ上がっていた。

昼間、骨壺や棺桶のことについて調べた。

私は何も知らなかった。

そろそろ教会へも行って、それなりの準備をしなければならない。

「昨日、ふとん屋さんはやはり閉まっていたよ。今日も閉まっているだろう。明日は会社へ行かないので、朝、行ってみる」

良子が看護師さんを呼んだ。帰宅のことについて相談した。

「いきなり1泊2泊ではなくて、朝食を終えたあと帰り、夕食の前に病院へ戻る、というのが良いのではないでしょうか」

私もそれを望んだ。夜も家におくことは、私自身が不安であった。

次の日曜日を最初の帰宅日とすることに決めた。

良子はどれほど強くそのときを待つだろう！

良子が好きで好きでたまらない我が家、台所、花、……

ずっとおいてやりたい。奇跡は起こらないのか！

7月15日（金）

豪雨

10時少し前に良子を訪ね、しばらく話したあと、ふとん屋さんへ行った。

良子の求めをあい子がメモし、それを私に渡していた。

ふとん屋は丁度店を開けるところであった。

おととい来たが、もう店は閉まっていた、と私は言った。

ご主人は、大体11時から夕刻6時までの開店であることを説明した。この店は自分一人がきりもりしている。みなとみらいに出店を持っている。店はそちらが大きい。朝はそちらに顔を出し、それからここへ来る。

夕方は6時に店を閉め、配達などをする。

のんびりしているようであるが、そういう事情であった。

良子がこの店を指定した理由がよく分かった。気持ちよく良子の望んだふとん一式を、揃えることができた。

病院に戻って良子にふとんを全部揃えたことを報告した。

「夕方また来る」と言って正午過ぎに部屋を出た。

それと局地豪雨が来襲したのが同時だった。

報道によれば横浜市中区の雨量は、12時15分から13時15分の1時間に81㎜、3時間雨量は108・5㎜に達したという。

ガス山通りのマンホールが、直列に並んで水を噴き上げていた。壮観といえば壮観だった。

私は撮影したが細い道で、停車は危険だった。

結果としてピントはすべて車窓の水滴に合っており、マンホールの噴水状態はぼんやりした白にしか写っていない。

車を駐車場に置き歩くのは不可能だった。車を家の前の道路に停めた。大型車が行き交いできる道幅があり、かつ住宅地内で通行量はほとんどなく、短時間なら誰も何も言わない。ふとんはそのまま車中に置いた。

良子に電話した。良子は、病院の窓からも雨の凄さは分かる、と言った。

［ウェザーニュース］（２０１6年6月21日10時52分）

梅雨前線に向かって非常に湿った空気が流れ込み、前線の活動が活発化。

この影響で、20日（月）夜になって熊本をはじめ、九州では記録的な豪雨に見舞われました。

熊本県甲佐町では0時19分までの1時間に１５０㎜の猛烈な雨を観測、熊本県内では過去最大、全国でも歴代4位の記録です。

また、長崎県雲仙岳では22時15分までの1時間に１２４・０㎜（観測史上2番目）の雨を観測しました。

これはもう想像を絶する。

雨というより水の塊と思うしかない。

それにしても北関東の水不足は続いている。


［ウェザーニュース］（２０１６年7月16日12時27分）

３連休中も、関東ではゲリラ雷雨の可能性がありますが、水不足を解消するほどの雨にはならない予想です。

既に10％の取水制限が始まっており、渡良瀬川では20％に引き上げ。６月からの取水制限実施は29年ぶりのことです。

この先取水制限が30％になると、農業用水だけでなく生活用水にも影響が出てくる恐れがあります。

引き続き節水を心がけた方が良さそうです。


ものごとを、平準化できればいいのに。

九州の雨の半分を北関東に降らせてくれたら。

廃棄している食糧を、飢えた人たちに配ることができたら。

なぜこの世に、肥満で苦しむ人がいるのか。

そして、命。

毎日のように電車は「人身事故」を伝える。

要らぬ命なら、良子にやって下さい。

良子は、「これが私に与えられた寿命だから」と静かに言う。どうしてこう冷静でいられるのだろう。良子の全貌が、私には分かっていなかったのだ。良子は最後にその姿を見せて、私から去っていくのだ。

7月16日（土）

━一時外出の申請

一時外出の申し込みをした。

日時：7月17日　午前9時30分より16時迄

場所：自宅

理由：気分転換

良子は、担当のO先生も喜んでくれたと言った。

確かに緩和ケアへ来たときは、もうこのままかと思った。

私自身、もう家を見せてやれないかと思った。

安心感が体調に関係するのだろう。

このままずっと良くなっていくことを夢見る。万分の一でも。

ただ、お通じもオナラもないことを良子が告げた。

私の心は暗くなる。

ウンコは、食べる量が少ないのだから、滞って当然と思う。

オナラも、眠っている間に出ているかもしれない。

日中の良子のオナラを聞いたことはないが、熟睡中のそれなら時々ある。溜め息のような。


夕刻18時に良子に電話したら、「不整脈が出た」と言った。

不整脈については、私は心配していない。もしそれで終わるなら、苦しみの一番少ない終わりようだと思った。良子も、「不整脈には慣れた」と言った。

7月17日（日）

一時帰宅、小石丸、宮川香齋

9時にあい子と二人で良子を迎えに行った。

「早くからそわそわして」と看護師が言った。

「待ちかねただろう」

「お父さんが待ちかねていると思って、私が待ちかねたのよ」

と減らず口を利いた。

地下の駐車場まで看護師さんが車椅子で送ってくれた。裏に緩和ケア専用の無料駐車場があることをあい子に教え、緩和ケア専用の出入り口のあることも教えた。出入り口の場所は私も知っていた。前によく良子が佇んだ本牧埠頭の入り江に面した場所である。インターフォンを押してくれれば解錠し、車椅子で迎えに来ると言った。

ゆうじ君の絵を家で見たいというので、持って帰った。

雲が厚かったが予報では雨は降らないようだった。暑くないのが助かった。このまま降らなければ、最良の天候だった。

「運転は普通の速度でいいよ」と良子が言った。余りのろのろ走るな、と言っているのだった。

「ゆっくり走っているのはブレーキを踏んだときのショックを少なくするためや。何が跳びだしてくるか分からん。猫もいっぱいいるよ」

ごく最近まで、のろのろ走る前方の車に、私は苛立っていた。

しかし良子が病んで、それはなくなった。

どういう事情でゆっくり走っているのだろう、中にどのような人が乗っているのだろう、そんなことを思うようになった。この世にはいろんな事情をかかえた人たちがいる。そう思うようになった。

家の前に車を置き、後部座席の良子を下ろした。

私は腕を良子の脇に根元まで差し入れた。

階段を1段上がろうとして、良子はへたり込みそうになった。予測していなかった私も危なかった。

私は良子を抱きかかえた。私が倒れたら大変なことになる。

良子の脚の筋肉は、ほぼ完全に失われていることを知った。

操り人形の脚と思わなければならなかった。腕も手も細く痩せていた。

玄関に入った。

長椅子の上には物が置いてあった。

これがなければ横になれるのに、と良子は言ったが、幅の狭い長椅子は危険である。

ただ次回はきれいに片付けておくことにする。


車を駐車場に納めて戻ってみると、和室のふとんの上で良子が機嫌の悪い顔をしている。

「この顔、何の顔か分かる？」

私が首を振ると、良子は部屋の片隅を指さした。綿ぼこりがある。

私はしまったと思った。

私は和室の大物は片付け、ざっと掃除機は使っておいたが、こまかい掃除はしなかった。あい子にふとんのセッティングを頼み、それがきれいにできていたので、当然その前に細部の掃除をあい子がするものと思っていた。

あい子はあい子で、お父さんがきれいにしてあると思っていたのだろう。私の念入りが足りなかった。

思わぬではなかったのだ。2階の箒を取りに行こうとまで考えたのである。それがどこで端折られてしまったのか。部屋をきれいに磨き上げて、良子を迎えてやらなければならなかった。

このことは痛恨として、いつまでも私の心に残るだろう。

床の間に茶碗を二つ並べ、その左側のものを、「私は好き」と言った。「宮川香齋」と言った。私の知らぬ名であった。

もっとも私は人の名をほとんど覚えない。役者も歌手も小説家も、その瞬間良かったと思うか、思わないかだけである。

良子は香齋の茶碗を私に持たせ、ロクロを使わない手こねであること、底部に釉薬を使っていないことを説明した。釉薬を使っていない部分が年を経て変化していく、と言った。

あい子がゆうじ君に電話した。

良子に代わった。

絵の素晴らしさを良子は言った。「人の顔が見えた」と言った。「私の娘時代のようなおかっぱで」

ゆうじ君がどう答えたのか、実際に絵の中に人の顔が秘められていたのか、私には分からない。しかし弟の画いた絵を見ながら、良子は自分の子供時代を思い起こしていたのだろう。

ちょっと台所にいる間に良子がいなくなった。

風呂場にもトイレにもいない。2階に上がってみると箪笥の前にあい子といた。着物を出して説明している。「本当にいいものは多摩川においてある」と良子は言った。

裏千家の東京道場は朝が早く、良子は前夜多摩川へ行き、そこから道場へ向かうのが常だった。

「どれを着せてもらおうか」と良子は言った。納棺のときである。

一番は「小石丸」と言った。非常に貴重なもので、中屋さんに薦められ手に入れた。「教授」になったとき着ようと思っていた、と言った。

中屋さんというのは多摩川の旧い呉服屋である。20年以上良子はお世話になったし、私も何着か作ってもらった。

良子が死んでしまったら、私は自分で着物を着ることができない。

「小石丸」について良子が説明した。日本古来の蚕の名で、絶滅しようとするのを、美智子皇后の意見で存続することができた、と言う。私たちは何という素晴らしい皇后を戴いているのだろう。

「お父さんは、どう？」

笑いながら良子は言った。あい子はそれでいいと言ったらしい。

「2番目は？」

「伊勢型紙による江戸小紋、七福神」

私の顔は2番目にしておけと言っているはずだった。

良子が一番と思うものを一緒に焼いてやりたいというのは人情だが、良子が一番と思うものを良子と思って、残しておきたいのも人情である。

「小石丸」を私は焼かないだろう。良子には分かっているはずである。

「小石丸」について調べて見たら、次のようなページがあった。

子どもへ伝える大切なもの

『小石丸と皇后陛下』

小石丸はこの御養蚕所で飼育されてきました。

御養蚕所においても、既に使われなくなった小石丸の飼育中止が検討されます。しかし「日本の純粋種であり、もうしばらく古いものを残しておきたい」とこの小石丸の養蚕を守ったのが、現在の皇后陛下です。

後に、この小石丸の糸の太さが古代の糸に近いことから、正倉院に保存されている織物の復元に貢献して話題になります。

そして、皇后陛下が敬宮内親王殿下に送られた産着も「小石丸」から作られ話題になりました。

それは国民にも、絹織物の本来持つ良さを再認識するきっかけとなりました。

軽くて丈夫で使いやすい帯。

着心地の良い、本当に軽くて暖かい着物。

ここに、古くて新しい絹織物が復活することになりました。

それは、日本原産のお蚕さんのおかげです。

そして、皇后陛下のお気持ちのおかげなのです。


11時半頃から良子は熟睡に入った。

安心しきった寝姿であった。

40分ほどで目を覚ました。

「おなかがググーッと言った。それで目が覚めた」

「おぷうが出たんじゃないか。眠っている間に出ることはよくあるよ」

良子はあい子の作った「かす汁」の、スープの部分だけを、それでも一椀食べた。たっぷりの鮭に大根・人参・ジャガイモを入れ、福井の蔵元・舞美人直送の純米酒粕で汁にしたものである。これは私もおいしいと思った。スープとはいえ、かなりの栄養になったと思う。

トイレへ行きたくなったというので、あい子が介添えした。

しばらくして戻ってきたが、「音だけしか出なかった」と言った。

「音だけでも通じている証拠やな」

「病院で、座薬、してもらう」と良子は言った。


帰院は4時の予定であったが、「3時になれば帰る」と良子は言った。

「少し疲れた」

「楽しかったかい？」

「うん、楽しかった。お父さん、ありがとう。私は幸せやった」

「ぼくこそ」

本当に私こそ幸せだった。良子は幸せとともに死んでいくというが、私からは、幸せが抜けていくのである。

15時20分過ぎに緩和ケアに戻った。

良子は疲れていたが、明らかに満足していた。

座薬を入れるため看護師が来た。

私たちはどうせ部屋を出されるので、そこで帰った。

7月18日（月）
―家に置く骨壺

今日は「海の日」、休日。

午後に緩和ケアへ行った。

昨日と違って好天で、気温が上がった。

良子は疲れているようだった。「がんばりすぎた」と言った。

帰宅が、余程嬉しかったのだろう。

語りたいことがいっぱいあったのだろう。

「感じがつかめたから、次からは少しセーブした方がいいかもね」

良子はうなずいた。

昨日、私たちが帰ったあとのことを訊ねた。座薬の効果である。

「少しだけど、出た」と言った。私はほっとした。

少しは当然である。果物と汁以外は、ほとんど食べていないのである。

昨晩、宮川香齋について調べた。当代は六代目で、良子の茶碗は当代のもののはずである。私は関連資料を良子に見せようと、プリントして冊子にした。

作品紹介のページに、きれいな水差しが五つあった。

香齋の水差しに良子の骨を入れたいと思った。それを家庭祭壇として、置く。場所は台所が良いだろう。

壁にローマのサンタ・マリア・マッジョーレで手に入れた十字架が掛けられ、その下に良子がいつも見ていたテレビがある。1日のほとんどを良子はこの部屋で過ごした。夥しい料理のレシピをメモし、思索した。この部屋ほど良子にふさわしい場所はない。テレビを移動し、そこを良子の祭壇にしよう。

私が死んだら、私の骨を足してもらう。「そしてお母さんとお父さんに祈ってくれ」とあい子に言ったら、あい子は強い同意を込めてうなずいた。


今日は2時間余りいたがその間に4度、トイレに行った。

前はオシッコが出ないと悩んだ。

回数の多いのは少ないよりは安心である。割と水分もとっている。

一度は何か音がしたので、「何か聞こえたなあ」と言ったら、オナラと言って笑った。

7月19日（火）

―コオの見舞い

朝、家の前を少し歩いたところの道路の真ん中に蛇がいた。5時20分頃である。ほとんど動かないので変と思い近づいてみると、顔の先端、鼻先を砕かれている。車に轢かれたのであろう。我が家の庭でも時折見かける細身の蛇である。可哀想に思ったが致し方ない。間もなく烏が餌とするだろう。

6時49分上野発の宇都宮線でA市へ行った。A市の、成長した稲の緑が美しかった。午前中久しぶりに業務打ち合わせをし、午後、浦和の歯医者に寄って帰った。歯のメンテナンスである。今回は2度延期していた。

歯医者と言えば、良子は1本の入れ歯も差し歯もない。1本だけ奥に冠の施された歯があるが、それだけである。自分の歯が71歳にして全部揃っている。時間を掛けた入念な歯の手入れは、私には真似ができなかった。やるべきことは手抜きせずきっちりやる、それが良子だった。

今日はコオが見舞いに来た。先月の京都以来だった。駅であい子と三人が集合し、タクシーで駐車場へ行き、緩和ケアへ向かった。

わずか1カ月で、お母さんはこんなに変わってしまった。

コオは茫然とした感じだった。

良子とコオの話は、私にはほとんど聞き取れなかった。音程が低く、囁くように話すので、私には聞こえない。「しっかりするのよ」と良子が言い、「はい」「はい」とコオが言っているようだった。

緩和ケアに見舞いに来て、誰も、通常の見舞いの言葉は言わない。「早く元気になってね」というような。

病状について詳しく聞くこともない。言っても仕方のない状態であることを、みんな分かっている。

7月20日（水）

━私の落ち着き

午前中会社へ行き、午後3時に良子を訪ねた。

入浴中で、ベッドは空だった、窓外の運河とＮＴＴの建物を、ぼんやり眺めた。

私もようやく落ち着いてきたようである。仕方がないのだ。……諦めがついたのだ。

30分ほどして良子は浴室から戻ってきた。緩和ケアの個室に浴室はない。

私は持って行ったメロンをクーラーから出した。2カップ持って行った。湯上がりの良子は「おいしい！」と言って、一つをペロリと平らげた。私はこのとき、メロンは夕張に限ると心から思った。ＡＮＡの通販で3日ほど前に到着し、熟成させたものである。ＡＮＡの通販も、良子が持っていたマイレージのポイントを使った。良子が旅に使うことは、もうなかった。


一旦家に戻り、夕刻あい子を駅で拾って再度緩和ケアへ行った。

「筋力トレーニングを申し込んだ」と良子は言った。

太ももふくらはぎも、痩せて、膝を立てると垂れ下がった。

私は良子のふくらはぎを軽くさすった。力を入れるとひりひりするようであった。私に切なさが喉元まで来た。
良子は誠実な人だった。
残る数カ月を、より良く生きようとしていた。

良子が囁くように「日本医大」と言った。聞き返すと、シーッと口に指を当てる。秘密の話をする訳ではないし、聞かれて不都合な話でもない。しかし、最近の良子は、極端に声が外に漏れるのを気にする。

私は耳を良子の口元にまで近づけたが、それでもよく分からなかった。

私と良子の場合は口元にまで耳を近づけられるが、良子がコオやあい子と話すのは、内容をほとんどききとることができない。と言って、補聴器は使いたくないのである。

あい子に聴いてもらった。「帰りの車の中で説明する」とあい子は言った。

あい子の説明によると、丸山ワクチンは中断してしまったが、現状を日本医大（丸山ワクチン）へ報告し、それなりの見解を聞いておいた方が良いのではないか、ということであった。それは私もそう思っていたことで、まったくの同感だった。来週早々日本医大へ行く。明日そうお母さんに伝えてくれとあい子に告げた。

7月21日（木）

―大阪

6時46分新横浜発の新幹線で大阪へ向かった。

横浜は小雨だったが、途中で雨は上がり、大阪は好天だった。

丁度10時に本社に入った。

姉はめまいがしたということで、ロッキングチェアに横たわっていた。私が部屋に入ると立ち上がったが、相当に疲れているようであった。随分痩せたように思った。私は暗澹となった。この人も私の心の支柱である。

姉であり母であり上司であり師である。この人がなかったら、私の人生はどうなっただろう。勿論より素晴らしいものとなった可能性はある。しかしその確率は2％もないだろう。

午前中はお得意先へ挨拶に行った。

午後、司法書士が来て未処理になっている会社不動産登記の整合について、最終打ち合わせと捺印をした。姉はすべての実印を私に預けた。

それでも夕食は姉が作ってくれた。

会社の社名変更と東京への本社移転、私の持ち株を娘たちと同数にすること、などを指示した。良子の死についても語った。「できるだけのことをしてやり、あとは受け入れるより仕方ない。こういう私が良子ちゃんより先にいくかもしれない。お前が先になるかもしれない。命とはそんなもんや」、しかし、「お前が私より先になったら困る」とも言った。

明日の京都行きは「骨壺」を買うためだと話した。良子の骨を入れ、私のを足す。子供たちもそこに入る。それを家庭祭壇に置き、最後の一人が最終始末する。コオやあい子を見ると、孫はおそらく生まれることはないだろう。子供の代で、私の系統は終わると思う。

「私がコオちゃんを連れ戻しに行った」

と、姉がぽつんと言った。

良子がコオを連れて奈良の実家へ帰った。

奈良の父親から電話が入り、姉がそれを受けた。用件は、良子をもうそっちへは帰さないから、コオを連れに来い、というものだった。事情は、私の父が倒れ、その世話をさせた、ということのようであった。親にすれば、ひとの子を育てさせ親の世話までさせる、そんなところへ娘を帰す訳にはいかない、という怒りであっただろう。姉も負けぬ女なので、すぐ行くと答え、コオを連れに行った。

父が倒れたのは昭和45年6月である。母が亡くなったのが前年、昭和44年の6月24日で、その一周忌の法要のあと、食事中に立てなくなった。意識ははっきりしていた。あれ？

という感じだった。今の都会の医療なら十分対応できたと思う。しかしそのまま長い病床についた。私たちの誰もが、「お母さんが迎えに来た」と思った。

良子は嫂と特に仲が良かった。

時々田舎を訪ねており、そこには病床の義父がいた。当然なにがしかの世話はしたであろう。父も非常に喜んだと思う。

それはいつ頃のことだろうか。

あい子が生まれたのが昭和43年10月である。父が倒れた時点で、あい子は2歳になっている。父は昭和50年2月8日に亡くなった。そのときはコオもあい子も大きくなっており、上の情景が少し合わない。

私は、おそらく父が倒れて間もなく、少し落ち着いた頃ではなかったかと思う。見舞いに帰り、そのまま徳島で数日を過ごしたかもしれない。コオにとっては育った場所であり、良子にとっても幼児期におぶってくれた叔母の家だった。居心地の良い場所だった。

それを聞いた良子の父母が、怒ったことも理解できる。

義母と嫂（良子にとっては母と叔母）が、ただ二人だけの姉妹であるにもかかわらず疎遠であったのは、良子が関係しているかもしれない。

良子と私がつながったのも、元々は嫂の縁だった。それが義母の嫂への怒りであったと想像できる。

しかし更に考えてみると、姉の話にあい子が出て来ない。

良子が父の世話をしたとすれば、私たちは既に横浜に転居していたことになる。大阪の姉が登場するのもおかしいように思うけれど、横浜の私に連絡せず、近くの姉に申し入れたのだろうか。

あるいは、良子が世話をしたのは、父でなく母だったのだろうか。私たちは43年1月に結婚した。母は44年6月に亡くなった。結婚したとき母は既に病床にあった。結婚後間もなくの話だとすれば、あい子がいないのも辻褄が合う。おそらく昭和43年の早い時期だったのだろう。私たちは大阪にいたのである。しかしそれならば逆に、私に連絡せずなぜ姉にしたのか、それも納得いかぬ話である。

いずれにせよ姉がコオを連れに奈良へ行ったら、良子は必死にコオを抱きしめた。

「連れて行かないで。私は必ず帰る。私がコオちゃんを連れて帰るから、連れて行かないで」

と、コオを離さなかった、と姉は言う。

「私はひとりで帰った」

と姉は言った。

良子はコオを抱きしめ、離さなかったのだ。

良子は生涯、コオの母親であることに絶対の自信を持っていたと思う。そしてコオも良子に対して、私が横ではらはらするほど、我が儘をした。それだけに私がコオにきつくなった。

良子は、コオに対してもあい子に対しても、叱ることがなかった。子供を叱る良子を見たことがない。おそらくそれで、二人とも、優しい、正直な、素直な大人になった。世渡りは上手と言えないだろう。私はそれを、悪いことと思わない。二人は、良子を見て育ったのだ。

7月22日（金）
―京都、六代目宮川香齋

産経新聞の朝刊を見ると一面左に大きく〝がん「5年生存」62％〟と出ている。「大腸がんは71・1％」とある。記事の詳細を読まなかった。

9時に姉のもとを辞し、京都へ向かった。

姉はいつもエレベーターの入り口まで見送ってくれるのであるが、今朝は部屋のままだった。

六代宮川香齋家の訪問は、11時頃という約束だった。

仕事の途中なので時間は多少前後すると伝えてあった。

京都駅からタクシーに乗り、10時15分に着いた。場所はすぐ分かった。早かったので少し周囲を歩いた。

近くに祠《ほこら》があって、水入れの中に蟬が溺れていた。

私が指を差し入れると、しがみついてきた。

しばらく私の指先で一服し、元気に飛んでいった。

命を愛しいと私は思った。

10時半に宮川家を訪れた。

奥さまが出てこられ、四畳半の茶室に通された。お菓子とお茶を頂いた。

最初の茶碗は良子の持ち物と同じ赤絵の手びねりで、2服目は、詳細を聞くのを忘れたが、というよりその素養が私になかったが、なでしこが美しい平茶碗であった。

良子がいればどれほど喜び、どのような会話ができたか。

香齋先生が現れ、私は水指を見たいと言った。

妻が香齋先生の赤絵手びねり茶碗を愛用していること、妻が病に倒れたのでそれを励ますため香齋先生の作品を求めたいと思った、と訪問の動機を話した。

作品は小道を挟んだ別棟にあった。

水指が三つと菓子鉢、酒器がおかれていた。

店と違って、あるものを全部出すということはしないのだろう。

私はその中で、『仁清写し黒釉丸紋肩衝水指』と、あい子用に『赤絵手びねり盃』、私の『乾山写松喰鶴の絵　盃』を求めた。箱ができるのに2週間ほどかかるということで、私は「楽しみにしております」と言って辞した。丁度1時間ほどの滞在だった。非常に豊かな時間だったが、改めて、良子と一緒に来たかったと思った。良子なら私の100倍も喜び、楽しんだだろう。


五條坂から清水寺へ向かった。

日本語は余り聞こえてこなかった。レンタルの着物屋さんがあって、着ているのは多分ほとんど外国人だった。中国（おそらく多くは台湾）、アジア系、欧米系、実に多い。そして清水の舞台は、やはり一級の観光場所だと思った。

私は、観光以上に世界の平和に寄与するものはないと思っている。

関係するみんなが幸せになるビジネスである。そのためには平和が必要だ。観光は世を平和にするが、その観光は、平和であることによって成立する。それを真っ向から砕こうとするのがテロリストたちであって、神の存在は証明できないが悪魔の存在は証明できていると思う。

私は京都駅発14時56分発のひかりを取っていた。

これだとあい子と駅で落ち合え、一緒に良子を訪ねることができるからである。

ホームへ上がるエスカレーター下で日の丸を持った人だかりがする。

何事かと訊ねると、皇太子殿下ご家族がお通りになる、という。私も旗を1本貰って並んだ。殿下はおそらく14時53分発「のぞみ」に乗られたのである。3分後の「ひかり」で私は帰った。


6時にあい子と駅で落ち合い、タクシーで駐車場まで行き、マイカーで良子を訪ねた。

香齋先生の作品画像をパソコンで出してやると、テーブルに体を乗り出し食い入るように見た。

こんなにも好きだったのだ！

もっともっと良子を、喜ばせてやることができた、時間が与えられたなら。

宮川家を一緒に訪ねることができたなら、どれほど喜んだことだろう！

「私に与えられた寿命」と、良子は言う。それが、もう少し長かったなら。……

しかし良子はただ画面の焼き物に見入って、私も行きたかったとは、ひと言も言わない。

強い人だ。

人生とは、役者が、幕の下りる時刻を知らぬ芝居だろうか。

撮影場所が光度不足で、しかし私はフラッシュを好まないのでそのまま撮った。当然シャッター速度が長く、ぶれ気味である。私は香齋先生に手紙を出し、写真を送って下さるか、改めて私の訪問、撮影の機会を与えて下さるかを、頼もうと思った。

7月23日（土）

―声　シーッ!!


今日は一時帰宅の予定で、9時に良子を訪ねた。

顔を見るなり、「お父さん、お母さんの顔見て、何か分かる?」と聞いてきた。何かあったのかとぎょっとしたが、特別な変化は感じなかった。むしろ瞬間的に私のアタマは、「がんが消えた」とでもいうのかと思った。私はどこかで、今は現実でなく、覚めるときが来る、と思いたがっていた。

昨晩、強い不整脈が出た、と良子は言った。血管が引きちぎられそうに痛い。

「今日は帰らない」と良子は言った。

私は、仕方ないねと言った。「明日もあるし」

「明日帰って、お父さんはいいの？」

「お父さんは、いつでもいいんだよ。毎日でもいいんだよ、お前が疲れないなら」

数日前から痛み止めが「モルヒネ」に変わっているそうだと、車中であい子から聞いていた。あい子が調べてみるとモルヒネは決して悪いものでなく、欧米では積極的に使われているそうである。利点はいっぱいあるようだ、とあい子は言った。

「いつからモルヒネになったの？」と良子に聞いた。

「シーッ」と良子は口に指を当てた。別に聞かれて悪い話をする訳ではないし、この部屋から声が外に漏れるとも思わない。

良子は言葉でなく紙にメモして私に渡した。何に警戒するのか、滑稽で可愛かった。

4日前の19日朝から、モルヒネが注入されていた。モルヒネ50mg、0・3ml／時とあった。

このことをどうしてヒソヒソ話にしなければならないのか、私には分からなかったが、良子のがんの痛みが私に分からぬように、良子の感じる心への痛みも、私には分からないのだ。

「筋肉トレーニングはどれくらいするの？」

「10分くらい。足の上げ下げだけよ」

そして良子はベッドから足を下ろし、私の前で上げ下げした。床に膝をついていた私には股の裏側まで見えた。肉を失った表皮が垂れていた。


帰りの車中で私はあい子に聞いた。

「お母さんはどうしてああシーッて言うんだろうね」

「スイカとメロンをよく食べるので持って行っていたら、それから食事にスイカかメロンが必ずつくようになったんだって。それから、話は全部聞かれていると思ったらしいのよ」

一度隣の声がよく聞こえたことがあった。それで隣にも漏れると思っているらしい、とあい子は言った。

部屋の造りからして、双方が部屋を開け放さない限り、会話が漏れると思えなかった。幻覚があったのかもしれない、と私は思った。

「お母さんの言う通りにしてあげて」とあい子は言った。

「そうするよ」

良子の声は口元に耳をくっつけることで聞くことができる。

しかし良子が、あい子にせよ誰にせよ私以外の誰かと話すとき、私にはほとんど聞き取ることができない。

7月24日（日）

2度目の帰宅

朝早く良子から電話があって、「外出許可が出た」と言った。

「それじゃ、9時に迎えに行く」と私は答えた。

今日も薄曇りで、動くには都合が良かった。

9時に良子の部屋に入った。

少しして食べ物が喉に引っかかった感じでむせ始め、少し吐いた。

しかしそれだけで収まった。

10時少し前に部屋を出て帰路についた。

緩和ケア専用駐車場の横に憩いの場があって、それは埠頭の入り江になっており、運河につながっている。前の入院のとき、良子はしばしばここに佇んだ。冬だった。

夕映えや　波のあはひの浮寝鳥　　良子

その浮寝鳥は、今の季節にはいない。

数羽の鵜が、ブイの上で羽ばたきをしていた。

今回は、部屋は念を入れて掃除してあった。

つくばいに水が滴るよう、水栓を調節しておいた。普段は蚊の発生を防ぐため蓋をしている。

良子は窓を開けるようにと言った。

私は蚊とり線香を室内と窓下の庭においた。

良子は１ｍの竹尺を持ち、外に出た私に「指図」した。

竹垣の下にある、良子も名を知らぬ草を、名を調べるように指示した。

そして竹垣の下側にそれを揃えて移植し、竹垣裾の隙間を隠すように、と「指図」した。

「ひとりしずか」「ふたりしずか」「白雪芥子」を、教えた。

いっぱい生えているシダは「ウラジロ」でないので必要ない。ただ引き抜くと他のものを傷めることがあるので、ハサミで切るようにと言った。

お昼になって、良子はソバを少し食べた。ソバ湯をおいしいと飲んだ。そして岡山の桃を食べた。それから横になった。うとうととした横顔が、穏やかだった。

15時から17時の間に書棚の配達があることになっていた。

書棚といっても「飾り棚」として使うつもりだった。茶碗や花瓶のほとんどが箱に入っており、良子はそのすべてを掌握していたが、私は常時現物を見ていたかった。陶磁器についてはほとんどすべて私が買ったものである。大半は横に良子がいた。一つ一つに、良子との思い出が残されている。

これは本来、良子の帰宅は昨日の予定だったので、重ならないはずだった。作業は10分もあれば終わるだろうが、約束の時間に2時間の幅があった。良子を送るのは、一人では不安があった。一人は、何かが起きれば対応できない。

15時には、私は家にいなければならなかった。

そのことは良子も分かっていたので、14時過ぎに、病院に帰ると良子は言った。良子を緩和ケアの部屋に送り、引き返すと、14時58分であった。書棚は既に到着し、待っていた。15時から17時の約束なので、私に違反はなかった。作業は短時間で終わった。

7月25日（月）
━林平八郎

朝、大阪の事務所へ電話した。

姉に直接では、寝ているのを起こしては悪いと思った。

様子を聞くと、「普段通りに戻っています」という。ほっとした。それにしても強靭な人だ。

書棚が届いたので、昨夜は焼き物を木箱から出して整理した。

中に林平八郎という陶芸家の『緑釉花瓶』というものがある。

これは良子と一緒でなかった。私一人か、あるいは当時お世話になっていた大手商社のIさんに連れられてかもしれない。Iさんは私に焼き物への興味を起こさせた方である。

場所は五條坂の「萬珠堂」だった。

品格のある店だったが、バイパスの開通などで、街の風景が変わってしまった。大事なものを壊してしまったと思う。萬珠堂も今は五條坂にない。

木箱に、林平八郎の経歴、領収書、そして訃報の新聞切抜が入っている。私が購入したのは昭和50年11月3日である。10万円、当時消費税というものはない。その頃の私の収入からして10万円というのは、給料のほとんど手取り1カ月分に相当したのではなかろうか。保管されている新聞切抜によれば、林平八郎氏は昭和55年3月2日に56歳で亡くなっている。お若い死である。

私は、林平八郎という人の、風貌も、他の作品も、何も知らない。

「緑釉花瓶」一壺があるのみである。

深い緑である。その緑は、水を張ると更にその深みを増す。私の心にまで沁み入る。


夕刻、あい子と、良子を訪ねた。

相変わらずひそひそ声で話すので、耳に手を当て聞き返すと、手招きする。「こっちへ来い」と聞こえた。あい子も確かに「こっちへ来いと聞こえた」と言った。

私は良子の口元に耳を近づけた。

何を話されたか、残念ながら記憶から消えている。

7月26日（火）
━またまた不整脈、N常務の緊急入院

今日は出社しなかった。

良子が求めた和室シーリングライトの取り付けに、電器店から人が来る予定だった。施工の時刻が、当日朝まで設定できないという。

結局、出社できなかった。

結果として午後1時から2時の間との連絡があったが、出社しても行って戻るだけだっ

た。家にもすることはいっぱいあった。

あい子から電話があり、N常務が肺炎で緊急入院したという。最低2週間の入院、とのことである。N常務は正にキーマンで、彼がいなければ工場そのものが崩壊しかねない。私は工場へ電話し、「予定通り、明日はそちらへ行く」と告げた。2週間の入院というのは大変な事態だと思った。

照明の取り付けを終え良子を訪ねてみると、昨夜また不整脈があったという。看護師さんの話では2時間に及んだという。その件でO先生が相談に来る。しかしまずお風呂に入って下さい、と言った。私は部屋で良子を待った。

O先生の話は、不整脈が度々起こるので、循環器の先生に診てもらう相談だった。

（1）緩和ケア病棟では「治療」ができない。投薬程度である。

（2）循環器の治療を受けるとすれば、一旦循環器病棟へ移ることになる。

というようなことだと理解した。

私は正直緩和ケアを出ることに反対だった。

「せっかく痛みがコントロールできているのに」と言った。

また、循環器外科で何をされるのか。

今さら、と思った。

私の顔から判断してO先生は、「循環器と相談してみます」と言った。

結果として、循環器の先生が「往診」してくれることになった。

「31日にみんなが来てくれるのね」

それはいとこのじゅんこやその娘のかより、姪のうたのたちであった。

良子は一時帰宅し、家でみんなを迎えることにしていた。

「思い切り、話ができる」

病室での会話の漏れを、良子は過敏に警戒していた。神経が露出しているような良子を、私は心で抱きしめた。

我が家なら思いっきり話ができる、待ち遠しそうに良子は言った。

7月27日（水）
━私の余命は？

上野6時49分発の上野東京ラインで栃木の工場へ向かった。

9時前に工場に入った。

N常務の様子を聞いた。まだ誰も見舞いには行っていない。これは当然である。緊急入院しているところへ早期に見舞うのは、迷惑というものである。私も躊躇したが、事務の女性に、奥さんへ電話させた。色々話していたが私に代わった。もう落ち着いてはっきりしているので、見舞って頂いて大丈夫です、という。私は早速N常務を訪ねた。私の日々、まったく病院漬けである。

入室に際し分厚いマスクを装着させられた。

肺炎には違いないが、結核と肺がんの検査をしているとのことだった。

結核菌はいまのところ出ていない。今日の検査で最終結論となる。

結核やがんが出なかったとして、2週間の入院、とのことだった。

日曜日（24日）の夜、いつもは1時間タイマーで切るクーラーを誤設定し、朝までつけっぱなした。それが引き金です、と常務は言った。「肺が痛いとか咳が出るとかはなかったのですが、体温が39度以上になりました」

看護師から、「長い時間は遠慮して下さい」と釘をさされていたし、患者を疲れさせてもいけないので、私は20分ほどで辞した。しかし直接面会して良かった。

私は上野東京ラインで直接横浜まで帰った。

家に寄り、「半夏生」を切り取って、良子へ持って行った。

しかしもう盛りを過ぎており、生け花に使えなかった。

ということは「ほととぎす」と「半夏生」の組み合わせは、時季としてないのである。

「朝に、吐いた」と良子は言った。

食物の通路が細くなっているのである。もう広げることはできないのだ。

「心電図をとった」と言った。

循環器が早速出張してくれたのであろう。

「イチローが、あと三本になった」と良子は微笑んだ。

良子の素晴らしい微笑みが、頬の肉が落ちるにつれ、淋しさを加えていく。

「お通じが15時過ぎにあって、よかった」と言った。私はほっとした。

夕刻、駅であい子を迎え、改めて良子の部屋へ戻った。

「31日帰宅の、許可が出なかった」と良子は言った。しょげていた。

帰宅申請の却下は、病状の進行を示していた。

私を手招きした。

筆記して、紙を私に渡した。

「不整脈が度々起こる」

「咳が出るようになった」

「私のいのちは、いつまで？」

あなたには分かっているでしょう、教えて？　と目が言っていた。

しかし私にもまったく分からなかった。

9カ月、と6月に言われた。ならば来春である。しかし衰えの早さから、年は越せないのではないかと感じている。

7月28日（木）
━余命3週間

今日は出社しなかった。

午前中は家にいた。することはいっぱいあった。

良子を訪ねたのは15時半近くになっていた。

今日、関東甲信の梅雨明けが発表された。

O先生の回診があったが、特別の話はなかった。

良子が私に何かを伝えようとしたが、私は残念ながら正しく理解できなかった。

私が確認すると、都度、良子は首を振った。

「私のがんは、もう治っているんだろうか。治療しないということは、治っていることでしょう？」

「そうじゃないんだ。進んでいるんだ。どうしようもないんだ」

私は良子の首に手を回し、顔を抱えた。

「分かっているのよ」

と良子は言った。

「私の余命は、いくら？」

「お父さんには分からない。9カ月と聞いた。しかしそれは平均だ。お前がそれ以上か、それより短いか、分からないんだ。抗がん剤を射って、副作用に苦しんで、命が確実に延びるかどうか分からない」

「抗がん剤は、イヤ」

そして、

「もう、外出はできないのかな？」

「外出の途中で不整脈や痛みの出る可能性がある、ということだ。そうしたら救急窓口へ駆け込まなければならない」

「退院してしまえば、自由になるね」

ないのだ。


「退院させてやりたいけど、痛みが出たら、どうすればいいの？」

24時間、側にいてやるのは良い。それが可能としても、痛みを代わってやることはできないのだ。


「分かっているの」

と良子は言った。


31日の外出申請却下が、良子には大きな打撃になっていた。

18時に駅であい子を迎えた。

良子のテーブルに夕食が出ていたが、手がついていなかった。

「食べようとしたら、吐いた」と良子は言った。

私は買い物に1階の売店へ行った。

戻ると、緩和ケア病棟入ってすぐの診察室に、看護師と一緒に入るあい子を見た。あい子も看護師も私を認識したが、私の同席を求めなかった。どうせ短時間だろうし、私は難聴なので、あとであい子に聞けば良いと思い、良子の部屋に入った。そして26日付の産経新聞「正論」欄を良子に見せた。「日本のがん医療が直面する課題」というケアタウン小平クリニック院長・山崎章郎氏の文章だった。良子は熱心に読み、「私が思っている通りよ」

そして丁寧に折って、枕の横に置いた。

あい子はなかなか帰らなかった。

1時間余りして戻って来た。「何を話したんだ」と私は訊ねた。

重要な話なら、私も呼ぶはずだった。

「31日の外出申請却下の件。あとよもやま話。結構、話の好きな先生だね」

31日については、次のようなことである。

（1）不整脈が頻繁に起こっている。

（2）緩和ケアは治療をしない施設である。

（3）外出時不整脈や疼痛が出た場合、救急車を呼ぶことになる。

（4）救急車は必ず治療をするし、治療をしない緩和ケアへは運ばない。

それ以降は緩和ケアの管轄から離れ、治療をする病棟へ移ることになる。緩和ケアへは戻ってこられない可能性がある、ということであった。

「もう遅いから帰りなさい」と良子は言った。20時に近かった。おなかも空いていた。

家に帰り、私はシャワーを浴びた。

シャワーを終え台所に入った途端、突っ立って私を待ち受けたあい子の目から涙が噴いた。

あい子の涙を、私は見た記憶がない。生の感情を表に出すことの少ない子である。瞬間に私は事態を理解した。

「お母さん、3週間」

とあい子は言った。

「3週間……」

私にとっても、それは衝撃的な短さだった。

そのあとあい子がどうしゃべったか、私は覚えていない。

医者には、患者のいろんな症状からそれを数値化し、余命を計算する式があるという。それをあてはめてO先生は計算した。それが、3週間という答えになった、とあい子は言った。この病はなだらかな下り坂でなく、放物線のように落ちる。

印環細胞がんというのは困難ながんである。

散らばるのである。大腸がんが見つかったとき、既に他所に広がっていたと思われる。発見されてから施術までの2カ月は、発見直後に手術したとしても、結果は変わらなかったと思う。そういうがんである、とO先生は説明したという。

家族に対する慰めの言葉だろうが、実際にそうだったのかもしれない。

「一番最初のA先生の見方が、正しかったことになるね」

あと、言葉はなかった。

7月29日（金）

Yさんの見舞い

10時に教会へ行った。教会での葬儀について、私は何も知らなかった。もっと先のことと思っていた。しかし差し迫っていた。

事務所の女性は顔見知りだった。臨終から葬儀に至る手順を、親切に説明、アドバイスしてくれた。私は「病者の塗油（終油の秘蹟）」の依頼をした。主任司祭を呼び出して下さり、私と替わった。私は8月6日の土曜日を希望した。土曜日ならあい子も同席できるからである。6日土曜日の14時に、私が神父様を迎えに来ることにした。

12時10分にYさんをB駅に迎えた。

今日は今年最高の暑さだった。栃木から来て下さったのである。

会社の先輩であり、遠い親戚でもある。良子とも50年以上の付き合いである。良子もYさんの来訪を、楽しみにしていた。

二人は幼なじみ的な気安さで、よくしゃべった。

来てくれて本当に良かったと思った。1時間余りして、私はYさんをB駅へ送った。

良子のもとに引き返し、車椅子で散歩に出た。

車椅子には酸素ボンベが付いている。

外は強い日差しで、暑かった。良子はタオルを頭に乗せた。正面玄関を出て左に曲がり、運河沿いに左折した。運河の向こう岸に薬局が見える。通い慣れた薬局である。希望を持ってクスリを求めていた。

運河に沿って裏側に回る。

そこに憩いの場所がある。本牧埠頭の切れ込みが小さな湖のように、静かに広がっている。右側にマンション群があり、左側はコンテナが積み上げられた基地になっている。正面には首都高速道路が架かっている。大型船の入る場所でなく、重機類は視界にない。

この場所を良子は好んだ。

俳句に詠んだ景色を、撮影してほしいと言った。

それは冬の夕映え時である。詠われた水鳥は、冬にならなければ戻って来ない。私は、冬に、度々この場所に佇むことになるだろう、……一人で。

ボラが、次から次へと跳ねている。

「昨日、何を話したの？」と良子は聞いた。

「31日の帰宅が許可できない理由らしいね」

とっさに私は答えた。

それだけでないことは、良子には分かっていると思った。

「家に帰って何かあったとしても、救急車でなくお父さんの車ならいいんやないの？」

救急車だから必ず治療科につながり、その時点で（緩和ケアでなく）その科の管轄下に入る。それを避けるには「救急車を使わなければ良い」というのである。私もその可能性はあると思った。問題は酸素の供給である。

あい子が聞いたO先生の説明によれば、がん細胞は既に肺をも冒しており、肺の酸素吸収力が落ちている。酸素不足が不整脈の原因であるし、酸素不足は他の臓器をも傷める。

緩和ケアは、構内使用の車椅子には酸素ボンベを装着しているが、それを外出に貸し出すことはできない、ということである。


クスコで、良子は「高山病」に苦しんだ。

酸素不足は、あのような危険があるということなのであろう。

酸素ボンベをこちらで用意すれば良いのではないか。

それは調べてみよう。

「緩和ケアに戻らなくても、いいんやないの？」

「せっかく、痛みがコントロールできているのに？」

「ずっと、家にいてはいけないの？」

つぶやくような、静かな声だった。

24時間、私かあい子が、側にいることは不可能だった。目を離さないでいることは不可能だった。もしそれが可能だとしても、痛みや不整脈が発生したとき、私はどうすれば良いのか。

しかし良子が、好きで好きでたまらない私たちの家に、私は必ず良子を連れて行く。このまま帰ることなく、病院で死なすことはしない。

時間は短くしよう。家にいるのは30分でもかまわない。どうしてもO先生が許可しなければ、強行する。それこそ、緩和ケアへ戻れなくてもかまわない。

18時にあい子をB駅に迎え、今日は3度目になる良子の部屋へ行った。


中村紘子さんの死について話した。

大腸がん、72歳。良子とほぼ同じ歳である。

新聞によれば、「平成26年2月に大腸がんが見つかり」とある。

死去は28年7月、発見後ほぼ2年半ということになる。

良子のがんは、進行速度の極めて早いものらしい。

どうにもならない！

7月30日（土）

━酸素

朝9時に良子を訪ねた。

冷蔵庫の夕張メロンが、もう保存の限界だった。

それを2カップに入れ、残りは食べてしまうようあい子にメモを残した。

今日は東京の事務所と多摩川の宿舎へ行きたかった。あい子には睡眠時間の補充が必要だったので、起こさなかった。

9時半から1時間ほど、車椅子の良子と裏の水辺を眺めた。

軽い咳が出た。「段々重病になるね」と良子は言った。

「考えたんだけど」

と良子は言った。

「家へ帰るということは、緩和ケアへ戻れないかもしれないということでしょう？」

そして、

「戻れなくてもかまわない」

と言った。

他の病棟に移されても、他の病院へ行くことになっても、かまわない、と言った。

「寝返りをうつこともできなかったのが」

と私は言った。

「緩和ケアに来て、体を起こすことができるようになったのでしょう。こうして散歩もできるようになったのでしょう。また痛みが出たら、どうするの」

「覚悟、できている」

「他に移ったら、緩和ケア以上に、外出などできないよ」

「それなら家にいる」

「ずっと側にいてやることは不可能だ。ちょっと目を離した隙に痛みや不整脈が起こったら、どうするの？」

そして、ずっと横にいてやれたにしても、痛みや不整脈が起こったとき、救急窓口へ飛び込む以外方法はない、と言った。

　同じ話の繰り返しだった。それだけ良子の家に帰りたい求めは強かった。

「お前の肺は、能力が落ちているんだよ。咳も、そのせいだ。肺の能力が落ちるということは、必要な酸素を体に取り入れられないということだ。だから酸素ボンベから酸素を補給している。酸素が足りないとどういうことになるか。クスコで高山病に苦しんだでしょう？　あれが起こるんだよ。不整脈も、酸素をもっと欲しいと心臓が暴れているんだ。酸素が足りないと心臓だけでなく脳の神経もダメにする。他の内臓にもダメージを与える。酸欠、というでしょう？　一瞬に昏倒し、死んでしまう事故があるね。酸素は、そういう問題なんだ。O先生が外出を許さないのも、そういう危険があるからだ」

　良子はうなずいた。

「それで、よく分かったわ」

　と良子は言った。

「もう、私は家に帰れないね？　このままここで終わるのね」

「携帯用酸素ボンベについて調べている。O先生に相談し、何とか短時間でも、30分でも帰れるようにする」

「30分じゃ短いわ」と良子は言った。

　今朝も、ボラが良く跳ねた。

「今のはハラの方から跳んだ」と良子は笑った。

東京と多摩川で作業し、16時半に家に戻った。

ＯＫで良子が求めた「マグロの赤身」を買った。「天然」と書いてあった。

夕食配膳は6時なので、それに合わせて「一切れ」食べたいと、良子が昨日言ったのだ。

あい子が小皿にマグロの一切れを入れ、醤油をさして良子に渡した。

良子はそれを更に二切れに小さくし、柔らかいご飯に乗せて、食べた。

「おいしい！」と良子は目を閉じ、首を振った。

「テレビに出る、おいしい！という顔やわね」と良子は自分で言った。

満足そうな良子を見て、私も嬉しかった。

良子は菜っ葉のおひたしをつまみ、煮魚を少し食べた。

そして青いメロンを口にした途端、吐き出して、あい子に合図した。

良子は自分の枕元に常備しているビニール袋を広げた。あい子が渡した紙を入れ、その中に吐いた。メロンがまずかったのか、と訊ねると、良子はうなずいた。良子はビニール袋をきれいに始末し、あい子のとった水で口をすすいだ。あとは割とけろっとしていた。「結尾は引かなかった。

「16時に、お父さんが持ってきた夕張メロン、1カップ食べたのよ」と言って笑った。

構入っていたよ」というと、シーッと口の前で人差し指を立てた。別に聞かれて悪い話ではないと思うのだが、良子はえらく気にする。何が発端でこうなったのか、よく分からない。

それにしても、「メロンは夕張に限る」と、改めて私は思った。

帰りの車中で、酸素について、肺機能の低下について、お母さんに話したと、あい子に伝えた。

「お母さんは、これでよく理解できたと言ってくれた。しかし余程帰りたいのだろう、可哀想に。何としても帰してやりたい。携帯用酸素ボンベについては調べている。月曜日にO先生に相談してくれ。リスクは覚悟だ、お母さんもお父さんも。家で息絶えても仕方ない。むしろそれが最上の仕舞だと思う」

7月31日（日）

従姉妹たちの見舞い

今日は田舎から嫂の娘、私にとっては姪、良子にとっては従姉妹のじゅんこ、その娘のかより、弟ゆうじの娘、つまり姪のうたのが、揃って見舞いに来た。コオも時間を合わせた。姪、いとこ、はとこが寄ったことになる。良子は楽しみにしていた。私とあい子を加えて6名で、私の車だけでは足りず、うたのとあい子はタクシーで来た。

良子の俳句を、書家の先生がきれいに書き上げて下さったものを、じゅんこが持ってきてくれた。嫂（叔母）の手造りの枕を良子は喜んだ。

良子は車椅子に乗り、全員で下のレストランへ行った。

それから良子の好きな水辺へ行った。

部屋へ戻ると3時間を経過していた。良子にとって相当な運動量であった。しかし楽しそうだった。たとえそれで倒れても、それで良いと私は思った。

あい子を残し四人を関内駅へ送った。コオはじゅんこと一緒に田舎へ墓参りに行くと言った。姉弟のように育ったのだ。そういう打ち合わせになっていたようだった。

戻ってみると、良子は眠っていた。

やはり疲れたようだった。

しかし私に気付くと、すぐ起き上がった。

30分ほどして帰ろうとすると、良子は吐いた。

ビニール袋とティッシュペーパーは常に手元にあり、粗相はしなかった。あい子がそれを始末した。良子はうがい受けにすすいだ水を出した。

「終わりに近づいているのが分かる」

と、良子は言った。

「9カ月とは、いつが起点なの？」

6月14日にB先生は、余命を、平均、9カ月と言った。

しかしいつを起点に9カ月なのか、それは語らなかった。

「痛いところが移っていく。千代の富士と同じだわ」

千代の富士の死が報ぜられている。千代の富士も、そういうことを言っていたのだろうか。膵臓がんであったらしい。千代の富士は病院で亡くなった。家には遺体で帰り、安置された。

「私も、もう、家に帰れないかもしれないね」

「酸素ボンベ、何とかなるかもしれない。どのようなことがあっても、家に連れて行くよ」

このまま良子を病院で死なせたら、良子の人魂が家に向かって飛んでいくと思った。それほどに私たちの家を、良子は好きだったのだ。骨の一部の粉末を、愛した花の下に蒔いてやろう。私があい子に、私の骨の一部を粉末にして、ウィーン中央墓地のメガネをかけた小太りの男の下に、埋めてくれと指示するのと同じである。

17時に部屋を出た。

緩和ケアの専用駐車場は水辺の憩いの場所の手前にある。

水辺に浮かぶ水鳥が、ちらっと見えた。

空は夕暮れの気配は近づいていたが、夕映えにはなっていなかった。しかし良子の詠んだ、

夕映えや　波のあはひの浮寝鳥　　良子

はこんな情景かなと、何度もシャッターを押した。

帰宅して、ビールを呑んで食事し、寝た。21時14分に電話が入った。音は聞こえたが携帯電話の場所が分からず、慌てた。良子だった。

「不整脈が出た。来てほしい」

あい子も一緒に来てほしいと言った。あい子は台所の後片付けと明朝の用意をしていた。

私はお母さんが来てほしいと言っていると告げた。

ビールを呑んで3時間はたっていた。飲んだ量も大したことはなかった。タクシーを呼ばず、自分で運転して病院へ行った。

良子は既に安定しているようだった。

「看護師さんに説明を頼んである」と良子は言った。看護師さんが来て、私たちを談話室へ誘った。

「お通じが、したいのに出ないとき、どうも発作が起こるようです。この前もそうでした。お通じがないと、とても不安になるようです。幸いお通じがあって、今は安定しています。血圧も脈拍も正常です」

小太りの看護師さんは笑みを浮かべて言った。

部屋へ戻ってみると消灯され、良子は寝入っていた。

私たちは静かに部屋を出、帰った。

8月1日（月）
━家で1泊したい

8月になった。

この月が、良子の最後の月になるのかもしれない。

出社した。7時には会社に入った。

午前中仕事をし、午後に良子のところへ行くつもりだった。

良子に電話した。

「2時半に行くよ」

「できるだけ早く来て」

と良子は言った。

私は急いで机の上を点検した。出さねばならぬ指示は、すべて電話とメールで行っていた。特に新たな出来事はなかった。

12時前に会社を出、13時半に良子を訪ねた。

「昨夜は、お父さんに来てほしかったの」と良子は言った。

私に、側にいてほしいのだ。

「いつでも、真夜中でも、呼んだらいいよ。ぼくは耳が遠いから、出るまで鳴らし続けるんだ」

良子は軽く咳をした。

そして、吐いた。

千代の富士の死を伝える新聞記事を、熱心に読んだ。

「家をきれいにしておいてね」と良子は言った。

「心臓は、いつ止まるか分からない」

私はうなずいた。

「千代の富士は病院で死んだ。私も、そうかもね」

そして、「家で1泊したい」と言った。私はそれを、良子が命を賭けて望んでいると分かった。

8月2日（火）

ー咳

朝、葬儀社に連絡した。

明日の夕刻、5時過ぎに相談に行くことにした。

9時半に良子を訪ねた。

コホコホと咳をした。

「段々咳の数がふえる」と良子は言った。

洗面台へ歯を磨きに行った。

手すりに伝わって、自分で歩くことはできる。

洗面を終えて椅子から立ち上がるとき、

「片手だけで立つことができたのに」

と良子は言った。

もう両手を使わなければ、腰を上げることができない。ふくらはぎの肉が削げ落ちている。体重はどれくらいになったのだろう。私は聞くことができないのだ。

2時過ぎにK子さんが見舞いに来てくれた。2度目である。

8月3日（水）
━稲穂

8時49分上野発の宇都宮線で栃木へ行った。

工場までの水田の稲が、早いものはもう穂を垂れている。美しい。

肺炎で入院しているN常務を見舞った。

CRP値が、入院直後は17あったのが、今は0・2まで下がっていた。これは正常な数値である。結核菌も出ず肺がんの疑いも消えたようであるから、あと数日で退院できるのであろう。

そのまま一旦家に帰った。

17時に駅であい子と合流、葬儀社へ向かった。

1時間20分ほど相談した。

こちらの希望は、
1）通夜は自宅で、家族のみで行いたい
2）着物を着せてやりたい
3）最期を家で迎えさせてやりたい

自宅で最期を迎えるには、色々な条件が必要なようであった。

これは緩和ケアのO先生とよく相談し、指導を受けなければならない。

良子の望みを、何としてもかなえてやりたいと思う。

良子が「一緒に焼いてほしい」という伊勢型紙による江戸小紋を、多摩川から持って来ておかなければならない。いつ「そのとき」が来るか、分からないのだ。

8月4日（木）

部屋を移る

会社にいる私へ良子から電話があった。

「部屋を移った。できるだけ早く来て」

「分かった」と答えた。

緩和ケア病棟は25室あり、差額負担ベッドが12室、負担なしが13室あった。差額ベッドの方が少し広いそうである。下見のとき、差額なしの部屋は満室で、見ることができなかった。ただ窓外の景色は、差額なしの方が良子の好きな水辺を向いており、良さそうだった。

システムとして最初は必ず差額ベッド室に入室しなければならず、空きが出る順に、（希望者は）差額なしベッドへ移れる、とのことであった。私は希望しておいたのである。

緩和ケアがどの程度の回転率で回っているのか分からないが、良子が来た7月7日には、差額なし部屋13室は満室だった。良子が待機組の何番目だったのかは、分からない。しかしほぼ一月で良子の順番が来たということである。私が予測したよりははるかに早い。

今日は3時に、外出用酸素ボンベをレンタルしてくれる業者から、ボンベの持ち込みと取り扱い説明を受けることになっていた。あい子と私はそれより30分ほど早く、良子の部屋に入った。

移った部屋は水辺に向かっており、遠くではあるが鴨の浮かんでいるのが見えた。絶え間なくボラが跳んだ。

ただ部屋は少し狭く、ソファもなかった。テレビ・冷蔵庫は有料カードを差し入れなければならなかった。しかし良子そのものの生活には不都合は生じないと思った。見舞客にソファがない程度である。

酸素ボンベは呼吸を感知して酸素を供給する装置のようである。

睡眠中は呼吸が静かになり、吸排気を装置が感知できないことがある。つまり装着していても実際は酸素が供給されない。そうすると酸欠状態になる危険がある。

病室設置の酸素供給設備は、酸素が間歇でなく常時出ているようである。

つまり、我が家で一泊するには別仕様の装置が必要とのことだった。

業者が帰りしばらくして、

「不整脈が始まった！」

と良子が言った。胸が躍っている。

看護師が来て、何かクスリを飲ませた。「間もなく効いてきますからね」と優しく言った。

そのあと、激しい疼痛が良子を襲った。

眉間に縦皺をよせ、ふーとひーの中間音で、喘いだ。

このような痛みは、しばらく見ていなかった。

良子は下腹と腰のあたりに、自分の手を当てた。

看護師は痛み止めの量を調節した。

良子が何か言い、私には聴き取れなかった。あい子が通訳した。

「みんな良くしてくれた」

「もう、楽になりたい」

そうお母さんは言っているとあい子は言った。


夜、京都・宮川香齋先生から『仁清写し黒釉丸紋肩衝水指』が届いた。

8月5日（金）

━仁清写し水指と聖母子像

出社して夕刻に良子を訪ねた。

昼間、ゆうじ君夫妻が見舞いに来ていた。

私がもう少し早く行けば一緒できたのだが、姉弟だけにしておくのが良いと思った。連絡して、少しだけでも顔を合わすのがよいことは分かっていた。

しかし億劫だった。喜び合うことならば、勿論同席したのである。

良子は、「お父さん、あっち向いて」と、私を後ろ向きにさせた。

「こっち見て」

振り返ると、木版に描かれた「聖母子像」があった。

「ゆうじ君がフィレンツェ時代のイメージで描いてくれたの。枕元に置いておくようにって」

「きれいだね」

ゆうじ君は若いとき、イタリア政府の奨学生としてフィレンツェで2年間修行した。

その頃に見た聖母子像のイメージによるものとの良子の解説だった。

私はやはりゆうじ君と顔を合わせるべきだったと後悔した。

私の気力が萎えていたのだ。

友人や姪たちの見舞いは、距離感があった。

実の弟であるゆうじ君は、近すぎた。会話することが重かった。

私は宮川香齋の水指を見せた。

良子は手にとって丹念に見た。

ここに自分が入り、夫が入り、コオが、あい子が入る。良子が何を思い巡らせたか、私には分からない。


18時にあい子を駅で拾って、病室へ戻った。

「聖母子像」と「水指」について、良子があい子に話したが、私にはよく聴き取れなかった。良子が眠り始めたので、私たちは帰ることを告げた。

帰りの車中で、O先生と廊下で会い診療室に入って少し話した、とあい子は言った。

最近、度々吐く。

しかしO先生は、このままにしましょう、と言ったという。

食べるのでなく点滴に替えることは、吐くことはなくなるだろうが、水分が多いと体がむくみ、少ないと腎機能への障害になる。緩和ケアへ移った初めの頃、吐く良子を見てO先生は点滴の選択肢を説明した。私はそれを断ったのである。もうここまで来たのなら、とO先生は考えたはずだった。このままでいこうと。

「吐くことも体のコントロールです。このままにしましょう」

栄養は取れず、良子は痩せ衰え、いわば餓死していくのだろう。しかし点滴も栄養補給でない以上、同じことであると思う。餓死の最終は、苦しくないと本で読んだ。自分の最期のために、その種の本を何冊か読んだ。まさか良子が先で、私が残るとは思っていなかった。点滴は、水分の過多もしくは過少が体に負担を与える。

ゆうじ君の葡萄を、「おいしい！」と良子は食べた。あとで吐いたにせよ、「おいしい！」は生の証しだった。点滴は、もうそれ自体が死であると思う。

最初に点滴を選ばなかったことは正しかったのだ。

8月6日（土）

―病者の塗油

私が洗礼を授かった頃は『終油の秘蹟』と言われていた。

仏教の「末期の水」と同じようなものであろう。

あなたはいよいよ「この世」に別れを告げ、「あの世」へ向かうんですよ、それを祭司が告げる。

私がカトリックに感じた魅力の一つがこれだった。

現在は『病者の塗油』と変えられている。

カトリック教会の「七つの秘蹟（ｓａｃｒａｍｅｎｔ）」の一つである。

私にすれば、これもカトリックの俗化の一つと思う。今はむしろ、病の恢復に重点がおかれている。

「終油の秘蹟」は当然度々受けるものではなかったであろうが、「病者の塗油」は何度でも受けられる。それでも私が持っているカトリックの祈禱書によればそれなりに荘重なものである。しかし私が持つ式次第は、病者が病院のベッド上にあることを前提にしていないように思う。日本の現状を考慮し、今は簡略化されているのだろう。

私たち自身、まったく初めての経験なので、何を準備すればよいか分からなかった。

2時少し前にC神父を迎えにあがり、2時10分には病室に着いた。

かつこさん、やすこさん、きしこさんが同席して下さるはずであったが、見えなかった。実は入り口の待合室で待っておられたのであるが、私たちは緩和ケアの通用門から入ったのである。入り口待合室を通らなかった。早く部屋に入って良子に負担を与えてはならないという配慮が、齟齬を来した。

C神父はお祈りをし、良子の額と両手に油で十字を切った。アーメンと良子は言った。

主の祈りを唱え、御聖体を頂いた。

終えたところで三人の女性が入ってきた。もう一度、という訳にはいかなかったが、祈りは通じた。

三人には残ってもらい、私とあい子はC神父を教会へ送った。

戻ってみると、それぞれが自宅の庭、ベランダで育てた、可愛い花を持ってきて下さっていた。良子が好きな小さな花で、このような花を良子が好むことを、三人はよく知っていた。

アイスクリームを食べ、三人が帰ったあと、良子は疲れたようだった。目がとろんとなった。夕刻になって、十数分であるが眠った。

そして起きたとき、吐いた。吐いたあとは割とけろっとしている。それが、常態となった。

「明日、何時？」

と良子は聞いた。

「私はせっかちだから」

私は良子がせっかちな女だと感じたことはなかった。のんびりしていた。

「9時」

と私は答えた。

良子が、明日朝の9時を、首を伸ばして待つのだと思った。

私たちは19時半に部屋を出た。

8月7日（日）

━3度目の帰宅

9時少し前に良子を迎えに行った。

良子は前2回ほどはしゃいでいなかった。元気がなかった。

酸素ボンベを装着し、部屋を出たのは10時だった。

ちょっと10分ほど迂回し、良子の好きな水辺を向こう岸から見せてやろうと言ったら、早く帰りたいという。私には聞こえなかったが、呼吸に連動して酸素の吹き出し音がするようであった。良子は笑った。

今日も暑かった。

家に着き、玄関前の階段を私とあい子が両腕を支え、上った。ほんの6段ほどの階段なのに、良子にとって、大変な運動であるらしかった。

私には、ひとの苦しみは、分からない。

入ってすぐに置いた長椅子に、良子はへたり込んだ。激しい息。そのまま20分近く、そこで息を整えた。

洋間のトルコ絨毯の上に敷いた布団まで匍《は》っていった。歩けなかった。

布団に横になり、私を手招いた。耳を近づけると、

「お父さん、部屋をきれいにしておいてくれて、ありがとう」

「当たり前のことだよ」

と私は言った。

庭に水を打ち、つくばいにも水を滴らせておいた。だが今日は、視線がそちらに向かなかった。

少し落ち着いたところで、昨日多摩川で撮ってきた着物の写真を見せた。写真ではよく分からないと良子は言った。結局、小石丸と伊勢型紙江戸小紋を、見出すことができなかった。

「時間はあるの？」

と良子が聞いた。

「何の時間？」

「帰る時間」

まだ来たばかりだった。

「時間はたっぷりあるよ」

良子はうなずいた。

良子が身を起こしたままうとうととした。

私には聞こえないが、何か、警報が鳴ったようであった。

あい子が酸素ボンベを調べた。酸素の供給が止まっていた。

「お母さん、強く息して」

良子が深い息をした。酸素ボンベが動き始めた。24時間使用に適さない理由がよく分かった。

11時に、コオを迎えに駅へ行った。

少し呼吸が弱まると酸素ボンベの警報が鳴る。うたた寝もできなかった。

良子が吐いた。

疲れ切った表情だった。

そしてひきつけが始まった。右腕から右胸に掛けて、痙攣する。これはずっと続いた。

「もう帰りたい」と良子が言った。

「帰るって？」

「病院へ帰りたい」

まだ12時過ぎだった。時間は4時間近く残っていた。

「せっかく家に帰ったのに？」

「病院へ帰る」

視線が宙に浮いている。その目があい子を追った。「あい子が二人いるかと思った」と訳の分からぬことを言った。私はO先生の言う「せん妄」が始まったのかと思った。

13時に緩和ケアへ戻った。

17時半に、私とコオ、あい子は、良子に帰ると言った。

そのとき良子は、私がこの世でもっとも美しいと思う微笑みを浮かべた。人が見れば老婆の笑みだろう。しかし良子の穏やかさ優しさは、私には広隆寺の弥勒菩薩に等しい。

そのときの良子は、疲れてはいたが目線はしっかりしていた。

私は今日は、外出に際し痛み止めの注入量を増やしたのではないかと思った。それで合点のいく良子の朦朧状態だった。

8月8日（月）
━陛下のお言葉、イチロー3000本
イチローの3000本安打達成の瞬間をテレビで見てから、あい子を駅に送り、8時半に良子を訪ねた。

曇り空であったが、雨にはなりそうになかった。

病室のドアは開かれており、入ってすぐの洗面台に良子はいた。

私の顔を見るなり、「メガネ」と言う。とっさに何のことか分からなかったがメガネを探しているのだと気付いた。メガネはすぐ前の鏡の下にあった。「そこにあるよ」と言うと、「そうね」と言った。

「イチロー、3000本打ったよ」

「見たの？」

「見た」

「見たかったなあ」

電話してやればよかったが、良子の状態が分からなかったし、この日イチローは3打席凡退していた。

しかしやはり連絡してやるべきだったのだ。

テレビのオリンピック中継から他のチャンネルに替えると、イチローの3000本の状況をリプレイしていた。

「うちのお嬢ちゃんは、お休み？」

「会社だよ」

「今日は何曜日？」

「月曜日」

作業療法士が来て、数分の筋トレをした。良子にとって慰めであるだろう。

イチローのリプレイを見ながら、良子は眠ってしまった。O先生の言う「しきりに眠るようになる」、その段階に入ったのだろうか。

表情から感情が減っていくような気がする。深い疲労が、良子に広がっていくようである。

窓外の水面に小さい遊覧船が見えた。遊覧船にしては小さい。個人所有のボートなのかもしれない。

「船が帰ってきて良かったね」と良子は言った。その意味はよく分からなかった。

痛みを感じたのか、良子が看護師を呼んだ。看護師は痛み止めの注入量を調節した。

「痛みを我慢する必要はまったくありませんが、量を増やすと、眠気や吐き気が出やすくなります」

微妙なところで量の増減を繰り返しているのだった。必要最小限を探っているのだ。

午後多摩川へ行って、「小石丸」と「伊勢型紙江戸小紋」を探すと言った。夕刻あい子と合流し、それから緩和ケアへ戻ってくる。

「私が行けば5分で分かるのに」

そして、

「もう、多摩川へは行けないの？」

と唇を震わせた。

「片道1時間かかるよ。昨日10分の家に帰ったのですら、あんなに疲れたのでしょう？

車を降りてから部屋への距離も長い。途中で何が起こるか分からない。無理でしょう？」

「もう、多摩川へ行けないのね」

多摩川は私にとっても良子にとっても、〝アジト〟だった。

良子は「小石丸」の場所について説明した。私が何度も聞き返すと、

「書いてあげる」

と食事メニューの裏側に書いた。


私は多摩川へ向かった。

「小石丸」は直ちに発見できた。「伊勢型紙」は、見当はついたが、私には特定できなかった。

会社のあい子に小石丸発見を電話した。できるだけ早く来るように指示した。17時にあい子は来た。伊勢型紙もすぐにこれだと言った。

昨日あい子が調べなかった場所に、それらは仕舞われていた。結城もあった。あい子は目を丸くした。

箪笥の小引き出しに10万円の新札入り袋があった。この所在は良子から聞いていた。とっさに現金の必要な場合があり、それは10万円あれば何とかなるだろうと私に言っていた。

帰りの車中で私はあい子に言った。

「中屋さんは親切だと思ったけど、良子は上得意だったんだ」

私も良子に連れられて、中屋で着物やゆかたを作ったことがある。多摩川の旧い呉服屋である。

良子は私に内緒にした訳ではなかった。箪笥はいつでも開けられたのであり、私が開けたことがなかっただけである。

もっとも、開けたにしても、その価値が私には分からなかった。

「お金はどうしたんだろうね」

私の家庭では収入を良子が取り仕切ったのではなかった。基本生活費は定額だった。あい子も応分に負担した。

水道光熱費、通信費、新聞、等々はすべて私の口座から自動引き落としされた。

基本生活費とは「食費のみ」である。外食費用は入らない。それ以外の費用、良子個人の趣味・教養費用を含め、衣類、旅行、その他すべて、良子から求められたものは言われるままに渡した。

良子も私も浪費はしなかったが、そのような金の使い方が可能な程度の収入があった。何かを計画して、金が原因でそれを断念する、ということが我が家にはなかった。何かを計画するとき、まず予算から、という習慣は、我が家にはなかった。

どうしてこういう形になったのか、記憶はない。

その意味では、良子は金の苦労をしなかった。

何度か私は良子に逆の提案をした。良子が家庭会計のすべてを取り仕切り、私が必要とする金を私に渡すということである。

その都度良子はいやいやと言った。

一度だけ私は良子に、「おいおい、もう金ないよ」と言ったことがある。

「なんで？」

と良子は尋ね返した。どうして金がないのか、不思議そうな顔をした。私は笑った。

良子の作る料理が、私は一番おいしかった。

どのような高級料理店の料理も、良子に勝るものはなかった。

私は良子の料理に文句を言ったことはなかった。いつもおいしいおいしいと食べた。事実おいしかった。

一般の奥様方からすれば、金の苦労はさせなかったこと、作るものを常においしいおいしいと食べたこと、この2点は、夫として高得点になるだろう。

「お母さん、結構贅沢をしていたんだね」

運転しながら私はあい子に言った。私の顔には笑みが浮かんでいただろう。

あい子はうなずいた。

「良かったねえ」

私は心から言った。

私は安らぎを感じていた。


病室に戻り、着物を良子に見せた。

「これに間違いない」

と良子は言った。

良子はベッド上に広げた小石丸と江戸小紋を、じっと見た。

「きれいだわねえ」

それ以上の何も言わなかった。

しかし良子の心を、悲痛が疾駆したであろう。

テレビは、天皇陛下の『お言葉』を、繰り返し放映していた。

皇室に弥栄あれ。天皇陛下万歳。

皇統が途絶えれば、そこで「大和民族」は終了する。

8月9日（火）

お父さんにいてほしい！

5時26分に良子に電話した。柔道74kg級の決勝戦が始まるところだった。イチローを教えなかったことを後悔したので、今朝は電話した。良子の声は朦朧としていた。電話して、良かったのかどうか。

今日も出社せず、あい子を駅に降ろして良子を訪ねた。

私を見上げるなり唇を震わせ、

「お父さんにいてほしい！」

と言った。

「さみしい」

私の手を求めた。

体を起こしてやると、吐いた。そして、泣いた。

「家へ帰るの」

「帰る支度をするの」

痛みのコントロールと酸素の供給について、私はゆっくり話した。

痛みが出ないようにクスリを増やせば、一昨日のように眠気や吐き気が出、せっかく家に帰ってもよれよれになる。

酸素供給器が感知できないほど息も弱くなる。

それを避けようとすると、良子が「死んでしまいたい」というほどの痛みが来るんだよ。

その微妙な間隙を、緩和ケアの看護師さんたちは24時間、監視してくれているんだ。

家では、技術的にも設備でも、対応できない。

だからO先生と相談してみる。待っておくれ。

「分かったわ」

と良子は言った。

「柔道も体操も、凄かったわね」

と良子は言った。

柔道は大野将平が、体操は男子団体が、優勝していた。

良子は一眠りした。

私もうとうとした。

良子が私を手招きした。

耳を近づけると、

「お父さん、役に立たないわね」

と言った。

何度も私を呼んだのだろう。

耳の遠い私に求めが通じにくいことを言っているのだった。

私は耳が遠い上に眠りは深い。家にいるときから、ずっと、もどかしい思いをさせていたのだろう。早く来てほしいとあい子のことを言った。私はできるだけ早く来るように、会社のあい子に電話した。

16時にあい子を駅に迎えた。

あい子の顔を見、良子は起き上がった。そして吐いた。起き上がったら吐くようであった。

ほとんど何も出なかった。「さっきいっぱい吐いたから」と良子は言った。

「何も食べていない。全部吐いてしまう」

「もう、終わりだわね」

と良子は言った。

「あといくら？　年ではないわね。ひと月？　ふた月？」

点滴による補給について、あい子は説明した。

良子は首を振った。「イヤだわ」

良子は横たわったまま私の手を求め、私の甲をさすり続けた。

「お父さん、今からでも遅くないから体を大切にしてね。あい子が可哀想だから。お母さんを見本にして。腰など痛めないように。お父さんは重いんだから」

私はその良子の手を両手で包んだ。

6時半に帰ると言ったら、「さみしい」と言ってまた吐いた。

「明日は朝からずっといるよ」と私は言い訳した。

「明日はずっといてくれるのね」と良子は言った。

さみしい、と言われるのはきつかった。


昭和41年9月に毎日新聞社より出版された、『あゝ同期の桜　かえらざる青春の手記』（海軍飛行予備学生第十四期会編）というのがある。

私は24歳、大阪にいた。

その中にある林尹夫という方の一文が、50年を経て、なおも私の心から離れない。

今年の秋は、さびしく冷たく風がふきすさび、のこるものは何もなくなろう。そこにのこる人は、丁度今宵のような冷たい風がふき、松がなる音を聞きながら、泣くにもなけぬさびしさに耐えきれぬようになろう。

お気の毒だが、私はもうあなたがたとは縁なき者なのだ。我等とともに生活しうる者は、今年の夏まで生きぬ者に限られるのだ。

死んでいく者の孤絶。

絶対的な孤独。

良子の、骨が泣くような「さみしい」の言葉は、特攻兵士のような拒否でなく、私を求めている。しかし、死んでいく者と生き残る者には、どうしようもない断絶があるのだ。どうすることもできない。

8月10日（水）

━マリア様が来ている

8時過ぎに良子の部屋に入った。

私を待ちかねたように、

「家に帰りたい」

と唇を震わせた。

「病院と家を、行ったり来たりはできないの？」

そして吐いた。体を起こしたら吐くようだった。


10時にO先生の回診があった。

私は、本人が家に帰りたがっていますので、娘が来れば相談にあがりますと伝えた。

良子は眠った。

目を覚まして、

「お父さんがいないとさみしい。いてね」

と言った。

「いるよ。お前が眠っていてもいるよ」

良子の昼食は来ていた。

「お昼はまだね？」と私のことを気遣った。

「下でサンドイッチ買ってきて、食べるね」

サンドイッチを買って戻ると、良子は眠っていた。

「お昼、来ていたの？」

と初めて気付いたように言った。

体を起こして、食べようとして、吐いた。

「4、5日、何も食べていないの。もう、終わりね」

そして泣いた。


ゆうじ君の聖母子像を、戸棚から出して良子に向けた。

良子は十字を切った。

私はひざまずいた。

「マリア様がここまで来ている」

と良子は言った。

「3日かしら、1日かしら」

と良子は言った。命があと3日かしら、1日かしらの意味だった。

「つらい。もう死にたい」

聖母マリアの被昇天祭、8月15日が近づいている。

この日に良子は、天に召されるような気がする。

5時半に良子が看護師さんを呼び、「家に帰りたい」と訴えた。

私があい子と同席の上でのO先生との相談を求めると、12日の3時から5時の間ということで予定を取ってくれた。

明日は山の日でO先生も休日だった。

良子はそれを聞いていた。

18時にあい子を駅で迎え、病院へ戻った。

宿泊できる「家族控え室」を取った。和室を選んだ。

簡易ベッドは病室に持ち込めるようで、それも借りた。

今夜は親子とも泊まるということで、良子は随分元気になった。

19時半に夕食、着替え、シャワーのため家に帰った。

21時過ぎに病室へ戻った。

私は家族控え室へ行き、あい子は病室の簡易ベッドを設営した。

朝2時に目覚め、交代しようと部屋へ行ったら、あい子は自分が側にいることをお母さんが望んでいると言った。

私は耳が遠いので、「役に立たない」のだった。

私は家族控え室へ戻った。

8月11日（木）
―もっと生きていたかった！

未明にあい子と交代しようと部屋へ入ったのであるが、良子は私よりあい子の方が便利なようであった。あい子がここにいるというので私は控え室に戻った。

6時半に良子のところへ行った。

良子は体を起こそうとして咳き込み、吐いた。

「起き上がると吐くね」と私が言うと、

「お父さんの解説通り」

と良子は言った。吐くのが頻繁になっていた。

私とあい子は、すぐ帰ってくるからと家に戻った。

朝食をとりシャワーし、洗濯し、着替えて戻った。

カステラが食べたいと良子が言い、売店であい子が買ってきた。
ほんの少し、そのまま飲み込めるほどの量を、良子は食べたが、すぐに戻した。
「何かが泳いでいる」
と良子が言った。
「オリンピックだもの」
ちょっと訳の分からないことを言った。しかし私の耳の方があてにならないのだ。
私はあい子に、控え室で少し眠るように指示した。
昨夜はほとんど眠っていないはずだった。
お父さんがいるから、お昼まで寝なさい、と言った。
良子が吐いた。
一度も粗相をしたことのなかった良子が、初めて吐瀉物を漏らし、敷布と床を汚した。
私は丁寧に拭き取ったが、汚れは取れなかった。
看護師さんが敷布は取り換え、床は更に丁寧に拭いてくれた。ほぼきれいになった。
汚れたのは下だけで、上布団は大丈夫だった。
ところが30分くらい間をおいて、別な看護師が真っ白な上布団に取り換えた。
良子が何か言うので耳を近づけると、紙切れにメモして、私に渡した。
「死に支度」

と書いてある。

「汚れたから取り替えただけじゃないか」

と私は言ったが、実際は汚れていなかったのである。

続いて何か書き、しかしそのメモを私に渡すことを激しく拒んだ。

ぐしゃぐしゃになったのを広げると、文字が重なっており、つながりが分からなかったが、

「天国」

「マリア様」

「所へ行く」

と書かれている。

そして、「もう、いい」

と良子は言った。

「どうしたらいいの？」

と良子は言った。

どうしようもないのだ。治療をやめたら激痛が来る。

「痛いのかい？」

「今は痛くない」

「これしかないんだよ。どうしようもないんだよ」

「何もしてあげられなかった」と良子は言った。

「何を言うんだ。俺がしてほしいことを全部してくれた。俺こそ、あと、どうすればいいんだ」

それから良子は話し始めた。

声に力がなく、私の耳には聞き取りにくかったので、何度も念を押した。

大樋長左衛門の茶碗がある。

十三代中村宗哲の「棗」がある。

先代千宗室大宗匠の『無事』という掛け軸がある。

そして「小石丸」の着物。

「その四つを、私のお棺に入れてほしい」

「小石丸だけは、俺に形見として残してくれ」

と私は叫んだ。

「江戸小紋で承知してくれ」

良子は返事しなかった。いやだとも言わなかった。

「教授になったときお披露目に使おうと、準備してきた。全部揃った。お茶釜は和銑をお父さんが買ってくれた」

良子は一息ついた。

「すべてが揃って、私の命が足りなかった」

「苦しい」と良子は言った。

「もう息が切れそう。みんなよくしてくれた、お礼を言わなけりゃ。いい人生だったわ」

そして上下から私の手を包んだ。

「もっと生きたかった！」

引き絞る声で言った。

「お父さんのあとまで生きたかった」

私の目から涙が迸《ほとばし》った。

「どうすればいいの？」

このどうすればいいの?の意味は、私には分からなかった。

ずっとあとで分かるのかもしれない。

「あい子を呼んで」

と良子は言った。

「あい子は昨晩寝ていないから、控え室で寝かせている」

と言ったら、

「そんな生やさしい話じゃないの」

私は控え室へあい子を呼びに行った。

あい子に、「もう、歩けなくなった」と良子は言った。

「分かるわ。もう、これよ」と、両手で×印をした。

そして私に、あい子へ、お棺へ入れるものの説明をするようにと言った。

私は、大樋長左衛門、中村宗哲、大宗匠の掛け軸、そして小石丸と江戸小紋について説明した。

私は良子に言った。

「頼みがある。俺をあなたと呼んでくれ」

「そういえば、あなたと呼んだことなかったわね」

「お前がイヤだと言ったんだ」

「そんなこと言った覚えないけど」

そして、「あなた」と言った。

「あなた、あなた、あなた」

「私のことをなんて呼ぶの」と良子は訊ねた。

「今まで通りだよ。お前、よっちゃん、ヨシ、ヨシコ、お母さん、お母ちゃん」

それから小石丸に移った。

「小石丸はあい子の形見においてやってくれ」

「お父さんは自分の形見に、自分と一緒に焼くといったじゃないの」

私は慌てた。

「そんなら俺と一緒に焼くよ」

「明日まで考える」と良子は言った。

8月12日（金）

—あなた

6時半に良子のところへ行くと入り口ドアは開いており、ドアすぐの洗面台で、良子が髪を梳いていた。

看護師が来て、スゴイ！と言った。

「泣かないで。褒めているのに」

良子が泣き顔になったようである。

良子は毎朝髪を梳き、髪バンドで整える。

ベッドに横たわり私を呼んだ。私の手を握り、

「あなた」

と呼んだ。あい子は横にいた。

「あなたと言ってくれるのか！」

「あなた、あなた、あなた、あなた、あなた、」

20回くらい繰り返した。一生分を一気に呼ぶようだった。

私はあい子を帰宅させた。

冷蔵庫に入れていない味噌汁の残りやご飯の処理、本人のシャワー、私の着替えを持ってくること、庭の水まき、等々の用があった。

腰の周辺が痛いというので、軽くさすり続けた。

「お父さんにお礼を言うわ」

「何を言うんだ。俺の方こそ100倍も」

「もうあの世へ行きたい。私の人生は終わった」

と良子は言った。

「看護師さんたち、みんなよくしてくれた。お礼を言わなけりゃ」

そして、

「もう、終わりなのよ」

と言った。


9時20分にO先生の回診があった。そのときもビニール袋に顔を突っ込んでいた。

先生は、吐き気止めを注入しましょうと言った。

先生が部屋を出たあと、「先生の顔を見ると良くなるのはどうしてだろう」と良子は言った。

「お前のそれに、だまされたんだ」

「このがんは、どうしてこんなに痛いんだろう。どうしてこんな病気になったんだろう！」

O先生に申し込んであった15時からの相談が、先生の都合がついて14時半から始まった。あい子と二人で、先生には書記の看護師がついていた。私は良子が家に帰りたいと泣くように言うと話し、その可能性について訊ねた。

良子は、「自宅と緩和ケアを行ったり来たり」と考えているようで、O先生もその可能性を否定しなかったが、私自身は、良子の体力がもう持たないと思っていた。だからせめて最後にもう一度家につれて行き、それで納得してもらうしかないと思っていた。

私は良子の最終を、できるだけ記録しておきたいと思った。

どの時期かは定かでない。私にとってそれだけの価値があると思ったのだ。

今日のことを控え室でメモしていた。

そこへあい子から電話があった。どきっとした。「お母さんが呼んでいる」という。10mくらいしか離れていない同じフロアなので、すぐ部屋に入った。

看護師さんもいて、良子が険しい顔をしている。

「私が死んだらどうなるの。誰が運んでどうなるの」と言う。

「ちゃんと用意しているから安心して」とあい子が言っている。

お棺に入れるものまでは打ち合わせしたが、葬式の段取りをしているとは説明できなかった。

先日の「病者の塗油」のような、簡単なものかと心配しているのである。良子は敏感にそれを感じていた。アルフレッド・バーク神父様がお元気なら、躊躇なくすべてを、お願いしたのである。しかし今は、バーク神父様ご自身が、介護を必要とする状態である。
私は、
「きれいな車で教会へ送り、花束に囲まれた聖堂で葬儀ミサをするんだよ」
と言った。
聖歌隊のMさんやKさんも歌ってくれるんだ。
お前のお棺は、花で埋められるんだ、安心おし。
良子の表情が、すうっと和んだ。
そんなことを心配していたのだ！
しかしいくらなんでも、死にゆく者にその葬儀の段取りまで説明できないだろう。

［あい子の聞き取ったO先生の話］
帰宅並びに現在の病状に関して
○家での最期について
高齢化社会で病院のベッド数が不足していく中で、自宅での最期は政府も後押ししていて、在宅介護の訪問医を支援している。
○設備
酸素ボンベの設置（業者と契約）。但し10ℓ／分以上になると、自宅ではもう対応できない。医療用ベッドのレンタルあり。酸素ボンベ、ベッド共、契約手続きから搬入まで、1週間程度が必要。

○投薬

トンプク薬は液体のクスリ（オプソ）だが、口から摂取すると吐いてしまうので、座薬にする。

○家で心肺停止になったら

救急車を呼んでも救命救急ではなく緩和ケアへ搬送してもらう。あるいは自家用車で病院へ運び、病院で確認してもらう（自宅で死亡確認はできない）。

○他の患者さんも自宅での最期を希望する人は多い。緩和ケアでも患者さんの希望に添えるよう対応していく。

○がんがリンパに転移している。リンパ節は最期は鎖骨下に集結し、そこから静脈を通してがんが全身を巡る。がんが足のあたりで神経を巻き込んで、足が痛くなっているのかもしれない。腸もほとんど塞がれており、腸液などが溜まってしまっている。それが咳に刺激されて、溢れて、吐いてしまう。この嘔吐を抑えるために、今日からサンドスタチンを使用開始した。サンドスタチンは腸の分泌液を抑えるので腸閉塞などに使われている。絶食を前提として保険適用されているので、病院食の給食はストップする。但し持ち込みの食べ物に制限はない。肺のリンパ節にもがんが広がっているので、レントゲンでも白く見える。余命の計算ポイントは、食事、呼吸、せん妄と呼ばれる幻覚などの意識障害など。今の症状から見ると、いつ何が起こってもおかしくない。末期がんの症状はなだらかな坂ではなく、放物線の落下のように下降する。

○がんの痛み

がんが神経を巻き込む、がんによって肝臓などがぱんぱんに膨らむなど。痛みの原因は様々。逆に膵臓などは神経が少ないので、痛みも少ない。

○モルヒネ

咳を抑える作用もある。腸の動きも抑えるし、量が増えると眠ることが多くなる（麻薬なので）。ただ便通のためには腸が動かなければならないので、上手にバランスをとって投薬する。眠ることでも痛みから解放される。

○せん妄

常時頭が混乱している訳ではなく、時々辻褄の合わないことを言ったりする。人によっては行動に出たりする。点滴などの管を抜いたりする。意識を低下させることによって痛みから逃れる体の防御反応なのかもしれない。

17時　O先生回診

「吐き気を抑えるクスリを、今日から始めましたからね」

良子は朦朧としていた。

18時30分　O看護師の話

今は症状が急に変化する過程に入っているので、帰宅するなら早い方が良い。1週間後は今と違う症状になっているかもしれない。

あい子「今日はほとんど眠っている。これで本当に家に帰れるんでしょうか？」

トイレへ行くのも段々大変になっていくでしょう。家でトイレがどうなるか等々、色々考えて結論を出して下さい。せっかくの帰宅が、悪い思い出になってもいけない。でも病院はいつもサポートするので、いつでも相談して下さい。

8月13日（土）

━いい家族だった

4時30分に良子の部屋を覗いたら、あい子も、二人とも熟睡していた。薄明かりの中で良子の胸が動いているのを確認し、私は家に帰った。

下着を洗濯機に入れ回し、シャワーを浴び、洗濯物を干して病院に戻った。6時少し過ぎだった。良子もあい子も起きていた。良子は体を起こしており、私を見ると泣きそうになった。私が床に膝をつけ額を近づけると、私の額へ上から額を乗せた。長い間、その姿勢で静止した。良子の体の痙攣が強くなった。そしてしばらくして、それがすうっと弱くなった。私は不安を感じたが、良子の表情に異常はなかった。良子が何か言った。私の耳には、「仕方ないのね」と聞こえた。

7時40分にO看護師が来て、良子の顔を拭き、着ているものを整えた。体温38・9度、血圧70台。体温を下げるための保冷剤を二つ、頭部と下腹に置いた。9時40分には体温37・3度。しかし血圧は60台に下がっていた。

良子があい子に、「お兄ちゃんを呼んで」と言った。あい子がコオに電話した。

「お母さんが来てほしいと言っている」

「すぐ行く」とコオは答えた。

良子が出た。「お兄ちゃん」と言った。「お兄ちゃん、お兄ちゃん、お兄ちゃん、お兄ちゃん、」と10数回連呼した。声はもう大きくは出なかったが、絶叫だった。

良子は「おばさんに電話して」と言った。あい子は徳島の嫂を呼び出した。

「おばさん、もう良子は終わりです。お世話になりました。ありがとう」

そして、「おばさん、おばさん、おばさん、」と、20回以上連呼した。

大阪の姉を呼んだ。

「さようなら、良子は死にます。ありがとうございました」

そして、「お姉さん、お姉さん、お姉さん、お姉さん」と連呼した。

信州の弟を呼び出させた。

「ゆうさん、私は死にます。ありがとう。ゆうさん、ゆうさん、ゆうさん、ゆうさん」

奈良の弟と、老衰状態にある母親を呼んだ。

会話の内容は私には聴き取れなかったが、奈良言葉になっているのが不思議だった。

日頃の疎遠を詫びているようだった。

「きみちゃん、きみちゃん、きみちゃん、きみちゃん」

弟の名を連呼した。

お母さんが出たようだった。

良子の顔に淡い笑みが浮かんだ。

「お母さん、ありがとうございました。良子は死にます」

そして、

「お母さん、お母さん、お母さん、お母さん、お母さん、お母さん」

と、１００回に及ぶと思えるほど叫んだ。

電話を終えると良子は疲れて、眠った。


良子が目を開けたとき、私は「良子」と呼びかけた。

「あなた」と私を見つめて良子は言った。

「あなた」「あなた」「あなた」「あなた」「あなた」「あなた」

私は良子の顔を両手で包み、「良子」と言った。涙が溢れた。


11時前にコオが来た。

お兄ちゃん、お兄ちゃん、と言って喜んだ。

大箱に入っているティッシュ・ペーパーを全部出して、コオに渡した。

良子が見せたほんの数回の、不思議な行為の一つだった。

おそらく粗相をきらう良子の、ティッシュ・ペーパーは大切なものだった。枕元にビニール袋とティッシュを抱えるように置いていた。入院中に良子がシーツを汚したのは、ただ1度だけだった。だからティッシュ・ペーパーは良子にとって大事なものであった。もっとも大事なものを、全部コオに与えたのである。

14時40分、血圧は70台に戻った。

私の顔を見て、「私の人生、終わりね」と言った。

「良子」

「あなた」

「お前は可愛い女だ。お前のような可愛い女は世界にいない」

これは私の真実だった。良子以上の可愛い女はいない。

良子の目から涙が滲み出た。


夕刻、コオが東神奈川にどうしても行かねばならぬ用があるというので、あい子が駅まで送り、あい子は家に寄り、シャワーを浴びて着替え、戻ることにした。コオは21時までに戻ってくると言った。

緩和ケア病室にはシャワーがない。共同のみである。

これは事故を避けるためだろうと思う。


「リンゴ食べたい」と良子が言った。

「早くして。早く、早く」と急かした。

私は考えたが、この時季、病院の売店にリンゴがあるはずなかった。スーパーへ行くには良子を一人にすることになる。私がいなくなれば良子は不安がるだろう。スーパーへ行っても、おいしいリンゴのある季節ではなかった。

「何してんの。今すぐリンゴ食べたい。早く、早く」

私はジュースを買ってくるといい、売店で買って戻ったが、そのときはもう良子は眠っていた。スプーンでリンゴジュースを少し唇につけてやったが、もう興味を示さなかった。


19時20分、良子が起き上がって、吐こうとした。

「目が回る」

肩で息をしている。

「どうしたらいいの？」

どうしたらいいの？は、最近の良子が度々口にする言葉だった。

しかしこのときは、「どう死んだらいいの？」と聞こえた。

こちらの方が正しい聞き取りだったかもしれない。


20時にあい子が戻ってきた。

「部屋は片付いているの？」と良子は訊ねた。

「きれいに片付いているよ、心配しないで」

実際には相当に乱雑だった。

21時前に私が静かにオナラした。

「オナラはいいの？」と良子は言った。その意味は分からなかったが、声は明るかった。良子の耳は非常に良かった。お父さんに残していってあげたいと言っていた。

その頃、コオが戻って来た。コオが病室に残り、私は22時に控え室へ行った。


零時にあい子から電話があった。お母さんが呼んでいると言う。すぐ行こうとしたが小用の必要を感じトイレに寄っていると、また電話が鳴った。「早く来て」という。物凄くせっかちになっているのだ。


消灯した薄暗い中で、良子をのぞき込むように、コオとあい子がいた。

「お父さん、お父さん、お父さん」と良子は私を見つめ、やせ細った両腕で私の首を抱えた。

「さようなら」

と良子は言った。

「ありがとう、いい家族だった」

ありがとう、良子。

このひと言を宝として、私たち三人は、これからを生きていくだろう。

［今日のO看護師の話］

○帰宅の件は様子を見て、本人の希望が強そうであれば言って下さい。対応します。

○遺体に着せる着物は棚の中に置いておいて下さい。息を引き取ったらまずお風呂で体をきれいにして、それから着物を着せます。一旦体は硬直して、その後また柔らかくなるタイミングがあるので、そのときに着せます。普通の病棟では死亡すると一旦霊安室へ行きますが、緩和ケアセンターでは病室から直接出て行きます。

家族の方々も体をこわさないように気をつけて下さい。

8月14日（日）

■私たちへの頰ずり

2時30分、控え室の私をあい子が呼び出した。

行ってみると良子が手招きした。

顔を近づけると私を引き寄せ、両頬交互に、何度も頬ずりした。

続いてコオを招き、両頬交互に、何度も頬ずりした。

あい子にも同じことをした。

そして再度私を招いた。

私は病室に残り、コオを控え室へ行かせた。

左下横向きで寝た良子の右脚がベッドから垂れている。手で包むと氷のように冷たい。肉は削げ落ち、ほとんど骨だけしかない。私はさすったが、これもやわらかくしないと本人は痛がるのである。

うとうととした良子が、「マンガが見えた」と言った。夢を見たらしい。どんなマンガだったのか。夢とはいえ、少しの平安はあったのか。


再び良子は眠ったので私は帰宅し、ざっとシャワーし、着替えて戻った。8時だった。部屋に入るなり、「お父さん、お父さん」と叫んだ。

「お父さん、帰ったよ」とあい子が言った。

「シャワーしに帰ったんだ」

「何よそれ！」と良子は怒った。「死のうとしているのよ」

「ごめん」

「ごめんじゃないよ」

こんな怒り方を良子はしたことがなかった。

「これからずっとここにいるよ。もう離れないよ」

「お父さんがいないと、さみしい」と良子は言った。


コオを呼んだ。

コオの手を握った。

「オレ、お父さんよりお母さんが好きだった」

「よく分かる」と良子は言った。

確信を持っていたのだ。


「謝る」と言った。誰に何を謝るのか。

「病院に」と言う。病院に何を謝るのか。訊ねたが答えはなかった。

あるいは私の聞き取りそのものが違っているのかもしれない。良子はもっと他に、伝えたいものがあったのかもしれない。


あい子を呼んだ。

「あい子はゆうべ寝ていないからね。控え室でちょっと眠らせているんだ。すぐ戻るからね」

「分かった」

「お昼からゆうじ君が来るから、お前も寝ておいた方がいいよ」

「は〜い」

この「は〜い」というのも緩和ケアに来てから始まった返事の仕方である。可愛く切ない。幼児の返事に近い。無力な者がすべてを受け入れる返事である。あるいは信頼するものへお任せする返事であった。


10時半に看護師さんを呼んだ。トイレへ行きたいような気がする、と言った。

看護師さんが介助してトイレへ行った。

戻ってベッドに横たわると、今にも絶息しそうな激しい息づかいである。トイレへ行って帰るだけが、もうそこまでのダメージを体に与えるのだ。

看護師はこのとき初めて紙オムツの装着をした。

洗面台で歯を磨いていると「お父さん」と呼ぶ。

「ここにいるよ」

「いる？　手を握っていて」

私は口をすすぎ、良子の横へ行った。

「あなた」と良子は言った。「あなた、お世話になりました」

「こっちこそ。でも、楽しかったね」

「うん、楽しかった」

痛みが近づいたようだった。看護師を呼んだ。

看護師は水性の飲み薬を投与した。

良子はウーロン茶を飲みたいと言った。

体を起こしたいと言った。

起こしてやったが、自分で体を支えることができなかった。衰えは急速だった。私は後ろから良子をはがいじめし、その姿勢のままウーロン茶をコップに入れてやった、良子は喉を鳴らしてウーロン茶を飲んだ。口の端から少し漏らした。ごくっ、ごくっ、という音が、良子の首についた私の耳に聞こえた。シャーッという酸素の供給音も聞こえた。良子は、もっと前、とか、もっと後ろ、とか言った。私がリクライニングシートの背もたれとなった。氷の粒しかとっていない良子には、相当な水分補給だった。私は窓から、良子の好きな水辺を見せてやりたかったが、良子にもう、その気力はなかった。

横になる、と良子は言い、直ちに昏睡に入った。

正午、あい子は起きてこない。

昨夜はほとんど寝ていない。

良子が聞き分けなく呼ぶか、本人が起きて来る以外、寝かせておいてやりたい。

良子は昏睡から目を覚ますたびに涙ぐんだ。

度々、「ああ〜」という嘆き声を聞いた。それは疼痛でなく、苦しみであるらしかった。内臓が膨張し、互いを攻めているのだ。

氷を求めた。冷蔵庫に保管した氷が溶けてしまっていたので取りに行って戻ると、もう眠っていた。

息づかいが激しい。それだけ酸素が足りないのだろうか。


13時。

あい子が起きてくる。

良子が咳き込む。

「もういい、もういい、もういい」

「ああ〜、ああ〜」

「しんどい、しんどい、もういい、……」

13時40分
体温36・7度、血圧110—85
ゆうじ君夫妻が来院、2時間ほどいて帰る。良子は朦朧としていて、前回のような会話はできなかった。
ゆうじ君と教会へ寄り、関内駅へ送って戻った。

17時40分　I看護師の話
左肺がもう音がしない。酸素を取り込めないので酸素供給量はもうこのまま（4・5ℓ/分）にしておく。

良子は眠り続けた。

18時半頃。
良子が、「マリア様」を連呼し始めた。
「マリア様、マリア様、マリア様、……」
それは100回くらい続いた。息が絶えるまでの感じだった。

「どうなってしまったの。死ぬに死ねない」

どうして死ぬことができず苦しむのか、ということであっただろう。


19時頃。

三人を順番に連呼した。

「あなた、あなた、あなた、」

「お兄ちゃん、お兄ちゃん、お兄ちゃん、」

「あいこ、あいこ、あいこ、……」

コオがいなかった。たばこを吸いに行っていたのだろう。電話するとすぐ来た。


簡易ベッドをしつらえようとすると、あい子が、控え室へ行けという。

控え室でYシャツを脱いだ途端、お母さんが呼んでいると電話が入る。

「お父さん、いるやないの」

「いま戻ってきたんだよ」とあい子は言った。

「あなたー、あなたー、あなたー、あなたー、」

お兄ちゃんも呼べと良子が言った。

「お兄ちゃん、お兄ちゃん、お兄ちゃん、」

私は簡易ベッドをセットし、寝た。
あい子は起きていた。
絶え間なく良子の声がし続け、対応するあい子の声を聞きつつ、眠った。一度は起きようとしたが、あい子が私を制し、寝ていろと合図した。

あい子が聞いたゆうじ君の話（私には聴き取れなかった）。

ゆうじ君
［聖母子像］イタリアではこの聖母子像をいつも手元に持つために、額には入れず、材質も軽い木でできている。祭壇用の御絵《ごえ》というのもあるので、良ければ作成させてもらいます。

お母さん、ゆうじにいさんとひさよさんに
「ありがとう、ありがとう」

ゆうじ君

「前回来たとき（8月5日）はとても元気で、ずっと座ってしゃべってくれた。イタリア旅行の話、俳句の話などをしてくれた」

8月15日（月）

━聖母マリア被昇天祭の日に

昨夜から夜を通して、良子は声を出し続けたと思う。

私は断続的に目覚めたのであるが、そのときは常に良子は声を出し、あい子が優しく対応していた。会話の内容は私には分からない。「痛い」という言葉が聞こえたと思う。

良子が息を引き取ったあと、夜、私はゲッセマネのイエスを思った。

イエスは祈りを終えて立ち上がり、弟子たちのところへ行かれると、彼らが悲しみの果てに、眠っているのをご覧になった。イエスは彼らに仰せになった、「なぜ眠っているのか。誘惑に陥らないように、起きて祈りなさい」。（ルカ　22―45～46）［フランシスコ会聖書研究所］

良子は血の滴のような汗を流していた。その横で私は眠った。

4時半に私はきちんと起きた。

6時に良子が言った。「これで私の人生終わり。間もなく楽になる。ありがとう、みんなありがとう」

良子は暑がった。私にはむしろクーラーは効き過ぎだったが、暑がるので更に設定温度を下げた。あい子が良子の靴下を脱がせた。私は良子の足をさすったが、とても冷たかった。これでどうして暑がるのだろう。……

私は良子に語った。

「お母さんが死んでも、体は消えても、お母さんの姿、心は、お父さん、お兄ちゃん、あい子の中に、生き続けるんだよ。お父さんが生きている限り、お父さんの中にいるんだよ。コオやあい子の中にいるんだよ。分かる？」

「うん」

と良子は言った。あん、とも聞こえた。「あ」と「う」の中間音だった。

私は私たちの中に良子が生き続けることを確信していた。おそらく良子も、それを確信していた。

6時45分、「死ねないの?」と良子が訊ねた。

「死ねるよ」とあい子が言った。「お任せするんだよ」

「しんどい……」

「体は楽な姿勢に、好きに変えていいんだよ」

「あん」

寝姿を変え、布団を足の下に敷いた。

7時にI看護師が来て、鼻を掃除し、歯を洗い、唇に塗布してくれた。

[I看護師の話]
血圧:97~77
体温:正常
脈拍:110以上
血圧は正常だが脈拍が上がっています。これは肺の機能が落ちているため体全体(特に肩)を使って酸素を取り込もうとする生物の本能です。軽いジョギングをずっと続けているような状況なので、体力、筋肉を消耗しています。肩呼吸でも酸素の取り込みが追いつかなくなると、最後はアゴを上げて呼吸するようになります。それが最期のしるしです。

今日のお昼から夜くらいが、お別れになるかもしれません。

7時15分に、筆記用具を求めた。最近の良子は待つことができないので、ボールペンと、とっさに取っておいた給食メニューの裏側を表にして渡した。折れないようにあるだけを重ねて渡した。良子はせからしくそれを取り、激しい勢いでペンを動かした。私からは逆方向で、良子が何を書いたか分からなかった。書き終えて満足そうに、それを私に渡した。

私にはさっぱり分からなかった。直線が数十本、乱雑に引かれている。ただ異様な迫力があった。

あい子は、良子の作業を横後方から見ていた。「お母さんが書こうとしたのは、手の動きからして『光』という字だ」と言う。

良子は氷を求めた。「おいしいからみんなで食べよう」と言った。

親子四人が氷のカップを囲んで、御聖体を頂くように、氷を食べた。

私はそれを、私たちの「最後の晩餐」だと思った。

9時半、O先生、準主任先生、看護師三人、回診。

「もうあの世へ行きたい」と良子は訴えた。

そして痛みを訴えた。

看護師が来て、モルヒネの量が増やされた。「これでも辛そうでしたら、またおっしゃって下さい」

コオの顔を引き寄せ、両手で頬をさすった。「私があなたのお母さんだよ。可愛い子よ」、良子の目は、そう語っているように見えた。

また、痛みを感じたらしい。

「みんなで色々するから死ねないんじゃないの？」

「死なないためにクスリをいれているんじゃないのよ」

とあい子は言った。

「死ねるよ。死なないためでなく痛みを取るためのクスリだからね」

「そお？」

良子は非常に暑がり、アイスノンを4個、両足に挟んだ。

O看護師「辛いですか？」

良子「辛いなんてもんじゃないわよ。また一から全部説明しなけりゃいけないの？　あい子ちゃん」

あい子「いや、大丈夫」

Ｏ看護師「痛み止めのモルヒネは増量しましたが、よく眠れるおクスリは、今やっている皮下注射だと使えるクスリは限られているので、ちょっと先生と相談します、昨夜よく眠れていなかったようなので」
良子「もう、死んでもいいの？」
あい子「うん、いいよ」
良子「は〜い」
Ｏ看護師が、よく眠れるためのクスリを注射した。

「何て言えばいいの？　アーメンって言っておけばいいの？」

「アーメンって言っておけばいいんだよ」

「きれいにしておいてね」

「花でいっぱいにするよ」

「は〜い」

これは何の会話だったのか。メモがあるから記しておくが、不明である。あるいはＯ先生のいう「せん妄」の一つだったかもしれない。


13時、「腰が痛い。トンプク止めたの？」

看護師を呼んだ。トンプクが注入された。良子は眠っていた。

13時50分、アイスノン3個交換。全部で5個。体は冷たいのに、そんなに暑いのだろうか。

14時。「あなた、あなた、あなた、……氷」と言った。

氷を一粒渡した。それを口に入れて、

「あなた、あなた、あなた、……」と、30回くらい繰り返した。

しばらくおいて、

「あなた、愛している」

と言った。

「愛していると言ったのか！」

私は叫んだ。あい子が、声が大きいと合図した。

この言葉は、一度言ってくれと私が何度頼んでも、良子が口にしなかった言葉である。

「愛している、愛している、愛している、……」と数十回言いながら、良子は眠りに落ちた。

目を開けるとまた、「愛している、愛している、愛している、……」と言った。

「お父さんが」と私は言った。「どれほどお前を愛しているか、分かっているのか」

「分かっている」と良子は応えた。

14時40分。看護師さんを呼んだ。私たちは外に出た。

紙オムツが初めて使用された。「オシッコもお通じも、両方できた」と良子は言った。

15時半。ちょっと起き上がって、すぐ横になった。激しい息づかいである。ちょっとした動きが、今の良子には大きな負担なのである。

「神様が与えて下さった、お前と俺の幸せの全部の量を、使ってしまったのかもしれないね。これで全部だったんだね」

16時18分、再び起き上がった。

私と二人の写真を、良子は望んだ。

そしてすぐ横になった。


この日、16時30分頃より、激しい苦しみが始まった。

「3点セット」

と良子は叫んだ。

「どうして遅いのか！」

3点セットとは、あい子の説明では、
①トンプク　②腰に当てるカイロ　③温湿布のことである。それを揃えて看護師が背中をさすると良子は喜んだ。あとをあい子が引き継いで背中をさすり続けた。

これから最後の2時間が始まるのであるが、私にはほとんど記憶がない。良子は苦しみ抜いた気がする。「断末魔」を目の当たりにしたと思う。私はそれを凝視したに違いないのだが、記憶からは消えているのである。

以下はあい子のメモである。

○おむつを替えたあとも本当にオナラをしていたようで、匂った。でも何も食べていないのでクスリが体液になっていたのかもしれない。
○目をさますたびにまだ生きているので、段々いらついていった。そのたびに、「は～い、さようなら」と最後の挨拶をしていた。
○早朝のI看護師の「今日でお別れかもしれない」を聞いていたので、お母さんに「いつ死ねるの？」と聞かれたときに、私も自信をもって、「今日中に向こうに行けるといいね」と言ったら、お母さんは、ああようやく願いがかなえられるという喜びの表情で、目を潤ませながら「うん」と言った。あの安堵の顔を、忘れられない。

ところが午後になっても夕刻になってもまだ生きていて、痛みが酷くなり、もう限界に達して、とうとう自分で酸素の管を抜いてしまった。それを見ていたお兄ちゃんが、

「あーっ、酸素チューブ、抜いてしまったよ！」

私がすっ飛んでいってチューブを元に戻したら、お母さんは私を両手でビンタし、「嘘吐《つ》き！」と叫んだんだ。

その直後、臨終のときが訪れた。

チューブを抜いた直後から、私も鮮明に覚えている。

顔は苦痛に歪み、目は虚空を見、体全体で呼吸した。喉が鳴ったように思えた。十数分だったと思うが、時間的なものはまったく分からない。頂点で、呼吸が減速した。回数が徐々に減り、振幅も小さくなっていった。

表情から血の気が消え、縦皺はなくなり、温和な良子の顔になった。そして呼吸はなくなった。

私たちは誰も泣かなかった。「お母さん、良かったね」と思った。

今日は、聖母マリア被昇天の大祝日である。この日に天に召されたのを、私はお恵みだと思った。

O先生が、18時43分の死亡を告げた。

私は葬儀社へ電話した。2時間後に車を回してくれるよう指示した。

コオとあい子は先に家へ帰らせた。受け入れの準備をしなければならなかった。

良子は看護師が運び、きれいに着物を着せて戻ってきた。

ほとんど化粧をしたことのない顔は、そのままできれいであった。

看護師たちが部屋を出、車が来るまで、私は良子と二人だった。

私は良子に、長いくちづけをした。涙が良子の頬へ落ちた。

車は時刻通り迎えに来て、家に向かった。10分ほどだった。

良子の愛し抜いた家に戻った。生きて帰してやることができなかった。

神は私に良子を与え、私から良子を奪った。

良子のお城、茶室に、葬儀社によってきれいに祭壇が設営され、祭壇の向こう、床の間との間に、良子は横たえられた。

私たちはしばらく祈ったあと、遅くまで酒を呑んだ。コオは、明日また来ると言って帰った。終電だっただろう。

あい子は自分の部屋に上がり、私は良子と二人になった。

どうして私より先に、あっさりと、死んでしまったのか。

どうしてもっと、未練たらしくしなかったのか。

私が良子より先に死んでいたら、と私は思った。私は、私の良子への愛を、気付かなかったかもしれない。

「あなたは私を愛していたのよ、自分が思っているよりもずっと深く、私を。分かった？」

良子はそれを知っていた。だから安心して、あっさり、死んでいったのだ。満足だと。

私は良子と、いっぱいの花を挟んで、寝た。

本書は二〇一八年三月に小社より単行本として
刊行された作品を改稿し文庫化したものです。

このメモはもともと、自分自身の死への準備として書き始めた。妻に先立たれるとは思いもよらなかった。突然妻が病を得、あっという間に逝ってしまった。私は妻のことを書くことでしか心の平衡を保てなかった。ここに記したことはすべて（私が理解した）事実である。妻のことを書くとしても、妻とふれあってくださった方々との関係の中でしか書くことはできない。プライバシーに触れることは極力避け、個人を特定できぬよう心がけた。それでも不快を感じる方がいらっしゃるかもしれない。許して頂きたい。特に二人の子供は実名を記した。仮名では、父は文章を書くことができなかった。どうか赦してほしい。

文庫化に際して

文庫版への改訂に際し全体を点検したが、添削するものはなかった。文章は、今の私とは少し違うが、変えなかった。明らかな誤字を数点、順序の間違いを入れかえ訂正したのが1箇所、表情描写を1カ所追加、それだけである。

改めて、良子は生きながらえられたのではないかと思う。大きな分岐点が3度あった。しかしそのどこかで別な選択をしていたとして、良子が「生きられた」か、確かめようはない。「別な人生」はないのだ。

良子は、私への果てしない優しさを持っていた。私のすべてを許した。なぜあそこまで優しかったのか。それは私を愛していたからだった。愛だった。

そして、私も良子を。

私を愛し抜いた人がいた。私もその女を愛した。それ以上何が必要だろう。良子が「十分な人生だった」と語ったように、私も「十分な人生」だった。

著者紹介
野村よし（のむら よし）
昭和17(1942)年4月、徳島市生。2020年5月、横浜市より徳島県阿南市に移住。
早稲田大学第一文学部(演劇)、工学院大学第1部機械工学科・生産機械工学コース、ともに「中退」。
多くの職場を転々とする。昭和39(1964)年、義兄に招かれ、その経営する鉄工所に入社。半生を番頭として過ごす。

良子《よしこ》という女《おんな》

2022年4月6日　第1刷発行

著　者　　野村よし
発行人　　久保田貴幸

発行元　　株式会社 幻冬舎メディアコンサルティング
〒151-0051　東京都渋谷区千駄ヶ谷4-9-7
電話　03-5411-6440（編集）

発売元　　株式会社 幻冬舎
〒151-0051　東京都渋谷区千駄ヶ谷4-9-7
電話　03-5411-6222（営業）

印刷・製本　シナジーコミュニケーションズ株式会社
装丁　　阿部 泉

検印廃止

ISBN 978-4-344-93773-4 C0095
幻冬舎メディアコンサルティングＨＰ
http://www.gentosha-mc.com/